● 本书出版得到甘肃政法大学科研经费资助

唐诗三百首续选

〔清〕于庆元 编选

姜朝晖 雷文昕 校疏

兰州大学出版社

LANZHOU UNIVERSITY PRESS

图书在版编目（CIP）数据

唐诗三百首续选 / （清）于庆元编选 ； 姜朝晖，雷文昕校疏. -- 兰州 ： 兰州大学出版社，2024．7.

ISBN 978-7-311-06688-8

Ⅰ．I222.742

中国国家版本馆 CIP 数据核字第 202467MM81 号

责任编辑　王永强
封面设计　汪如祥

书　名	**唐诗三百首续选**	
作　者	〔清〕于庆元　编选	
	姜朝晖　雷文昕　校疏	
出版发行	兰州大学出版社　（地址:兰州市天水南路222号　730000）	
电　话	0931-8912613(总编办公室)　0931-8617156(营销中心)	
网　址	http://press.lzu.edu.cn	
电子信箱	press@lzu.edu.cn	
印　刷	西安日报社印务中心	
开　本	710 mm×1020 mm　1/16	
印　张	20.25	
字　数	270千	
版　次	2024年7月第1版	
印　次	2024年7月第1次印刷	
书　号	ISBN 978-7-311-06688-8	
定　价	58.00元	

（图书若有破损、缺页、掉页,可随时与本社联系）

　　唐诗是中国古代诗歌中最为璀璨夺目的明珠，名家大家辈出，留下了光辉灿烂的诗歌遗产，具有世界性的文化价值，历久弥新。严羽《沧浪诗话·诗评》曰："唐人好诗，多是征戍、迁谪、行旅、离别之作，往往能感动激发人意。"鲁迅说："我以为一切好诗，到唐朝已被做完。"（《1934年12月20日复杨霁云信》）诗歌，可以说是唐人必不可少的交往媒介。唐人皆能诗，上自帝王妃嫔、达官显宦、文人学子，下至贩夫走卒、引车卖浆者流，以及僧尼道士，都有诗作流传下来。唐诗以其丰富而充实的内容、情志、思想以及高超的艺术成就，比较生动、全面地展示了唐人的生活、文化精神以及时代风貌。

　　除了唐诗本身所具有的巨大成就，为世人所喜爱、传扬而外，诗歌选本对唐诗的学习与传播，起到了极大的促进作用，使得一些名篇佳什，传颂人口，耳熟能详。在唐诗的发展时期，就一直有重要的选本问世，如初唐之《正声集》《珠英学士集》《搜玉小集》，盛唐《河岳英灵集》《丹阳集》《国秀集》，中唐《御览诗》《中兴间气集》《南薰集》《极玄集》，晚唐五代《唐诗类选》《又玄集》《国风总类》《才调集》等。宋、元、明、清之唐诗选本更多，如王安石《唐百家诗选》、赵孟奎《分门纂类唐歌诗》、洪迈《万首唐人绝句》、周弼《三体唐诗》、元好问《唐诗鼓吹》、杨士弘《唐音》、高棅《唐诗品汇》《唐诗正声》、张之象《唐诗类苑》、王士禛《唐贤三昧集》、沈德潜《唐诗别裁》等等，不胜枚举。不过，论对近代之广泛影响，最为人所熟知的，当首推清人蘅塘退士孙洙所编纂的《唐诗三百首》。

　　孙洙（1711—1778），字临西，号蘅塘退士，江苏无锡人。乾隆十六年（1751）进士，作过几任知县，多有政绩，后来官至江宁府教授，著有《蘅塘漫稿》等。孙洙与夫人徐兰英共同编纂一个适宜的唐诗选本，"专就唐诗中脍炙人口之作，择其尤要者"（《唐诗三百首·蘅塘退士序》），书成于乾隆二十八年（1763），命名曰《唐诗三百首》，盖取"诗三百"之义，共选录三百一十余首诗歌，各体皆备。此后，遂风行于世，不仅多用为家塾课本，也成为唐诗喜爱者的案头读物，坊间之谚"熟读唐诗三百首，不会作诗也会吟"，足见其影响之广远。

清人所编《全唐诗》九百卷，成书于康熙四十五年（1706），收录诗人2873人，诗歌49403首。卷帙浩繁，数量庞大，其时，一般人根本无力购置此书，更不可能通读。蘅塘退士《唐诗三百首》，数量适宜，剪裁得当，兼顾唐诗发展的各个时期，包括各种体裁和各个流派，雅俗共赏，遂风行天下。当然，任何选本，因其编选者的学养、目的及审美眼光的不同，往往存在差异性，而且限于篇幅，许多优秀的作品也未能入选。

在《唐诗三百首》成书七十多年之后，即道光十七年（1837），江苏金坛人于庆元，有感于此选本"名作多遗"之不足，欲以新的眼光，编选诗歌，扩大了选录的篇幅，配合蘅塘退士选本以行世，遂有《唐诗三百首续选》（以下简称《续选》）一书之问世。

于庆元（约1812-1860），字贞甫，号复斋，润州金坛（今江苏金坛）人，诸生，生平资料极少。据许琳序可知，于庆元家境贫寒，没有中过举，曾受学于朱虹舡学使。以附贡（秀才）身份做过县学训导。道光十七年，客游任城（今山东济宁），拜许琳为师。《金坛县志》卷九记载："于庆元，附贡试用训导。城陷，母王氏自经，命妻史氏投缳。庆元阖门将自尽，贼至，大骂不屈死。赐恤如例。"所述史实，乃咸丰十年（1860），太平军攻破清军的江南大营，乘势攻陷常州、金坛、苏州等城，于庆元母亲、妻子上吊自杀，于庆元及家人被乱兵所杀，阖门惨死。

清张应昌辑纂《国朝诗铎》卷首［同治八年（1869）永康应氏秀芝堂刻］记载于庆元有《复斋诗钞》，今不存。同书卷二三收录于庆元《涂泥逃妇叹》一诗："盈盈浣纱溪，佼佼溪边女。女儿生小朱楼中，娇痴不解行路苦。烟氛起海滨，到处多横行。白昼入人室，不辨贼与兵。女随母走妇挈姑，出门茫茫何处趋。十步九倒足趑趄，遗簪坠舄满路隅。行行日未斜，道逢无赖纷如鸦。匐匐饮泣何所恨，恨我父母胡为生我颜如花。手掬道旁泥，垢面复涂体。蓬头赤脚日夜逃，污辱难湔泥可洗。官符来急追，问汝去何之？汝不见鸳湖三十六鸳鸯，军门日日围红妆。"所叙写之现实，大概是江南饱受战乱之苦，百姓流离失所，尤其是女性所面临的残酷生存状态。此诗的艺术价值并不高，然为于庆元仅存的一首诗歌，姑且录存，以为其雪泥鸿爪之印痕。

于庆元身为布衣，却有真才实学，许琳序谓，于夫元幼年受学于朱虹舡学使，"文则胎息八家，诗则步武三唐"，文章以唐宋八大家为准则，诗歌以唐诗为榜样，勤学苦练，"即目为不易才"。道光十六年（1836），龚季思学使欲以"选贡"荐举，而于庆元冢贫，赴山东借贷，错过时机，未能参加考试，失去了进身的机会。许琳极为称赏于氏之学问与人品，"其为学深纯，而行修谨，他日所造必有卓卓可见者"。于庆元酷好唐诗，曾用一年时间，借阅并抄录《全唐诗》九百卷，并抄录《唐诗别裁集》等选本，这为他的选编工作打下了坚实的基础。于庆元二十岁着手编录此书，二十五岁成，历时五年，可见其功力之深及用心之专。

《续选》虽然高度肯定《唐诗三百首》"最为简当"，然而选录好诗，以补其未备，实际上还是有比较大的区别的。蘅塘退士孙洙生长于康乾盛世，虽然官职不高，然而仕途顺遂，后官至江宁府教授，受朝野尚文、王士祯"神韵说"流行的影响，选诗以盛唐为宗，崇尚平和清远的诗风，而且其目的主要在于指导学子，以温柔敦厚的诗教为准绳，学习唐诗的意境、律法，掌握熟练科举应试能力。而于庆元生于嘉庆十七年（1812），成长于道光时期，当时社会衰颓局势已成，生民艰苦，吏治懈怠。艰难时事，贫困家境，身为书生的于庆元，不能不受此影响，反映民生疾苦的作品，尤能切中其心灵深处，因而选诗重视"事父事君"之旨，"各得夫性情之正"，比较重视诗歌的社会内容，并以之救补《唐诗三百首》因过于重视艺术神韵而带来的内容空乏之不足。《续选》成书三年之后，即爆发了鸦片战争，十一年之后，太平军金田起义，建都南京，而于氏家乡金坛近在咫尺，饱受战乱之蹂躏，艰苦备尝。

具体来说，《续选》的选录特色有以下几点：

首先，《续选》以时序列出作家小传，凡一百二十五人，除李白、杜甫、王维、白居易等名家外，还将人们不太熟知的中晚唐诗人列入其中，如刘沧、刘威、沈如筠等等，好似一篇文学史年表，彰显诗歌发展的进程，所谓"于初盛中晚，升降源流，亦已略备……而允为学诗者导夫前路矣"（许琳《唐诗三百首续选序》）。

小传内容详略不一。简单的，仅仅说明籍贯地域或中进士时间。如，"王驾"一条，只言其"吴人"；"周繇"一条，只言其"大中中进士"一句。而李白、杜甫、白居易等作家的小传不仅较为详细，而且精审地引述前贤评论，也往往发表自己的见解，准确地概括其特点。如李白一则，借王士禛之语"忧时伤乱之心，实与少陵无异也，安得徒以诗人目之"，扼要点明了李白诗歌关心现实不亚于杜甫的一面。评李颀，认为为其七律诗"风骨凝重，声韵安和，足与少陵、右丞抗行。明代李于鳞深得其妙"。再如，于庆元认为刘长卿，"五律工于铸意，巧不伤雅，犹有前辈体裁，当时目为'五言长城'，不虚也"。虽然于庆元自谦"小传及诗并评论，俱折衷先辈，非敢参以管见"，但其评论削切，对读者也有一定的启发。

其次，于庆元不仅对诗人进行评价，对所选的诗歌亦有自己的评价，如，对于李白的《古朗月行》，于氏认为是讽刺杨贵妃惑主，体现讽谕色彩。对于柳宗元的《南涧中题》一诗，他借苏轼之口称赞诗"忧中有乐，妙绝古今"。再如，评李白《上三峡》为"真古乐府"；孟浩然《晚泊浔阳望香炉峰》"神妙天然"；钱起《蓝田溪与渔者宿》一诗"秀色满纸"；李白《侍从宜春苑奉诏赋龙池柳色初青听新莺百啭歌》列为有唐以来，应制七古，"此为最上"，等等。可见，于庆元选录诗歌，或依内容的现实性，如选聂夷中《田家》一诗，就是看重其"述民疾苦，可继《国风》"；同时也重艺术性，如选录白居易诗是因为"近俗，然平易近人，善于达意"，选张若虚的《春江花月夜》，乃是看重其"清劲之气"。故其评诗之语虽然简短，但也可以引导读者更准确更深入地理解作品。

其三，《续选》依照了蘅塘退士《唐诗三百首》的体例，依次为五言古诗、七言古诗、五言律诗、七言律诗、五言绝句与七言绝句，凡是孙洙已选录的，不再入选，共选诗320首（此本原缺最后5首，今据别本补全）。于氏有感于《唐诗三百首》有"未备者"，要有所补充，他认为诗"贵温柔敦厚，然与卑琐、庸靡、秽亵、纤巧奚啻毫厘千里"，因而其标准不违背传统诗教，但又说："前辈云：'说诗专主性灵'。其弊必至于废学，观时下风尚，作俑者有归矣。"在他看来，诗主情，不仅要有自己的真情实感，有含蓄蕴藉之韵味、优美的艺术境界，也不能"废学"，不无病呻吟，有现实意义，不能成为无关现实生活的空谈。于氏选诗删去"纤佻轻薄淫俚"之作，而归"雅正"，所选诗歌仍以李白、杜甫、王维的作品为多：李白入选26首，杜甫32首，王维14首。孟浩然只有5首，相较孙洙所选的15首减少了10首；李商隐的诗歌也减少为5首。而钱起的由原选3首增加为11首，刘禹锡的亦为9首，增加最多的是中唐诗人白居易的作品，入选16首。值得注意的是李贺、陆龟蒙的诗歌被选入其中。

其四，于氏选诗注重语言的琅琅上口，自然流畅，浅显简洁，如选韩愈的诗，就避开了散文化倾向的作品。对于具有优美意境的写景之作也有偏爱，如张若虚《春江花月夜》、王维《鸟鸣涧》《辛夷坞》。细细品读杜甫《落日》和皇甫冉《归渡洛水》等诗，于庆元选诗更偏重于静谧、清幽的景致。

其五，较孙洙之选，《续选》反映现实、表现民生苦况的作品相对增多，如杜甫之《石壕吏》，白居易之《重赋》《伤宅》《秦吉了》等。即使韦应物的诗歌，除代表其清新淡雅之风的诗外，也有《观田家》这样的同情农家辛劳之作。这类诗歌的选录，正是身处艰难、混迹于社会下层的于庆元对生活的真切感受，因对百姓困苦的真切体味，故能与此类诗歌产生共鸣。而元稹《连昌宫词》和元结《舂陵行》的选入，更是体现了于氏的现实主义情怀。

其六，《续选》比较重视文人落魄失意、前途渺茫之作。于庆元没有中过举，落魄不如意的生活，使他对文人的不遇情感，有更深的体验和同情，如，戴叔伦《湘南即事》："卢橘花开枫叶衰，出门何处望京师。沅湘日夜东流去，不为愁人住少时。"诗人望京师叹自己才华空耗，老大无成，流水不息，时不我待，唯有空空浩叹而已。身处卑微，于庆元对世态人情有了和别人不同的感悟，他选白居易诗歌《伤友》可能就是他现实景况的写照：昔日如胶似漆的同学，结社赋诗，相许提携，意气昂扬；而今云泥相隔，风雨之中，一个牵蹇驴避躲路傍，一个骑大马炫耀闪过，回望的目光，冷漠如不相识。世间生死不变的友情，恐怕也只存在于传说中吧。

唐诗佳作极多，于庆元选诗，努力将诗歌史上有代表意义的作品选录，如《春江花月夜》标志着唐诗纯美意境的形成；杜甫《秋兴八首》是诗人晚年的代表作，体现了其沉郁顿挫的风格，是中国古代律诗的集大成。而元结的《舂陵行》一诗也表现了唐代诗歌风格的转变，即，诗歌开始由自我抒情转向注重写实；由抒写理想转向社会写实。由此可见，于庆元对诗歌发展过程中的主要现象及作家、作品呈现出的意义，是有准确的把握的。

《续选》成书之后，刊本较多，流行一时，有道光十五年（1835）希文堂刊本、道光十七年经济堂刊本、道光十七年粤东集益堂校刊本、光绪十四年（1888）北京龙文阁刻《唐诗三百首注疏》附录《续选》一卷。此次整理，以道光十五年希文堂刊本为底本，做了一些基本工作。首先，每首诗歌，以"疏解"而讲述要义，以诗化的语言，阐释诗歌的语句、内涵、意境，交待写作缘由、逻辑顺序，方便读者理解。其次，《续选》诗歌在文字上有一定的差异，根据《全唐诗》予以必要的校勘，以保持文本的正确。其三，将诗人小传置于全书之后，并加了必要的注释，方便阅读。

于庆元《续选》，旨在补《唐诗三百首》之未备，两书共选录六百二十多首诗歌，可以说，唐诗之精华，大体具备了。将这两种选本配合使用，共同研读、吟诵，对比较全面地认知唐诗，提高阅读水平，涵养审美感知能力，将大有裨益。

续选唐诗三百首序

　　圣人论诗，由"兴、观、群、怨"，而归于"事父""事君"，所以使人各得夫性情之正而已。有唐三百年，自李、杜、王、孟，以迄韩、柳、元、白，降至晚季诸家，虽所尚各殊，要不外乎斯旨，特审别体裁，俾趋正轨，是在编诗者之责焉。近今所行唐诗诸选，当以蘅塘先生所编《三百首》为最善本，第限于篇幅，名作多遗，学者不能无憾。

　　今春，读礼任城寓中，润州于生复斋请业于余，寻论之余，文则胎息八家，诗则步武三唐，即目为不易才，继出其所《续选三百首》以相质。阅之简括精当，体裁一出于正。凡原选所遗名作，兹已悉登，且前列诗人小传，于初盛中晚，升降源流，亦已略备。不禁叹为实获我心，而允为学诗者导夫前路矣。复斋龆岁时，即受知于朱虹舫学使，闻去冬，龚季思学使欲以选贡待之，而复斋以负米山左，未及与试。其为学深纯，而行修谨，他日所造必有卓卓可见者，尤余之所深望也。是为序。

道光十七年丁酉岁夏日，咏亭许淋题于渔山书院

续选唐诗三百首例言十则

一、自来选唐诗者，每失之于繁杂，惟蘅塘退士所编《三百首》最为简当。其有未备者，僭仿其例，编为续选。

二、是编首严纪律，继标神韵，终及才调，总期别裁伪体，一归雅正，共得诗三百二十首，其纤佻轻薄淫俚之作，概从删汰。

三、唐诗全帙中，多有一诗而两人互见者，兹编悉从完本。

四、诗中用字诸本互异，兹从其意义之长者。

五、两选中，共一百二十五家，特按其时代集为姓氏小传，皆本确有考据者录入。其有疑讹者，虽见别本，俱从阙如。

六、小传及诗并评论，俱折衷先辈，非敢参以管见也，尚望海内大雅，匡以不逮云。

七、注诗家必如纪文达公之注《庚辰集》，方为沂流穷源，毫发无憾，其他虽《群玉》《事类》等书，舛误迭出，况唐诗笺释尤难。少陵、义山二集，聚讼纷纷，迄无定论。兹选自维谫陋，不敢妄诠，以俟博雅君子。

八、近时所行《古唐诗合解》，胶柱刻舟，牵强割裂，其贻误匪浅，有识者当自知之。

九、诗贵温柔敦厚，然与卑琐、庸靡、秽亵、纤巧，奚啻毫厘千里。前辈云："说诗专主性灵，其弊必至于废学。观时下风尚，作俑者有归矣。"

十、岁丁酉，客任城，得从咏亭师游，颇多获益，并为鉴定此编，赐以弁语，乃楮墨未干，而师资已邈，展卷临风，不胜西风之恸。

莨常　于庆元谨识

目　录

卷二　七言古诗

卷三　五言律诗

卷四　七言律诗

卷五　五言绝句

卷六　七言绝句

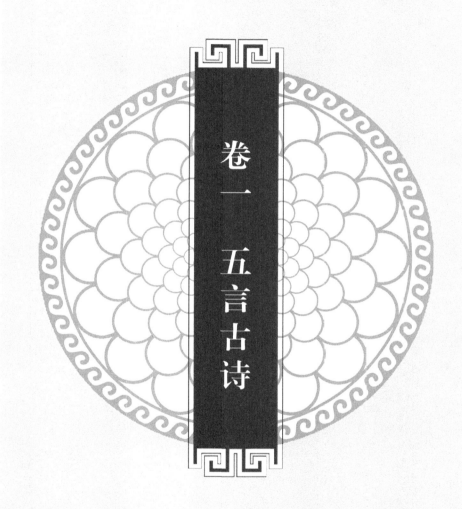

卷一 五言古诗

叙 怀^[1] 曲江一生大节，具见于此

弱岁读群史，抗节追古人^[2]。被褐有怀玉，佩印从负薪。

志合岂兄弟，道行无贱贫。孤根何所赖^[3]，感激此为邻。

校记

[1] 此诗《全唐诗》卷四七原二首，此为第一首。

[2] 抗节，《全唐诗》卷四七作"抗迹"。

[3] 何所赖，《全唐诗》卷四七作"亦何赖"。

疏解

　　张九龄少年读书，饱览经史，历史上一个个有为志士也成了作者追随的榜样。虽然家贫生活艰难，但也心性不改，努力保持高洁志向，不因外界条件的转变而动摇。作者一生追求道义，也渴望有志同道合的朋友，不论贫贱，不论长幼，只要有相似的理想，共同的抱负，均可引为知己，视为兄弟。出身孤寒，无所依凭，也只有以历史上的圣贤英烈为榜样，感动激发而有所成就啊！现实中，张九龄是孤独的，他只能以古人为伴。张九龄为官后期遭到奸臣李林甫的构陷，他的诗歌风格也稍有变化，语言质朴，简劲，感慨遂入深沉。

感　遇^[1]

孤鸿海上来，池潢不敢顾。侧见双翠鸟，巢在三珠树。
矫矫珍木巅，得无金丸惧。美服患人指，高明逼神恶。
今我游冥冥，弋者何所慕。（此在原选前首之丁。）

校记

[1] 张九龄《感遇》诗共十二首，此首《全唐诗》卷四七为第四首。

疏解

　　孤鸿这一形象在很多作家的诗文中都有出现，它给人孤寂、清高、傲岸的感觉。从苍茫大海上飞来的孤鸿，它经历了风浪，穿越过雷电，这个莫测的世界让它变得更谨慎更敏感，以至于小沟小池也不敢轻易停留。而栖息于珍稀宝树枝头的两只翠鸟，难道就不怕猎人的弓弹吗？翠鸟绚丽的羽毛已经招来了猎人，它怎么知道危险正在近身呢？它神识高明，连鬼神都要嫉妒的。而今，孤鸿高飞天际，那些猎手又能有什么办法呢！咏物，都是有所寄托，诗人张九龄受到李林甫、牛仙客的排挤，他将自己的愤懑托于孤鸿形象表达出来，同时也是以含蓄方式告诫今朝得意者，不要太张扬得意。

汉上有游女，求思安可得。袖中一书札^[1]，欲寄双飞翼。
冥冥愁不见，耿耿徒缄忆。紫兰秀空蹊，皓露夺幽色。
馨香岁欲晚，感叹情何极。白云在南山，日暮长太息。
（此系终篇。）

[1] 书札，《全唐诗》卷四七作"札书"。

此为《感遇》第十首。古代诗人常用比兴寄托之法来表达自己的情感，这种方式含蓄而隐约。汉水之畔有位美丽的女子，我有满腹的话想诉说与她，可是传递书信的大雁却杳然不见，我只能黯然神伤，徒劳相忆。道旁紫色兰花独自开放，待到秋露降临，它们就会香消色淡，花叶凋零，使人怜惜不已。高高南山被白云遮蔽，诗人眺望不及，落日昏黄中唯有暗暗叹息而已。诗人的理想如临水而立的美丽女子，可望而不可及；自己的才华亦如幽雅的兰花，自开自落无人欣赏；对皇帝对朝廷的一片赤诚，都被奸臣谄媚之人所阻……被贬到荆州的张九龄的心事全部都寄予在不同形象中了。

宿天竺寺

松柏乱岩口，山西微径通。天开一峰见，宫阙生虚空。
正殿倚霞壁，千楼标石丛。夜来猨鸟静，钟梵寒云中 [1]。
岑翠映湖月，泉声乱溪风。心超诸境外，了与悬解同。
明发气候改，起视长崖东 [2]。湖色浓荡漾，海光渐曈昽 [3]。
葛仙迹尚在，许氏道犹崇。独往古来事，幽怀期二公。

（许氏，谓许迈也。）

[1] 寒云中，《全唐诗》卷一四六作"响云中"。

[2] 气候改，《全唐诗》卷一四六作"唯改视"。起视，《全唐诗》卷一四六作"朝日"。

[3] 瞳昽，《全唐诗》卷一四六作"瞳朦"。

疏解

诗人所写为夜宿天竺寺的所见所感，诗中景象壮美神奇。山间松柏茂密，一条小径，窄仄蜿蜒，幽幽暗暗，通向远处，峰岭之上才能显见一抹天光，宫阙又仿佛在云层之间。进入山寺，紧依峭壁而建的正殿笼罩在霞光之中，四周山石耸峙，如同丛林，而大大小小的楼阁就掩隐在这石丛之中。夜晚，猿歇鸟息，不闻啼鸣之声，噌吰钟声，从天际传来，增添了夜色之寒意。湖面树影斑驳，冷月荡漾，风中清泉激石，水声泠泠。此时诗人心中少了世俗之累，无所羁绊，如临风飞举。清晨，山间景致不同昨夜，立于高崖眺望东方，静静湖水碧绿如染，天光水色交际之处朦胧一片。隐士高人葛洪、许迈的遗迹尚在，受人尊崇，陶醉于此景之中的诗人，不由也有了归隐之想。

崔　颢

入若耶溪

轻舟去何疾，已到云林境。起坐鱼鸟间，动摇山水影。
岩中响自答，溪里言弥静。事事令人幽，停桡向余景。

疏解

　　诗人泛舟若耶溪上，也许是心情极佳，所以感觉船行也快，转眼便到云林，真可谓心旷神怡之旅。人在船上，与鱼鸟同行，舟荡溪面，与青山共起伏。山谷间渔樵问答，水面上清静无声。此情此景，让人流连忘返，诗人不由停舟久久观望。诗歌写景优美而笔调轻快，停船眺望中有了悠远的余韵。

宋少府东溪泛舟　　东溪在建宁府

　　登岸还入舟，水禽惊笑语。晚叶低众色，湿云带残暑。
落日乘醉归，溪流复几许。

疏解

　　离岸登上小船，游兴颇高，欢声笑语，将栖息的水鸟儿也惊起，四散飞翔。傍晚，夕阳斜照，高大的树木，郁郁葱葱，显得色彩较为暗淡，暮云低垂，暑热未消的浓云，仿佛酝酿着雨意。沐浴在夕阳的余晖中，游人尽情尽兴，带着醉意，缓缓归来，那蜿蜒的溪流，曲曲折折，处处是美景啊。

江上琴兴

江上调玉琴，一弦清一心。泠泠七弦遍，万木澄幽阴。

能令江月白^[1]，又令江水深。始知梧桐枝，可以徽黄金。

校记

[1] 能令，《全唐诗》卷一四四作"能使"。

疏解

诗与音乐相通，诗人之心亦是音乐之心。在清澈的江上弹琴，琴声空虚旷远，纤尘不染，水天一色，琴音悠扬，充溢江天，令人心身俱爽。琴声虚旷而清纯，一丝一弦，声声拨动心灵。江面琴音悠远传播，无边林木越发浓密幽深，白色江月更加清冷皎洁，江水也显得深邃难测。诗人说，他这才领会到，梧桐木造出的七弦琴配上黄金徽饰，可谓人间珍品啊。琴的装饰之美，与琴音相协调，方能奏出美的音乐，沁人心脾。

送王十一尉临溪 ^[1]

泠泠花下琴，君唱度江吟^[2]。天际一帆影，预悬离别心。

以言神仙尉，因致瑶华音。回轸抚商调，越溪澄碧林。

疏解

　　这是一首送别诗，送别友人王十一赴临溪作县尉。花下弹琴，送君远行，泠泠清音中，王君高歌一曲《渡江吟》，歌声悠远，情意深笃。一叶孤帆，遥遥已入天际，离别的心也空悬无依。作一县尉，官小事闲，堪称神仙境界，我用美妙的琴声，为好友送行。然而，浓烈的离情是无法言尽的，我只能在车上，用这清泠的琴声来表达我的情意，琴声穿林越溪，伴君远行。离别的琴声，越过江面，使得绿林澄碧，我们的友谊啊，天长地久。

西　山

　　一身为轻舟，落日西山际。常随去帆影，远接长天势。
物象归余清，林峦分夕丽。亭亭碧流暗，日入孤霞继。
洲渚远阴映[1]，湖云尚明霁。林昏楚色来，岸远荆门闭。
至夜转清迥，萧萧北风厉。沙边雁鹭泊，宿处蒹葭蔽。
圆月逗前浦，孤琴又摇曳。泠然夜遂深，白露沾人袂。

疏解

　　驾一叶小舟，飘荡于水面之上，落日渐渐没入西山，远帆带着长长的影子归入天际，山林阴晴分明，落日黄昏的景象，真是美丽啊。

太阳渐渐隐没，绯红的云霞，洒满西天，流向远方的碧水，色泽转暗。远处岸渚阴阴蒙蒙，树木掩映，湖水倒影着晚霞，水天一派明霁。渐渐，山林越来越昏暗，荆楚大地，都笼罩在暗淡暮色里，河岸宽阔，望不见荆州城门。夜晚，天地间转而清静旷远，北风萧萧，增添了寒意。大雁白鹭栖息于沙滩，酣眠于芦苇深处。圆圆的月亮，徘徊于天际，照临两岸，水波荡漾，悠扬的琴声，声声入耳，使人心潮起伏。独坐小舟，直至深夜，清冷的露水打湿了衣襟……

储光羲

田家即事 [1]

蒲叶日已长，杏花日已滋。老农要看此，贵不违天时。
迎晨起饭牛，双驾耕东菑 [2]。蚯蚓土中出，田鸟随我飞 [3]。
群合乱啄噪，嗷嗷如道饥。我心多恻隐，顾此两伤悲。
拨食与田鸟，日暮空筐归。亲戚更相诮，我心终不移。

校记

[1] 储光羲《田家即事》诗共两首，此首为《全唐诗》卷一三七第一首。

[2] 东菑，《全唐诗》卷一三七作"东灾"。

[3] 田鸟，《全唐诗》卷一三七作"田乌"。

池边蒲草已经一天比一天高，树头杏花也越开越旺，农家看天耕作，不违农时。天刚蒙蒙亮，就迎着晨曦喂牛，驾着两头牛，在东边田里耕耘，忙碌的一天由此开始。犁起的田地，将蚯蚓翻出，田间鸟儿欢快地绕着我飞翔。鸟儿成群地飞舞，鸣叫声嘈杂。仿佛告诉我它们已然饥肠辘辘了。我听闻鸟儿饥饿鸣叫而心生怜悯。看到鸟儿啄食蚯蚓，不禁心生伤悲，只好将我的饭食分与鸟儿，让它们不要吃蚯蚓了。黄昏我背着空荡荡的筐子回家，亲戚邻居都讥笑我，我却一点也不后悔。诗人写农家生活及其善良，"我心多恻隐，顾此两伤悲"，正是宋儒张载所说："民，吾同胞；物，吾与也。"体现了诗人万物一体的思想。

田家杂兴[1]　　录三首

众人耻贫贱，相与尚膏腴。我情既浩荡，所乐在畋渔。
山泽时晦暝，归家暂闲居。满园种葵藿[2]，绕屋树桑榆。
禽雀知我闲，翔集依我庐。所愿在优游，州县莫相呼。
日与南山老，兀然倾一壶。

 校记

　　[1] 储光羲《田家杂兴》共八首，续选三首，分别为其二、其六、其八。
　　[2] 种葵藿，《全唐诗》卷一三七作"植葵藿"。

唐前诗人多写山水而少有涉及田园之作，盛唐山水田园诗大兴，诗人开始吟咏田园，写农家生活，写郊野风光，储光羲是仅次于王维、孟浩然的田园山水诗人。诗人笔下，田园乃美好的归憩之所。诗人说：虽然世间多是嫌贫爱富之人，耻于贫贱，争相崇尚荣华富贵，然而我的情怀却在这山野田园，耕田打渔。有时，山野田泽，风雨阴霾，归家闲居，心安神定。那满园的葵藿向阳摇荡，桑树、榆树环抱屋房，禽鸟家雀也知道我心境悠闲，栖集在我家房上。期望能够悠哉游哉，州县官吏不要来相烦，打扰我的清静。真希望能与南山共白头，有酒一醉也是心满意足。

　　楚山有高士，梁国有遗老。筑室既相邻，同田复同道[1]。
　　糗糒常共饭[2]，儿孙每更抱。忘此耕耨劳，愧彼风雨好。
　　蟋蚸鸣空泽，鶗鴂伤秋草。日夕寒风来，衣裳苦不早。

　　[1] 同田，《全唐诗》卷一三七作"向田"。
　　[2] 共饭，《全唐诗》卷一三七作"供饭"。

　　此为《田家杂兴》第六首。自古就有高人隐士，隐逸于山野田园。我家的房屋与隐士相邻，去田里劳作，也是同路而行。一同耕作，一同共享饭食，孩童蹒跚而来，寻扑爷爷怀抱，互相轮换逗抱，其乐融融。大家常常忘记了耕耘的辛劳，只要风调雨顺，努力劳作不辜负上苍。秋天已至，秋蝉在空旷的田野鸣叫，鶗鴂鸟儿哀鸣秋草之渐趋枯黄，早晚寒风即将来到，农家辛劳，还没有穿上秋衣，日子愈显窘迫了。

　　种桑百余树，种黍三十亩。衣食既有余，时时会宾友^[1]。
　　夏来菰米饭，秋至菊花酒。孺人喜逢迎，稚子解趋走。
　　日暮闲园里，团团阴榆柳。酩酊乘夜归，凉风吹户牖。
　　清浅望河汉，低昂看北斗。数瓮犹未开，来朝能饮否^[2]。
（语语真朴，令人移情。）

校记

[1] 宾友，《全唐诗》卷一三七作"亲友"。
[2] 来朝，《全唐诗》卷一三七作"明朝"。

疏解

　　此为《田家杂兴》第八首。在诗人眼里，农家生活惬意安闲，笔下的农家生活仿佛是世外桃源。家有桑百棵，黍田三十亩，便可谓衣食无忧了！种田之余，时时与宾客相会，不觉寂寞。夏天菰米饭香甜，秋天菊花酒甘冽。回家，妻相迎儿牵手，小孩子知道为父代劳了，天伦之乐，谁不向往呢？夜幕降临，信步园中，榆树柳树，投下团团的树荫。偶尔与好友饮酒夜归，卧于窗下，任凭凉风吹拂，抬眼可见银河清浅，北斗斜横，屋角里，还有数坛佳酿，尚未开封，不知明日好友能否共饮？诗人储光羲用质朴的语言描摹了儒家理想生活，字里行间，也有陶渊明的影子。《孟子·梁惠王上》描绘了理想的社会状态："五亩之宅，树之以桑，五十者可以衣帛矣。鸡豚狗彘之畜，无失其时，七十者可以食肉矣。百亩之田，勿夺其时，数口之家可以无饥矣。谨庠序之教，申之以孝悌之义，颁白者不负戴于道路矣。七十者衣帛食肉，黎民不饥不寒，然而不王者，未之有也。"储光羲此诗，可以说是这种理想社会的诗化表述。

独　游

林卧情自闲[1]，独游景常晏。时从灞陵下，随钓往南涧[2]。
手携双鲤鱼，目送千里雁。悟彼飞有适，知此罹忧患[3]。
放之清冷泉，因得省疏慢。永怀青岑客，回首白云间。
超然物无违[4]，岂系名与宦。

校记

[1] 情自闲，《全唐诗》卷一四一作"情每闲"。

[2] 随钓，《全唐诗》卷一四一作"垂钓"。

[3] 知此，《全唐诗》卷一四一作"如此"。

[4] 超然物无违，《全唐诗》卷一四一作"神超物无违"，一作"超然无遗事"。

疏解

诗人卧于松林之中，心境宁静安闲，一人出游，常常天色已晚，才尽兴归还。有时从灞陵下来，到南涧垂钓，也会收获满满，手提双鲤鱼，眼望天际远飞的大雁，猛然意识到，大雁有归宿，飞行自由自在，鱼儿贪饵料，祸患乃生，而被人捕获，于是将手中的双鲤鱼放生于清冷的泉水，也因此悟得自己之疏慢，有违天和。人啊，就是天地青山间的过客而已，回首天边，白云悠悠，自由自在，人也应该超然物外，还论什么虚名与官位呢？哪能受其牵绊而不得自己呢！唐代诗人爱自然，讲归隐，山水田园诗中也注入了道家思想。

秋　兴

日暮西北堂，凉风洗修竹[1]。著书在南窗，门馆常肃肃。
苔草延古意，视听转幽独。或问余所营，刈黍就寒谷。

[1] 修竹，《全唐诗》卷一四一作"修木"。

以《秋兴》为题的诗很多，"兴"为兴发、兴感，即秋来有所感发。古人伤春悲秋，看草木凋零，万物枯萎，自然也就慨叹年华，感叹时不我待，自然之秋，因而也就成了人生之秋。诗人王昌龄耳听秋声，眼看秋色，同样也是感慨万千。黄昏夕阳斜照，秋风穿过竹林飒飒作响，似乎将其洗涤一般，渐染秋色。南窗下诗人勤勉著书，门庭冷落，唯有青苔蔓延，仿佛同有千古的怅恨，环顾、倾听，孤独寂寞之感不禁充溢于诗人心田。有人问我，在经营什么？我的成就在哪儿？我也只能在寒谷收割黍米了。诗虽短，字里行间却满是不遇于时的情绪。

听弹风入松阕赠杨补阙

商风入我弦，夜竹深有露。弦悲与林寂，清景不可度。
寥落幽居心，飕飗青松树。松风吹草白，溪水寒日暮。
声意去复还，九变待一顾。空山多雨雪，独立君始悟。

（味在弦指之外）

秋风之中，一曲《风入松》，大自然也有了悲凉慷慨之情。夜深了，竹叶挂露，悬而欲滴，清冷琴声，使山林更加寂静。风穿过松林，也将寂寞吹入心怀，青松肃穆。秋风吹过，草木枯黄，日暮天寒，溪水冰冷。弹奏的曲调因情绪变化，回环起伏，萦绕盘桓于心中久久不散，期待知音，能有一顾之情。山间寂寂，雨雪纷纷，独立苍茫天地，这音乐这山林都让人仿佛有所感悟。

李 白

古 风[1]

桃花开东园，含笑夸白日。偶蒙东风荣，生此艳阳质。
岂无佳人色，但恐花不实。宛转龙火飞，零落早相失。
讵知南山松，独立自萧瑟。

校记

[1] 李白《古风》共五十九首，此为《全唐诗》卷一六一第四十六首。

疏解

春天，东园桃花灼灼，阳光下傲然开放，向明亮的太阳夸耀。偶然蒙受东风之吹拂，才焕发此艳丽姿容。桃花艳美，堪比佳人，就怕空有花朵而无果实，一旦大火燎烧，便会花枝零落，过早凋零。哪知道，那南山的松柏，郁郁苍苍，却能巍然独立于寒冬。诗人虽写桃花，实以花暗讽朝廷权贵，得势小人。松柏独立于萧瑟寒风中的形象，寄予了诗人坚贞、高洁的品性。即孔子所说："岁寒，然后知松柏之后凋也。"

古朗月行 [1]

小时不识月，呼作白玉盘。又疑瑶台镜，飞在青云端。
仙人垂两足，桂树作团团。白兔捣药成，问言谁与餐 [2]。
蟾蜍蚀圆影，大明夜已残 [3]。羿昔落九乌，天人清且安。
阴精此沦惑，去去不足观。忧来其如何，恻怆摧心肝。

（此刺杨妃之惑主也）

 校记

[1]《全唐诗》卷二四作"朗月行"，卷一六三作"古朗月行"。
[2] 谁与，《全唐诗》卷一六三作"与谁"。
[3] 大明，《全唐诗》卷一三六作"天明"。

疏解

李白此诗几乎人人能诵，尤其是头两句"小时不识月，呼作白玉盘"，语言自然天成，纯是天籁。孩童天真，呼月为玉盘，月又如仙界的明镜，高悬于云端。诗以月起兴，浅显通俗，诗人眼光转向天际，想象却越来越丰富了。月宫中有仙人、有玉兔，还有桂花树。明月升起时，仿佛能看到仙人悠闲坐在桂树上，两脚下垂，晃晃悠悠，桂花簌簌清香，暗中送来。玉兔捣制成仙药，欲邀人共享，飞升月宫。月光清朗，一片明净。但月渐西斜，云影遮蔽月光。在诗人神奇的想象中，月不圆，是被蟾蜍吞食掉的。当初羿射九日，天下清明，而此时，明月被隐，月光也迷蒙不清，还有什么值得看呢？于是忧从中来，令人肝肠痛彻，哀伤不已。李白这首诗，意在讽刺，有对唐玄宗晚年昏聩的不满，也有对朝廷奸臣当权的愤懑。

赠卢司户

秋色无远近，出门尽寒山。白云遥相识，待我苍梧间。
借问卢耽鹤，西飞几时还[1]。

[1] 几时，《全唐诗》卷一七〇作"几岁"。

李白写给朋友的诗歌很多，如孟浩然、王昌龄、汪伦等等，诗中景色优美，语言浅显，情意深浓，在那个交通不便的时代，一段段文字记载了他们的友情，让后人羡慕不已。在这首诗中，秋天的景色已经给思念涂抹上了伤感的色彩。秋色连波，无边无际，青山绵延，寒霜尽染。天边的白云，飘荡四方，正与游子相似，因而在游子眼中都是旧相识，那天际的一缕白云，仿佛在前路等待。今天寄诗与我的好朋友，询问一声：你西出漫游何时归来呢？李白的诗歌语浅情浓，又是学不来的。

望终南山寄紫阁隐者　终南有紫阁峰

出门见南山，引领意无限。秀色难为名，苍翠日在眼。

有时白云起，天际自舒卷。心中与之然，托兴每不浅。

何当造幽人，灭迹栖绝巘。

诗人李白思想情感复杂，他渴望出世建功立业，而人生不顺时，也常生归隐之心。这首诗所表达的就是对隐士的仰慕之情。这位隐于终南山紫阁峰的隐士，是诗人心中的品德卓越的高蹈之士。开篇以"引领"二字，暗暗点明仰敬心迹。出门即可望见终南山，因为紫阁峰的隐士在那儿，遂令人滋生无限的仰慕之情。终南山风光秀美，难以形容，入眼都是苍翠高大的树木。有时，白云生于山间，在天际飘荡，随风自由舒卷的姿态，让人羡慕，令人心荡神驰，真希望能随之而去，山中白云，往往是高人隐士的表征啊！何时有机会，访寻那紫阁峰的隐士，可是终南山广大邈远，那位高人隐士就在山中，我却难以寻觅得见啊！

上三峡　古谣云："朝见黄牛，暮见黄牛。
三朝三暮，黄牛如故。"亦峡名

巫山夹青天，巴水流若兹。巴水忽可尽^[1]，青天无到时。

三朝上黄牛，三暮行太迟。三朝又三暮，不觉鬓成丝。

（真古乐府。）

校记

[1] 忽可尽，《全唐诗》卷一八一作"或可尽"。

　　比起李白其它的诗歌，这首《上三峡》笔调沉重，殊少欢乐色彩，因为它是诗人被贬远行夜郎途中所写。自东向西，由低到高，逆水而行，何况诗人远贬夜郎，心情极其悲苦，因而在诗人眼里，两山之间的青天，仅仅是一条线，被两山挤压着，狭窄而压抑。巴水缓缓流淌，流水还有尽头，但天却浩渺无边，远行夜郎，似乎没有尽头啊。船行缓慢，好像出峡无期，走啊走啊，永远也走不出黄牛岭。行行重行行，一天又一天，不知不觉，两鬓青丝，化为白发了。人心愁苦，眼中景也就染上了悲伤色。当李白行至白帝城遇赦放还，诗人的心情大好，又是自西向东，由高到低，欢快喜悦的诗人吟唱着："朝辞白帝彩云间，千里江陵一日还。两岸猿声啼不住，轻舟已过万重山。"可见，诗歌乃生命的咏唱，真情的自然流露。

同诸公登慈恩寺塔

高标跨苍穹[1]，烈风无时休。自非旷士怀，登兹翻百忧。
方知象教力，足可追冥搜。仰穿龙蛇窟，始出枝撑幽。
七星在北户，河汉声西流。羲和鞭白日，少昊行清秋。
秦山忽破碎，泾渭不可求。俯视但一气，焉能辨皇州。
回首叫虞舜，苍梧云正愁。惜哉瑶池饮，日晏昆仑邱。
黄鹤去不息[2]，哀鸣何所投。君看随阳雁，各有稻粱谋。

（三、四，为一篇之主）

［1］苍穹，《全唐诗》卷二一六作"苍天"。

［2］黄鹤，《全唐诗》卷二一六作"黄鹄"。

疏解

慈恩寺在长安东南，是公元647年，时为太子的李治（唐高宗）为母亲长孙皇后祈福而修建。慈恩寺塔，也叫大雁塔，后来又将塔增高至七层，慈恩寺、大雁塔也就成了文人墨客常常登览的胜景佳处。天宝十一载秋，高适、岑参、杜甫、储光羲、薛据五人同登大雁塔，登临眺望，抒发其感时伤事的怀抱，五人各有所见，然而情怀思想不同，表现出不同的境界，而杜甫的诗歌，思想性与艺术性俱佳，甚称压卷之作。

杜甫登慈恩寺塔赋诗，景壮观而情深挚。慈恩寺塔高高耸立，跨凌云霄，登临其上，耳畔风声呜呜作响，本来就不是拿得起、放得下的旷士，登临高处，反而使人忧愁满腹。登临此塔，才真正理解了佛教的神奇，它神奇的力量，足可达到无所不到之处。沿着曲折的阶梯，盘旋而上，仿佛是在龙蛇洞穴中穿行，穿过梁栋支撑的空隙，来到塔顶，视野豁然大开：北斗七星，就在北边的窗户外，似乎能听见天上银河的流水声。眼下，已近秋季，羲和驱赶太阳向西而去，少昊把秋色推向人间。从高塔俯视大地，本是绵延不断的终南山、秦岭，好像忽然被切破，分成了大大小小几块，泾水清澈、渭水混浊，然而处此高处，却混茫不可分辨。整个大地云气缭绕，哪里还能分辨得出长安都城？回首呼叫圣人尧舜，然而愁云浓雾，一派黯淡。可惜啊，皇帝与近臣骊山宴饮，夜以继日，没有休止。那些贤能之人，如同黄鹤，无所归依，而振翅远飞了。你看追随阳光的雁雀，他们也只是各谋私利、自求巢穴罢了。

杜甫是忧思深广的诗人，长安十年求仕，"骑驴十三载，旅食京华春。朝扣富儿门，暮随肥马尘。残羹与冷炙，到处潜悲辛"（《奉赠韦左丞丈二十二韵》），对朝廷对权势有了深入的了解，对自己才华也有了更深的理解。此诗登塔观览而有所感，后半部分渐渐点出忧愁所在，心忧天下，所以，这不是单纯的写景之作。

游龙门奉先寺 [1] 伊阙，一名龙门，即东都河南县招提寺也。

已从招提游，更宿招提境。阴壑生虚籁，月林散清影。
天阙象纬逼，云卧衣裳冷。欲觉闻晨钟，令人发深省。

校记

[1]《全唐诗》卷二一六有注："龙门，即伊阙，一名阙口，在河南府北四十里。"

疏解

诗人游龙门，夜宿山寺却难以入眠。山林之夜，谷底阴暗愈显寂静，月在天际，清光泻下，斑驳树影于风中摇荡。龙门两山，如天阙相对，白云静卧不行，冷露悄沾湿衣。刚要入眠，却听到晨钟响起，这钟声让人更加清醒，闻晨钟而思奋进。此乃杜甫早期诗歌，诗人游历龙门奉先寺，夜宿寺中，闻晨钟而兴，彰显其积极上时的心态。

前出塞 [1] 录一。"无限"诸本作"有限"，文待诏云古本作"无限"，宜从之。

挽弓当挽强，用箭当用长。射人先射马，擒贼先擒王。

杀人亦无限[2]，列国自有疆。苟能制侵陵，岂在多杀伤。

 校记

[1]《出塞》为古乐府旧题，杜甫曾写了九首，后又写了五首，故有"前""后"之分。《全唐诗》卷二一八《前出塞》共九首，续选为《前出塞》第六首。

[2]无限，《全唐诗》卷二一八作"有限"。

 疏解

杜甫没有到过边塞，但对战争有自己的理解，尤其对玄宗皇帝穷兵黩武，盲目扩边心有不满，诗歌先扬后抑，表达了自己的守边理想。一开头，诗人将西北边疆流传的四句军歌直接引入诗中，告诉大家，有经验的军人作战有一套制敌之策：弓要强，箭用长，射马擒王最为上。有得当之法，仿佛便能屡战屡胜。战争不在于无限地杀戮，每个国家应有其疆域，生命是最可贵的，所以，诗歌最后一句将作者的理想直接托出：如果能够牵制敌人，不在于杀伤敌人多少。守边不在于杀伐，而是守护和平。

后出塞[1] 录一

朝进东门营，暮上河阳桥。落日照大旗，马鸣风萧萧。
平沙列万幕，部伍各见招。中天悬明月，令严夜寂寥。
悲笳数声动，壮士惨不骄。借问大将谁，恐是霍嫖姚。
（即霍去病。）

[1]《全唐诗》卷二一八《后出塞》共五首，续选为第二首。

疏解

诗人描写了边塞军人艰苦而紧张的生活。戍守边疆，哪会有安逸的日子，早晨从东门营进入警戒，黄昏在河阳桥巡守。夕阳染红了战旗，凛冽寒风伴着战马的嘶鸣，无垠大漠又和垂天之云相接，战士兢兢业业，各尽其责。明月高悬天际，军令严肃，大军行进，悄无声息，寒夜更显寂寥。远处传来悲切的笳声，战士们听闻，心怀感伤，神情黯然。请问统军大将是谁啊？大概是那位能征惯战、所向无前的嫖姚将军霍去病吧！战士们追随霍将军，家国未宁怎能松懈？

石壕吏 [1]　　石壕，在河南府陕州东

暮投石壕村，有吏夜捉人。老翁逾墙走，老妇出门看。
吏呼一何怒，妇啼一何苦。听妇前致词，三男邺城戍。
一男附书至，二男新战死。存者且偷生，死者长已矣。
室中更无人，惟有乳下孙。有孙母未去，出入无完裙。
老妪力虽衰，请从吏夜归。急应河阳役，犹得备晨炊。
夜久语声绝，如闻泣幽咽。天明登前途，独与老翁别。
（结句与首句应，非谓翁妇别也。）

校记

[1]《全唐诗》卷二一七有注："陕县有石壕镇"。

此诗是杜甫"三吏"之一,另外两篇乃《潼关吏》《新安吏》。安史之乱初期,唐军作战不利,连连败阵,伤亡无数。从洛阳至潼关,官府为补充兵力而乱抓百姓。诗人在石壕村恰遇官吏抓人,老翁仓皇出逃,老妪无奈出来应对。一时间,官吏怒骂,老人苦苦哀求。听言得知,老人家中三个孩子征兵邺城,两个已战死,一个侥幸还在。家中已无成年男儿,只有还在哺乳的孙子。因为孩子还在吃奶,因而儿媳还没有离开,儿媳衣不遮体,困苦艰难。老妇人哀求官吏,带她去河阳服役,人虽年老羸弱,尚能烧火做饭。夜深语绝,只听见压抑的哭泣声。诗人天明离开时,只有老翁在,二人扶手相别,心中悲苦难以言说。诗歌全篇句句叙述,表现出诗人对百姓的无限同情。这首诗是乐府诗的创新,它没有使用乐府旧题,而是根据事件来名篇命题,不但使乐府诗有了现实内容,而且形式灵活。

春夜竹亭赠钱少府归蓝田

夜静群动息,时闻隔林犬。却忆山中时,人家涧西远。
羡君明发去,采蕨轻轩冕。

王维的这首诗赠别钱起归蓝田。春夜万籁俱寂,偶尔从树林外,遥遥传来狗的叫声，这声响，回荡在山野，衬托得山野更加寂静。当初与好友在山中，林深水幽人家遥远。明日君行再归山中，让我充满羡慕，羡慕钱君归隐的洒脱，更羡慕钱君无官场羁绊的自由。盛唐田园山水诗大兴，诗人们在描摹田园山水优美的景色时，也表现了归隐之情。

齐州送祖三^[1]

相逢方一笑，相送还成泣。祖帐已伤离，荒城复愁入。
天寒远山净，日暮长河急。解缆君已遥，望君犹伫立。

校记

[1]《全唐诗》卷一二五作"河上送赵仙舟"，又作"淇上别赵仙舟"。

疏解

古人交通不便，亲人朋友一去就难相见，送别成了生活中常见的一幕，也就有了难以承受的伤感。相逢欢笑，然而转眼离别，泪洒衣襟。长亭短亭，送别的酒宴上离情浓郁，他乡黄昏灯火更让人愁惨万分。飘泊游子面对的只有旷野长川、奔流的河水、寒山夕阳、苍茫的落日了。今日送君远行，船一解缆，渐行渐远，我却久久伫立，望尽天涯……诗写送行，有眼前景又有想象景，将不舍之情融入阔大景物之中，表现了悠悠不尽的情意。

蓝田山石门精舍

落日山水好，漾舟信归风。玩奇不觉远 [1]，因以缘源穷。

遥爱云木秀，初疑路不同。安知清流转，偶与前山通。

舍舟理轻策，果然惬所适。老僧四五人，逍遥荫松柏。

朝梵林未曙，夜禅山更寂。道心及牧童，世事问樵客。

瞑宿长林下，焚香卧瑶席。涧芳袭人衣，山月映石壁。

再寻畏迷误，明发更登历。笑谢桃源人，花红复来觌。

 校记

[1] 玩奇，《全唐诗》卷一二五作"探奇"。

 疏解

　　精舍是道士或僧人修炼居住的房子。诗歌写了王维的一次探访经历：夕阳西下时，天地一派温暖祥和，诗人荡舟出游，内心闲适而船行随意，故而感觉不到路途的遥远，因而也得以穷溯水源了。远处，云林秀美宁静，好象到了水尽头，道路不通，哪知清流宛转，环绕前山，转过山脚，豁然开朗，又是一条山径延伸。弃舟登岸，策杖而行，山中景致惬意无比。阴阴松柏下，四五位高僧论道谈经。夜晚，诗人留宿寺院，更觉山林幽阒。第二天，曙光未现，而禅钟已回响在松林。山间行走的牧童也有了僧人的禅心，偶尔往来的樵夫也能参透世情。此中之美不能言说，或树下闭目养神，或焚香默坐，都令人心静神宁；无论是芬芳袭人的溪涧花木，还是映影石壁的山间明月，一切都让诗人恋恋不舍。当诗人和僧人告别时，已期许花开时的再访了，希望再来时不要迷了道路，能够到达这世外桃源。

晚泊浔阳望香炉峰 [1]　　别本亦作律诗

挂席几千里，名山都未逢。泊舟浔阳郭，始见香炉峰。
尝读远公传，永怀尘外踪。东林精舍近，日暮但闻钟。

（神妙天然。）

校记

[1]《全唐诗》卷一六〇作"晚泊浔阳望庐山"。

疏解

孟浩然诗歌自然天成，闻一多先生认为他的诗就是"闲淡"，淡到了没有诗的地步。诚然，句句口语，却又句句上口，纯是天籁。诗人南游吴越，一路扬帆就是为了寻访天地间的名山大川。船行几千里，都没有遇著名山。黄昏暮霭沉沉，泊舟于浔阳城外，不经意间，庐山香炉峰近在眼前，令人万分惊喜。以前阅读隐居庐山的高僧慧远的传记，就已经非常神往，想归隐庐山。东林精舍隐于其中，黄昏时传来悠扬的钟声，更增添了神妙的意境啊。

元 结

舂陵行有序^[1]

癸卯岁，漫叟授道州刺史。道州旧四万余户，经贼以来，不满四千，大半不胜赋税。到官未五十日，承诸使征求符牒二百余封。皆曰："失其限者，遂至贬削^[2]。"于戏！若悉应其命，则州县破乱，刺史欲焉逃罪？若不应命，又即获罪戾，必不免也。吾将守官，静以安人，待罪而已。此州是舂陵故地，故作《舂陵行》以达下情。（语语恻恻，洵为仁人之言，诸使能无动心乎。）

军国多所需，切责在有司。有司临郡县，刑法竞欲施。
供给岂不忧，征敛又可悲。州小经乱亡，遗人实困疲。
大乡无十家，大族命单羸。朝餐是草根，暮食乃木皮^[3]。
出言气欲绝，意速行走迟^[4]。追呼尚不忍，况乃鞭扑之。
邮亭传急符，来往迹相追。更无宽大恩，但有追促期。
欲令鬻儿女，言发恐乱随。悉使索其家，而又无生资。
听彼道路言，怨伤谁复知。去冬山贼来，杀夺几无遗。
所愿见王官，抚养以惠慈。奈何重驱逐，不使存活为。
安人天子命，符节我所持。州县忽乱亡，得罪复是谁。
逋缓违诏令，蒙责固其宜。前贤重守分，恶以祸福移。
亦云贵守官，不爱能适时。顾惟孱弱者，正直当不亏。
何人采国风。吾欲献此辞。

校记

[1]《全唐诗》卷二四一作"并序"。

[2] 遂至,《全唐诗》卷二四一作"罪至"。

[3] 乃,《全唐诗》卷二四一作"仍"。

[4] 行走,《全唐诗》卷二四一作"行步"。

疏解

元结为道州刺史时,上任未到五十天,上级官府对道州征粮征税的文书就来了近二百道。道州穷困,又遭土匪洗劫,诗人不忍百姓雪上加霜,故写此诗,希望下情上达,生民苦况能得到皇帝的体恤。诗开篇直接点出了百姓贫困的原因在于"军国多所需",战争和无度的征求,有司"刑法竟欲施",致使道州人口凋敝,大乡不足十家,大家族人口减少,只剩老弱病残。百姓食草根、咽木皮度日,人人出语无力,走步缓行。道州本就贫困,加上官府丝毫无悲悯之心,反而步步紧逼,鞭挞百姓。地方官吏为完成考核而催交租税,欲使百姓卖儿鬻女,又恐生乱难治,但家家已无生活物资,怎能忍心不管死活呢?诗人元结希望官府能善待百姓治"抚养以惠慈",不要逼人太急而生乱。作为一州长官,元结认为应让百姓安定生活,自己要担负起责任,尽职尽责,良心使他不愿催征民众,如受责罚他也甘愿不悔。诗歌很现实地表现了安史之乱后大唐的社会现状,体现了诗人仁爱思想。

招孟武昌有序 [1]

漫叟作《退谷铭》,指曰:干进之客不能游之;作《杯湖铭》,指曰:为人厌者勿泛杯湖。孟士源尝黜官,无情干进,在武昌不为人厌,可游退谷,可泛杯湖。故作诗招之。

风霜枯万物，退谷如春时。穷冬涵江海，杯湖澄清漪。

湖尽到谷口，单船近阶除[2]。湖中更何好，坐见大汇水。

攲石为水涯，半山在湖里。谷日更何好[3]，绝壑流寒泉。

松桂阴茅舍，白云生坐边。武昌不干进，武昌人不厌。

退谷正可游，杯湖任来泛。湖上有水鸟，见人不飞鸣。

谷口有山兽，往往随人行。莫将车马来，令我鸟兽惊。

校记

[1]《全唐诗》卷二四一作"并序"。

[2] 阶除，《全唐诗》卷二四一作"阶墀"。

[3] 谷日，《全唐诗》卷二四一作"谷口"。

疏解

退谷与杯湖是隐士栖居之地，那里一年四季无风霜冰冻，花开如春，水波清澈。当船行过谷口，眼前便豁然开朗，烟波浩渺之中，岸涯奇石林立，青山伏于水中。山谷之内泉水依险壑而流，茅舍隐于松林，白云生于坐边。这么美的地方，只有孟士源这样的高人隐士能到，他们不恋官场，便可泛舟杯湖，倘佯退谷，飞鸟见了悄悄待守，猛兽也会静静随行。这世间无尘之地不欢迎俗人的华车肥马，他们会让鸟兽惊恐失色。

喻襄溪乡旧游

往年在襄滨，襄人皆忘情。今来游襄乡，襄人见我惊。

我心与襄人，岂有辱与荣。襄人异其心，应为我冠缨。

昔贤恶如此，所以辞公卿。贫穷老乡里，自休还力耕。

况曾经逆乱，日夜闻战争[1]。尤爱一溪水，而能有让名[2]。终当来其滨，饮啄全此生。（长洲宗伯云：此诗何等胸次，惜不令热官一读之。）

校记

[1] 日夜，《全唐诗》卷二四一作"日厌"。

[2] 有，《全唐诗》卷二四一作"存"。

疏解

世俗人情，有时候因为地位不同就产生了隔阂。元结曾居家瀼溪之畔，当地老乡与他亲密无间。今天，为官的元结再返故地，大家再见他面露惊诧，心生淡漠。然而，在元结的心里，与瀼溪百姓并无贵贱高下之分，老乡却因他头戴官帽就与他心存距离。从前，圣贤都害怕出现这种情况，因而辞去公卿之位，逍遥自在，即使贫穷而老于乡里，自力更生，从事稼穑也在所不辞。何况而今战争让人生厌，心中惶惶不定。我本爱瀼溪的清流，希望辞官退休后，能够有廉让之名，最终会来到瀼水之滨，自由自在度过余生。诗歌虽写元结自己，表现的却是百姓与整个上层官场的矛盾，诗人从自己身上反省，也体现了他仁慈的心怀。

刘长卿

送邱为赴上都[1]

帝乡何处是，岐路空垂泣。楚思愁暮多，川程带潮入[2]。

潮归人不归，独向空塘立。

[1]邱为，《全唐诗》卷一四八作"丘为"。

[2]带潮入，《全唐诗》卷一四八作"带潮急"。

 疏解

好友邱为要到京师长安去，那京城本来就是追名逐利、建功立业之所啊，然而又充满艰辛，不易达到人生的目的。今日与好友岐路分手，何日会面，杳不可知。山川迢迢，思念无限，暮色会让人愁绪弥漫，潮涌往返而友人不归，我只能在浦口徒劳等待了。"帝乡何处是"，充溢着建功立业，遥遥不可期的感伤。刘长卿送别诗中景物有浓浓的伤感色彩，情亦因景而更深沉了，"独向空塘立"将悠悠不尽的情意淋漓尽致地表现了出来。

 钱 起

酬王维春夜竹亭赠别

山月随客来，主人兴不浅。今宵竹林下，谁觉花源远。

惆怅曙莺啼，孤云还绝巘。（仲文与右丞之诗亦相似。）

 疏解

有朋自远方来，带来的有惊喜有快乐，更何况是随月而来的好友

呢。主人兴致高昂，竹林下把酒赏花，谈笑述旧，简直就是人世间的桃花源啊。不觉东方渐亮，曙光升起，莺啼阵阵，令人惆怅，好友又要离去，如同那天边孤云归于远山。想到今日离别却相会无期，心生惆怅不能自已。

早渡伊川见旧作 [1]

鹍鸡鸣曙霜 [2]，秋水寒旅涉。渔人皆邻舍 [3]，相见具舟楫。
出浦兴未尽，向山心更惬。村落通白云，茅茨隐红叶。
东皋满时稼，归客欣复业。

校记

[1]《全唐诗》卷二三六作"早渡伊川见旧邻作"。

[2] 曙霜，《全唐诗》卷二三六作"早霜"。

[3] 皆，《全唐诗》卷二三六作"昔"。

疏解

钱起写景之作清新淡泊，风格接近王维。此诗摹写深致，秋天的清晨，霜白露冷，鹍鸡啼鸣，秋水寒凉，旅人徒步涉水，河水冷冽刺骨。那些渔人乃我昔日之邻居，见我要涉水，皆划船而来。乘上小舟，离开渡口，寒波之上自由飘荡，兴致颇高，舟行向前，青山隐隐，心情更为惬意。远处，处处村落，白云缭绕，红叶丛茂，掩映点点茅屋。东山庄稼满坡，充满生机。田园山水，让人惬意，诗人回到旧居，真希望与农家一起安居乐业。

蓝田溪与渔者宿

独游屡忘归，况此隐沦处。濯发清泠泉，月明不能去。
更怜垂纶叟，静若沙上鹭。一论白云心，千里沧洲趣。
芦中夜火尽，浦口秋山曙。叹息分枝禽，何时更相遇。
（秀色满纸。）

疏解

　　诗人游蓝田溪，与渔翁同宿。即兴而游，也能屡屡忘归，行至阒寂无人之处，即借宿渔家。清泉泠泠可人，不禁散发洗濯，月光明亮，照临山野，令人不忍离去。还有那垂钓的老人，凝神静穆，如同沙滩白鹭凝神伫立。陶弘景隐居茅山，梁武帝问曰："山中何所有？"陶弘景答曰："山中何所有？岭上多白云。只能自怡悦，不可持赠君。"自此，那山中白云，就成为隐居者的象征了。钱起说，一旦说起那隐居之心意，就非常向往广阔山野林泉之胜景啊。一夜炉火燃尽时，曙光洒满秋山渡口，感叹不得不与渔翁分别，就如同那同栖于一条树枝上的鸟儿，不知何时再能相遇呢？诗中摹景，笔调清新，色彩淡雅，写人则老翁脱俗，诗人情怀深致。

游辋川至南山寄谷口王十六

山色不厌远，我行随趣深[1]。蹈幽青萝径[2]，思绝孤霞岑。
独鹤引过浦，鸣猨呼入林。褰裳百泉里，一步一清心。

王子在何处，隔云鸡犬音。折麻定延仁，乘月期招寻。

校记

[1] 随趣深，《全唐诗》卷二三六作"随处深"。

[2] 蹈幽，《全唐诗》卷二三六作"迹幽"。

疏解

辋川位于蓝田县中部偏南，这里青山逶迤，峰峦叠嶂，奇花怪藤，遍布幽谷，瀑布溪流，随处可见。因辋河水流潺湲，波纹旋转如辋，故名辋川，诗人王维曾有别业于此。对于诗人而言，探访如此优美的景致在于兴致，而不用在乎距离的远近。山路越走越深，山间景致各不相同，意趣昂然。辋川风景秀丽幽静，小路被浓密的藤萝掩盖，山头一抹云霞涂染，令人遐想不已。孤鹤掠过浦口，灵猿呼伴，跃入林间。蹈水而行，提起衣襟，山风吹拂，衣袂飘举，心旷神怡。王先生在何处啊？白云下面传来鸡鸣犬吠之声。折枝为杖，放眼远眺，我的好友在鸡犬遥遥的白云深处吧，或许他正在明月下，期待我去探访吧。

杪秋南山西峰题准上人兰若

向山看雾色，步步豁幽性。返照乱流明，寒空千嶂净。
石门有余好，霞残月欲映。上诣远公庐，孤峰悬一径。
云里隔窗火，松下闻山磬。客到两忘言，猿心与禅定。

疏解

此诗美景与禅心两到。初秋，山头云霞变幻，山间小径窄仄，行走其间，绿荫幽深。水面光影摇荡，明灭变幻，峰峦挺立，山色苍翠，更显寒寂。霞光未尽，而一弯新月，已然显露天际，准上人的寺院，就在那高处。孤峰入云，一条小路，蜿蜒而上，好像是从孤峰上垂下来似的。窗前灯光，被云霭遮挡，透出点点光芒，而山磬声穿过松林，传向远方。诗人寻访到此，与兰若上人相对，浮躁之心便会随禅定而消散。

幽　居

贵贱虽异等，出门皆有营。独无外物牵，遂此幽居情。
微雨夜来过，不知春草生。青山忽已曙，鸟雀绕舍鸣。
时与道人偶，或随樵者行。自当安蹇劣，谁为薄世荣。

疏解

一个人不论贵贱，总要为生活奔波忙碌，而诗人却愿幽居，安于清闲，无营营外物拖累，独享自然之美。蒙蒙春雨随夜而入，春草一夜暗生。伴雨酣眠，不觉鸟雀弄晴，绕屋飞鸣，天光六亮，青山遍染朝霞。信步而行，或与山间道人相遇，或与林中樵夫同行。诗人自愿闲居，享受林间清幽，安于自己的才能蹇劣，并不是看不起世俗间的荣华富贵。韦应物写景明丽清新，其中有王维孟浩然的影响。

观田家

微雨众卉新，一雷惊蛰始。田家几日闲，耕种从此起。
丁壮俱在野，场圃亦就理。归来景常晏，饮犊西涧水。
饥劬不自苦，膏泽且为喜。仓廪无宿储，徭役犹未已。
方惭不耕者，禄食出闾里。

疏解

　　春天到来，一切让人欣喜，蒙蒙春雨里，花木滋长，动天惊雷中，万物萌生。而此时，也是农家最忙碌的时节，壮年男子日日耕种田间，还要修整场圃，归来时常常天色已晚，还要饮牛河溪。劳累饥饿都不算苦，只要田园有收获，就令人满足。诗人写农家的辛劳，对他们充满了同情之心，也看到了世间对他们的不公：日夜劳作，却家中没有余粮，还得去应付无穷无尽的徭役。面对此，才深深地体会到，那些不劳作的人应该心生惭愧，他们的俸禄食物，所有的一切，都是农家给予的。

示全真元常

余辞郡符去，尔为外事牵。宁知风雨夜[1]，复此对床眠。
始话南池饮，更咏西楼篇。无将一会易，岁月坐推迁。

［1］风雨夜，《全唐诗》卷一八八作"风雪夜"。

 疏解

韦应物为官有过辞官的经历，此诗主要表达了离开官场后，他与朋友的友情。今天，诗人虽然辞官了，好朋友还纠缠于俗事之中，会面是多么地不易。难道不知道，风雨之夜，二人共处一屋，对床而眠，聊天闲话。我们曾坐临南池纵情饮酒，也登临西楼而赋诗言志。见一面不容易啊，岁月推移，不可辜负了当下美好时光啊。

同德寺雨后寄元侍御李博士

川上风雨来，须臾满城阙。岩峣青莲界，萧条孤兴发。
前山遽已净，阴霭夜来歇。乔木生夏凉，流云吐华月。
严城自有限，一水非难越。相望曙河远，高斋坐超忽。

疏解

韦应物的写景诗高雅闲淡，有人比之为陶渊明。此诗由落雨写至雨后，景清丽语质朴。风雨袭来，整个世界笼罩其中，城阙不见，天地难分，人仿佛也有了孤寂渺小之感。那高耸的山峰，直入云霄，风雨吹拂之后，一派萧条，诗人不由得诗兴大发。风雨之后，夜山清明，林木散发出阵阵凉爽，云开雾散，朗月照临，城郭明晰能辨，流水宁静一苇可渡。天空中，银河遥遥，人在同德寺，也有了超然世外之想。诗歌由景入情，自然浑成。

游开元精舍

夏衣如轻体[1]，游步爱僧居。果园新雨后，香台照日初。

绿阴生昼静，孤花表春余。符竹方为累，形迹一来疏。

 校记

[1] 如轻体，《全唐诗》卷一九二作"始轻体"。

 疏解

此诗有盛唐田园山水诗人常建诗歌的味道。夏天，人们衣衫轻薄，仿佛身体也得到解脱。出游之人喜欢去山寺，与僧人谈禅说玄，令人心神安宁。雨后果园，枝叶翠绿欲滴，香台在初日照耀下，熠熠生辉。白天，曲径人稀，夏木阴阴，一切都显得那样宁静，零落的花朵，却还显示出春天的痕迹。可惜，自己为一郡之守，为世俗事务所牵累，很少来访开元寺了，很久没有欣赏过如此的美景。诗写景突出了雨后山寺的静、净、寂，语言自然流畅，读来无丝毫滞碍。符竹，《汉书·文帝纪》："（二年）九月，初与郡守为铜虎符、竹使符。"颜师古注引应劭曰："铜虎符第一至第五，国家当发兵遣使者，至郡合符，符合乃听受之。竹使符皆以竹箭五枚，长五寸，镌刻篆书，第一至第五。"后因以"符竹"指郡守职权。刘禹锡《苏州谢上表》："优诏忽临，又委之符竹。"

游　溪

野水烟鹤暝，楚天云雨空。玩舟清景晚，垂钓绿蒲中。

落花飘旅衣，归流澹清风。缘源不可极，远树但青葱。

韦应物善写野旷之景，读来有清冷之气。黄昏，水面烟波浩渺，云霭缭绕，白鹤飞鸣，雨后云天，一片澄澈。诗人流连不归，泊舟水湾，垂钓绿蒲之岸，沉醉于这美妙晚景。清风吹拂，掠过水面，落花粘拂衣襟，水流婉转，归入天际，想溯溪流而上，穷尽水源，想来是不可能的了，放眼望去，远方树木一派青葱可人。诗中景致悠远岑寂，阔大背景中的落花、归鹤、渔人又给画面增添了生气。

韩　愈

秋　怀[1]　录一

秋夜不可晨，秋日苦易暗。我无汲汲志，何以有此憾。
寒鸡空在栖，缺月烦屡瞰。有琴且徽弦[2]，再鼓听愈淡。
古声久埋灭，无由见真滥。低心逐时趋，苦勉只能暂。
有如乘风船，一纵不可缆。不如觑文字，丹铅事点勘。
岂必求赢余，所要石与甔。

[1]《全唐诗》卷三三六《秋怀诗十一首》，所选为第七首。
[2]且，《全唐诗》卷三三六作"具"。

　　秋夜漫长，秋日苦短，对于诗人而言，虽自谦无宏大志向，但为什么还有遗憾呢？时光匆匆，一去不复返，面对生命的徒然流逝，诗人实际上是颇为急切的。一弯残月，高悬天空，寒鸡空自栖息，诗人深深地感受到了孤独。因而援琴弹奏，以抒发衷怀，然而独自弹奏，似乎曲调越发平淡无味。古音久已埋没，今天已经欣赏不到雅正的古音了。诗人不得不放低身段，追随时俗之所好，苦心勉强，也只能维持很短的时间。急惰有如乘顺风船，一旦放纵，将不可收拾。不如努力于文字，埋头校订古籍。人生在世，难道非要求取赢余吗？事实上，只要有基本的生存物资，只求温饱而已。诗人此诗已经没有了盛唐诗人浓烈情感，表现了文人求仕道路上的困惑迷茫。

柳宗元

南涧中题　　苏子瞻云：柳仪曹《南涧诗》，忧中有乐，妙绝古今。

秋气集南涧，独游亭午时。回风一萧瑟，林影久参差。
始至若有得，稍深遂忘疲。羁禽响幽谷，寒藻舞沦漪。
去国魂已远，怀人泪空垂。孤生易为感，失路少所宜。
索寞竟何事，徘徊只自知。谁为后来者，当与此心期。
（南涧，即柳记中石涧。）

诗一开头就言"秋气集南涧"，整篇笼罩了萧瑟的气氛。诗人独自游览，乃正午时分，南涧时已届深秋，山谷旋风回环，阴森萧瑟，枝叶摇荡，久久不息。出游之初，还仿佛有所收获，稍稍往南涧深处走去，不料疲劳竟也随之消散。山谷深处，飞鸟鸣叫声回响，寒冷流波中，水草摇荡，诗人心情一下沉重起来：被贬南方，离开首都长安，灵魂飘荡，心系家园，亲人不见，徒有念想，泪满衣襟。孤独中易生感伤，失意了难被称赏。尔今寂寞孤独，无所事事，心事也只有自己知道了，也许，后来者只有相似经历的人，才能理解我的心情。

柳宗元贬至永州后，许多作品中的景致都有清冷之感，这也表现了他孤独苦闷的心境。

雨后晓行独至愚溪北池

宿云散洲渚，晓日明村坞。高树临春池[1]，风惊夜来雨。
予心适无事，偶此成宾主。

[1] 春池，《全唐诗》卷三五二作"清池"。

一夜雨后，天开云散，洲渚一片清朗，诗人兴来独自沿溪出游。明媚阳光笼罩村落，一陂静水，被大树环绕，而轻风吹过，叶上宿雨仿佛受到惊动，纷纷坠落。诗人悠然闲适，独自漫步，无意中，与大自然成宾主相对，而心意皆通。诗歌虽短小，景致亮丽，画面优美而有活力，情生自然，对自然的喜爱之情溢于笔端。

中夜起望西园值月上

觉闻繁露坠，开户临西园。寒月上东岭，泠泠疏竹根。
石泉远逾响，山鸟时一喧。倚楹遂至旦，寂寞将何言。

疏解

　　此诗首句便不凡，坠露可闻，可见诗人睡眠之轻，对外面的世界也格外敏感。睡不着觉，于是来到西园。一弯新月，带着寒意挂于东山之上，泠泠清水流过竹林，冲刷着竹根，远处山泉呜咽，偶尔还有鸟鸣传来，静夜之中，这泉水声仿佛也越远越响了。诗人倚柱痴立，西园清冷，人也寂寞，此时心事能说与谁呢？诗歌写露坠声、清流声、泉水声、鸟鸣声，以种种声响来衬托人的无言，表达了柳宗元贬谪中无边孤寂之情。

初秋夜坐赠吴武陵

稍稍雨侵竹，翻翻鹊惊丛。美人隔湘浦，一夕生秋风。
积露香难极[1]，沧波浩无穷。相思岂云远，即席莫与同。
若人抱奇音，朱弦缫枯桐。清商激西灏，泛滟凌长空。
自得本无恃[2]，天成谅非功。希声闷大朴，聋俗何由聪。
（借琴以喻文之神境。）

校记

　　[1] 积露香难极，《全唐诗》卷三五一作"积雾杳难极"。

［2］无侔，《全唐诗》卷三五一作“无作”。

　　急雨袭来，纷纷打在竹叶上，乌鹊惊飞。秋风乍起，朋友远隔，烟波浩渺，秋露渐浓，踪迹颇难寻觅。只要心意相通，即使远在天涯，也如近在咫尺；如若心意不通，即使同席对坐，也觉遥不可及。我的好友吴武陵乃怀抱奇音之人，他能够在那朱弦枯桐琴上奏出美妙的音乐。激昂的琴声，仿佛裹挟着秋霜降临，缭绕起伏，凌跨长空。吴君演奏之技，乃自己体悟所得，无人能比，乃上天所成，想来不是人世努力所能达到的。大音希声，质朴至美，可惜世俗皆如耳聋，哪能够听闻此琴曲而聪慧呢！

　　吴武陵是柳宗元的好友，他有才干且琴艺高超，但因得罪权贵被贬永州。诗人借秋景表达了对友人的思念，借弹琴夸赞了对方的高超技艺，隐喻彼此为知音之意。

重　赋

厚地植桑麻，所用济生民[1]。生民理布帛，所求活一身。
身外充正赋[2]，上以奉君亲。国家定两税，本意在爱人。
厥初防其淫，明敕内外臣。税外加一物，皆以枉法论。
奈何岁月久，贪吏得因循。役我以求宠[3]，敛索无冬春。
织绢未成匹，缲丝未盈斤。里胥逼我纳[4]，不许暂逡巡。
岁暮天地闭，阴风生破村。夜深烟火尽，霰雪白纷纷。

幼者形不蔽，老者体无温。悲啼与寒气[5]，并入鼻中辛。

昨日输残税，因窥官库门。缯帛如山积，丝絮如山屯[6]。

号为羡余物，随月献至尊。夺我身上暖，买尔眼前恩。

进入琼林库，岁久化为尘。（后世税务率进羡余，事俱可慨。白诗近俗，然平易近人，善于达意。录其大有关系者数篇，以备一格。）

校记

[1] 所用，《全唐诗》卷四二五作"所要"。

[2] 正赋，《全唐诗》卷四二五作"征赋"。

[3] 役我，《全唐诗》卷四二五作"浚我"。

[4] 逼我，《全唐诗》卷四二五作"迫我"。

[5] 悲啼，《全唐诗》卷四二五作"悲喘"。

[6] 山屯，《全唐诗》卷四二五作"云屯"。

疏解

此诗为《秦中吟十首》之二，《秦中吟》是白居易在长安期间根据所见所闻写的一组诗歌。对于诗人来讲，君王爱民，重视耕种，农民在肥沃的土地上种桑植麻，纺织布帛都是为了生活所需。所有收获，百姓除了留下自身需要外，都缴纳给了朝廷。朝廷定两税法，其用意也是为了减轻百姓负担。初设两税法之时，朝廷就明确告诫内外臣子，两税之外，如再加征一物，皆以枉法论处。哪料时间久了，贪官污吏攫取无度，无论季节，不管成熟，绢未成匹，丝不足斤，急急征收，不容迟缓。冬天，白雪纷纷，破败的村庄，炉盆却无炭火，儿童无衣，老人体寒，呵气成霜，酸楚难言。昨天，农家交完剩余的税，偷偷地看到官库，里面绸绢堆积如山，丝絮堆积如云朵！剥夺百姓的财物，使其寒不得衣，饥不得食，却号称"羡余物"。官吏将物品每个月都进献给皇帝，就是为了自己的政绩，为了自己的官运。可是，绢丝堆存琼林库房中，年深岁久，皆化为尘土了啊。白居易的诗歌语言通俗浅显，内容却尖锐犀利，直刺时政弊端。

伤　宅

谁家起甲第，朱门大道边。丰屋中栉比，高墙外回环。

累累六七堂，檐宇相连延[1]。一堂费百万，郁郁起青烟。

洞房温且清，寒暑不能干。高亭虚且迥[2]，坐卧见南山。

绕廊紫藤架，夹砌红药阑[3]。攀枝摘樱桃，带花移牡丹。

主人此中坐，十载为大官。厨有臭败肉，库有贯朽钱。

谁能将我语，问尔骨肉间。岂无穷贱者，忍不救饥寒。

如何奉一身，直欲保千年。不见马家宅，今作奉诚园。

（北平王宅，改为奉诚园。）

校记

[1] 檐宇，《全唐诗》卷四二五作"栋宇"。

[2] 高亭，《全唐诗》卷四二五作"高堂"。

[3] 红药阑，《全唐诗》卷四二五作"红药栏"。

疏解

此诗是白居易《秦中吟十首》的第三首。中唐时，朝廷官员和宦官的生活奢侈淫靡，他们大兴土木修建豪宅，所费动辄百万。朱门甲第，临于大道。广厦楼宇，栉比相连，高高的围墙，将其环绕。院中，堂屋六七处，廊檐相连，屋宇并接。一座大厅堂，所费要百万之重价，楼阁巍峨直冲云霄，内室敞亮，冬暖夏凉。座座亭榭，既宽敞又高耸，人或坐或卧其中，可以眺望终南山。庭院深深，绕廊紫藤蜿蜒，阶下芍药灿烂。樱桃攀枝可摘，牡丹带花移栽。安坐在此屋的主人，定是十载不倒的大官。厨房内，有放坏了的酒肉，库房内，钱绳朽断。但是，谁能替我问问：你们亲戚友人，难道没有贫贱之人？怎能忍心不救济其饥寒？如何能够用如此丰厚的财物，奉养一人？真的想长保千年富贵？难道你没有看见，当初功高盖世、富贵莫比的马燧的豪宅，今天成了废弃的奉诚园！

白居易主张诗歌要"为君""为民""为臣""为物"，要有充沛的现实内容。这首诗直接抨击上层阶级奢靡之风，体现了其一贯的作诗主张。

伤　友

陌巷孤寒士，出门甚栖栖[1]。虽云志气高，岂免颜色低。
平生同袍友[2]，通籍在金闺。曩者胶漆契，迩来云雨暌。
正逢下朝归，轩骑五门西。是时天久阴，三日雨凄凄。
蹇驴避路立，肥马当风嘶。回顾望相识，古道上沙堤[3]。
昔年洛阳社，贫贱相提携。今日长安道，对面隔云泥。
近日多如此，非君独惨凄。死生不变者，唯闻任与黎。

（自注：任公叔、黎逢。）

校记

[1] 甚栖栖，《全唐诗》卷四二五作"苦恓恓"。

[2] 同袍友，《全唐诗》卷四二五作"同门友"。

[3] 古道，《全唐诗》卷四二五作"占道"。

疏解

此为《秦中吟十首》的第四首，同窗之交，若干年后地位高下悬殊：贫寒之士住在陋巷，出门惶惶不安，虽说心存高志，可现实中连连碰壁不得不低头。昔日同窗好友，今天庙堂为大官。当初交情深厚，而今云雨相背。两人偶尔相遇道路，正逢昔日好友下朝归府。连天阴雨后，道路泥泞不堪行，一个忙牵蹇驴避让路边，一个骑高头大马迎风嘶鸣。回头望望同窗友，目光冷漠如不识。当初洛阳读书结社，均言相与提携，今日长安相见，对面云泥之别。其实，现实生活中此事太常见，富贵生死不变的，只有任公叔和黎逢了。白居易以诗歌方式表达世风日下，人情今不如古的慨叹，诗言浅而深，意微而显。

不致仕[1]

七十而致仕，礼法有明文。何乃贪荣贵[2]，斯言如不闻。
可怜八九十，齿堕双眸昏。朝露贪名利，夕阳忧子孙。
挂冠顾翠缨[3]，悬车惜朱轮。金章腰不胜，伛偻入君门。
谁不爱富贵，谁不恋君恩。年高须告老，名遂合退身。
少时共嗤笑[4]，晚岁多因循。贤哉汉二疏，彼独是何人。
寂寞东门路，无人继去尘。（"朝露""夕阳"二语，足令昏庸猛省。）

校记

[1] 不致仕，原作"合致仕"，据《全唐诗》卷四二五径改。
[2] 贪荣贵，《全唐诗》卷四二五作"贪荣者"。
[3] 翠缨，《全唐诗》卷四二五作"翠矮"。
[4] 嗤笑，《全唐诗》卷四二五作"嗤诮"。

疏解

此诗为《秦中吟十首》的第五首，意在讽刺贪恋禄位之人。大唐礼法有规定，官员到了七十岁退休，为何有人贪恋富贵，对此置若罔闻？可怜兮兮八九十岁的人，牙齿都已脱落，两眼也是昏花，视物不明。生命已如同朝露那样短暂了，还在贪恋名利；时日不多如同黄昏夕阳了，还在为子孙谋利益。到退休的时间，却舍不得丢下官帽；本该上交车辆，还舍不得红色车轮；年老腰弯，已经承受不住金章的重量了，却还硬挣扎去上朝。谁人不爱荣华富贵呢？哪个不眷恋皇帝恩赏呢？但年龄已到，功成名就，必须告老退休。年轻官员冷嘲热讽那些老官员，可他们到了老年却也竭力效仿，不愿告老退休。遥想汉朝，及时退休的两位姓疏的高级官员，真是贤明，他们是怎样的人呢？今天，京师东门路上，官宦云集，却无人追随汉代的二疏。诗歌虽短，但诗人从礼法入手，兼及身体状况、为官目的、负面影响和汉代榜样几个方面，层层描述，将不致仕者讨人厌的形象充分展现在读者面前。

歌　舞

秦中岁云暮，大雪满皇州。雪中退朝者，朱紫尽公侯。贵有风雪兴[1]，富无饥寒忧。所营唯第宅，所务在追游。朱门车马客，红烛歌舞楼。欢酣促密坐，醉暖脱重裘。秋官为主人，廷尉居上头。日中为乐饮[2]，夜半不能休。岂知阌乡狱，中有冻死囚。（狱有冻囚，而秋官廷尉方事歌舞，牧民者尚其慎之。）

校记

[1] 风雪，《全唐诗》卷四二五作"风云"。

[2] 为乐饮，《全唐诗》卷四二五作"为一乐"。

此为《秦中吟十首》的第九首。一年岁暮时，秦中大雪纷纷，京城一片洁白。纷飞的雪花中，那些退朝的公侯将相，兴致勃勃欣赏雪景而无寒意。他们红光满面，穿紫着红，身在高位便都忙着经营自己的利益，营造房屋，一心追攀、游赏，嬉戏快乐。豪门人家，车来车往，如云不断，红烛高悬，歌舞连连。那些达官贵人们酒酣之后，团团围坐，屋暖酒热而脱去厚厚的皮裘。宴会的主人秋官（掌司刑法的官员）在坐招呼，客人廷尉高高坐在上首。中午的筵席延续到了半夜，大家仍兴致高涨不想休止。他们难道不知阌乡的牢狱，已冻死了冤囚。

诗歌一面渲染朝堂富贵奢靡生活，一面带出现实生活中冻死人的悲剧，前者详写，后者略写，却对比鲜明，给人印象深刻，有秤砣虽小压千金之效。

买 花

帝城春欲暮，喧喧车马度[1]。共道牡丹时，相随买花去。
贵贱无常价，酬直看花数。灼灼百朵红，戋戋五束素。
上张幄幕庇，旁织笆篱固[2]。水洒复泥封，迁来色如故[3]。
家家习为俗，人人迷不悟。有一田舍翁，偶来买花处。
低头独长叹，此叹无人喻。一丛深色花，十户中人赋。

[1] 喧喧，《全唐诗》卷四二五作"喧哗"。

[2] 笆篱固，《全唐诗》卷四二五作"巴篱护"。

[3] 迁来，《全唐诗》卷四二五作"移来"。

这是白居易《秦中吟十首》最后一篇。每至暮春，又到了牡丹盛开的时节，长安城中车水马龙，热闹非凡，高门大户人家纷纷相随，买花赏花。牡丹花的价钱贵贱不定，价钱多少以花的品种、花朵数目来定。牡丹枝繁叶茂，灼灼喜人，一束花却要付五匹白绢的价钱。牡丹被精心培育，帷幕为蓬，篱芭围护，根浇上水，再用营养泥土细细包护，所以，买回家移栽后，花的颜色依然鲜艳无比。家家养牡丹，户户爱此花，无人能觉悟。偶有老农路过买花处，不由低头长叹息：这一丛深色的牡丹花，价钱竟是十户中等人家一年的赋税！但是长叹谁能懂呢？诗人构思独特，买花场面的喧闹和田舍老人的悲叹形成对比，表现了社会的不公，讽刺意味极浓。

刘禹锡

客有为余话登天坛遇雨之状因以赋之

清晨登天坛，半路逢阴晦。疾行穿雨过，却立视云背。
白日照其上，风雷走于内。滉漾雪海翻，槎牙玉山碎。
蛟龙露鬐鬣，神鬼含鬐态[1]。万状互生灭，百音以繁会。
俯观群动静，始觉天宇大。山顶自晶明，人间已霡霂。
豁然重昏敛，焕若春冰溃。反照入松门，瀑流飞缟带。
遥光泛物色，余韵吟天籁。洞府撞仙钟，村墟起夕霭。
却见山下侣，已如迷世代。问我何处来，我来云雨外。

（奇异之状非奇异之笔不能达之。）

[1] 麗态，《全唐诗》卷三五五作"变态"。

客人清晨登天坛，半路上乌云密集，大雨磅礴，急急向上，穿过雨幕，人仿佛立于云层之上。云层之上阳光普照，其内则风动雷鸣，视之则雪海涌动，白涛狂卷，或如玉山崩塌，裂声惊耸；或如蛟龙怒腾，须鬣狂张；或如鬼神变形，千姿万态。万千形状相继，百种声响交织。俯视天地，方觉天宇广阔。天坛之上，阳光灿烂，山下则大雨倾盆。瞬间云敛雨收，好似春天的冰，顷刻间化为水而流散。水光反照之下，松林、山门、飞瀑晶莹透亮，自然万物，清亮如洗，霞光照耀，物色鲜丽，远处仍有雷声余响。俄尔，山寺梵钟响起，远处村落升起袅袅炊烟。下山再见山下伴侣，竟然有了恍惚隔代之感，大家问客人从何而来，笑言来自云天之外。诗人并非亲身经历了天气的骤变，而是根据客人的陈述写了此诗。诗歌想象丰富，笔调新奇，给人视觉、听觉上造成强烈的感动效果。

游终南山

南山塞天地，日月石上生。高峰夜留景，深谷昼未明。山中人自正，路险心亦平。长风驱松柏，声拂万壑清。到此悔读书，朝朝近浮名。（盘空险语。）

诗人游终南山，以切身感受来写眼中所见。终南山高耸广大，连绵不绝，似乎是硬塞在天地之间，可见天地小而终南山大，日月似乎都是从终南山上升起、落下。天色虽然黯淡下来，然而那高耸的山峰，却依然被阳光照耀着，一派金黄；山谷幽深，白天仍然一派昏暗。终南山如此险峻，然而诗人自觉乃正人君子，即使道路再艰险，行走其上，定当心境平和，无所畏惧，心中无邪亦不觉山路险怪。长风吹拂，松柏随风摇曳，松涛声声，回响于万壑千谷。到了终南山，方后悔读书了，原来那天天勤读苦练，是为了博取浮名虚声罢了。孟郊诗歌写得险怪，往往有惊人效果。

闻 砧

杜鹃声不哀，断猿啼不切。月下谁家砧，一声肠一绝。
杵声不为客，客闻发自白。杵声不为衣，欲令游子归。

（近古乐府。）

疏解

杜鹃哀鸣，孤猿悲号，诗人却反用其意，说杜鹃啼鸣不哀伤，猿声不悲切。因为，在诗人心中，秋月下捣衣的砧声，才会令人肝肠断绝，它是思念远游亲人之心绪的表露。那捣衣声，不是为诗人这个异乡客而发的，然而如此悲苦，闻之竟然心伤头白。砧声起伏，不仅仅是捣洗衣服，那是在催促远方的游子快快归家啊。孟郊此诗以乐府来写，语言浅显，情感真切。

聶夷中

田 家 [1]

父耕原上田，子劚山下荒。六月禾未秀，官家已修仓。
二月卖新丝，五月粜新穀。医得眼前疮，剜却心头肉。
我愿君王心，化作光明烛。不照绮罗筵，只照逃亡屋。

（唐诗尚有采诗之役，此诗述民疾苦，可继《国风》。）

校记

[1]《全唐诗》卷六三六题作《观田家》，无"父耕原田上……官家已修仓"四句。此四句另为《田家二首》之一。

疏解

聶夷中为晚唐诗人，那个时期，有一派诗人的作品不再写自己的理想，而是转向对民生疾苦的表现。诗人笔下农家最苦，耕地开荒，辛苦劳作，六月麦苗尚未开花，官府便已修好了仓库，作好了收租收税的准备。二月卖新丝，五月卖新穀，所有收获全用来交租纳税，这好比剜肉医疮，不顾将来如何生活。诗人真希望皇帝的恩情能像烛光一样，不要仅仅照耀着权贵，也能将百姓眷顾，不要让他们流浪逃亡。古代有采诗之官，以采诗方式将民情上达朝廷，告知皇帝。此诗写农家苦况，表达了诗人美好的愿望。

卷二 七言古诗

春江花月夜 本四杰体，
而渐有清劲之气，录之以备一格。

春江潮水连海平，海上明月共潮生。

滟滟随波千万里，何处春江无月明。

江流宛转绕芳甸，月照花林皆似霰。

空里流霜不觉飞，汀上白沙看不见。

江天一色无纤尘，皎皎空中孤月轮。

江畔何人初见月，江月何年初照人。

人生代代无穷已，江月年年望相似[1]。

不知江月待何人，但见长江送流水。

白云一片去悠悠，青枫浦上不胜愁。

谁家今夜扁舟子，何处相思明月楼。

可怜楼上月徘徊[2]，应照离人妆镜台。

玉户帘中卷不去，捣衣砧上拂还来。

此时相望不相闻，愿逐月华流照君。

鸿雁长飞光不度，鱼龙潜跃水成文。

昨夜闲潭梦落花，可怜春半不还家。

江水流春去不尽[3]，江潭落月复西斜。

斜月沉沉藏海雾，碣石潇湘无限路。

不知乘月几人归，落月遥情满江树。

疏解

此诗采用乐府旧题，但作者已赋予了它全新的内容，将画意、诗情与对宇宙奥秘和人生哲理的体察融为一体，创造出情景交融、玲珑透彻的诗境。

诗人先从春江月夜的宁静美景入笔："春江潮水连海平，海上明月共潮生。"春日黄昏，江潮初涨，与大海海潮相连，极为广阔，一轮明月随着潮水而冉冉升上天际。"滟滟随波千万里，何处春江无月明？江流宛转绕芳甸，月照花林皆似霰。"广袤无垠，波光滟滟，随着波涛远至千万里之遥，广袤的大地，何处没有春潮涨溢的江水，何处又无明月呢？江流曲折蜿蜒，环绕着芳草茂盛的洲渚，月光如流水，静静地倾泻下来，照在树木林花上，好似霜霰一般。"空里流霜不觉飞，汀上白沙看不见"，空明的天际，如霜霰般的月光，似有若无，不觉其飞动，而江边洲渚的白沙与月光全然融为一体，分不清哪是月光哪是白沙了。

月色中，烟波浩淼而透明纯净的春江远景，展示出大自然的神奇美妙。诗人在感受到这美丽景色的同时，沉浸于对似水年华的体认之中，情不自禁地由江天月色，引发出对人生的思索："江天一色无纤尘，皎皎空中孤月轮。"江天一色，明月照临，绝无纤尘，只有那天际的一轮明月，静静地泻下霜霰般的月光。"江畔何人初见月？江月何年初照人？人生代代无穷已，江月年年只相似。不知江月待何人，但见长江送流水。"由时空的无限，遐想到了生命的无限，感到神秘而亲切，表现出一种更深沉、更寥廓的宇宙意识。诗人似乎在无须回答的天真提问中得到了满足，然而也迷惘了，因为光阴毕竟如流水，一去难复返。

所以从"白云一片去悠悠"开始，诗人转而叙写人间游子思妇的离愁别绪，明净的诗境中，融入了一层淡淡的哀伤。这种从优美而来的忧伤，随月光和江水流淌于心上，徐缓迷人。"谁家今夜扁舟子？何处相思明月楼？"诗人于江畔，遥遥望见一叶小舟行于江天月色之间，遂发出了关切的询问：这是谁家游子，今夜乘此明月而归家啊？他所相思相念的意中人，家在何处？那绣楼明月照临，是他归来之处啊！"可怜楼上月徘徊，应照离人妆镜台。玉户帘中卷不去，捣衣砧上拂还来。"可爱的明月照临此楼，徘徊不忍离去，似乎要给她更多的慰藉，给她那孤独的妆镜台更多铺一些月光。那可爱而温馨的月光，在闺楼的帘帷上卷不去，在江边捣衣砧上轻拂不去，是如此地深情。因而诗人说，"此时相望不相闻，愿逐月华流照君"，他乡的游子与闺中的思妇，此时共同仰望那一轮明月，却无法相见，多情的思妇愿意化为一抹月光，飞越千山万水，直接照临那他乡的游子身上。"鸿雁长飞光不度，鱼龙潜跃水成文"，可惜传书的大雁飞向了远方，无法请它传书了，一抹月光恐怕也难飞越万水千山啊；能传书信的双鲤鱼，竟也深潜水底，不再出来，水面上留下浅浅的波纹。"昨夜闲潭梦落花，可怜春半不还家"，昨夜梦见落花，应该是个好兆头啊，可惜春天已然过半，那远方的游子竟然还没有回来。"江水流春去欲尽，江潭落月复西斜"，汤汤的江水东流，将春天也要带走了，明月西斜，天将破晓，整个春江也渐渐笼罩在雾霭之中。"斜月沉沉藏海雾，碣石潇湘无限路"，明月西沉，渐渐隐没于烟岚雾霭之中，那远方的游子，依然在碣石潇湘的万里之遥，"不知乘月几人归？落月摇情满江树"，可以告慰人的，在如此的春江花月夜的美景中，还有人乘月而归，那也就是有情人终归团聚了，明月虽落，然而这祈愿人间美好、有情人终归团聚的真挚情感，似乎弥漫于这春江无尽的树木之间了。当全诗以"不知乘月几人归，落月摇情满江树"收束时，仍有一种令人可味不尽的绵邈韵味。全诗四句一韵，平仄交错，借声韵的回环往复，把离愁别恨表现得往复缠绵，摇曳生姿。全诗情景理三者融合，景阔大而优美，理奇深而发人哲思，情则真挚含蓄感人心魄，诗情荡漾，画意幽美、哲理隽永，浑然一体，洵为佳作。

余杭醉歌赠吴山人

晓幕红襟燕，春城白项乌。
只来梁上语，不向府中趋。
城头坎坎鼓声曙，满庭新种樱桃树。
桃花昨夜撩乱开，当轩发色映楼台。
十千兑得余杭酒，二月春城长命杯。
酒后留君待明月，还将明月送君回。（起韵宛似乐府。）

疏解

　　清晨，红襟燕儿穿梭帘幕，白项乌飞翔城头，它们都栖息于梁上，不愿飞入深深堂屋。城头大鼓咚咚声响时，天光放亮，庭院新栽的樱桃树，树条随风摇曳。满园桃花昨夜已然盛开，那灼灼花朵映红了楼台。十千钱换得余杭美酒啊，真愿沉醉于骀荡春风里，与天地共白头。酣饮之后，挽留吴山人一起等待明月升天，与明月相伴，送君归家。

李 白

远别离

远别离，古有皇英之二女，

乃在洞庭之南，潇湘之浦。

海水直下万里深，谁人不言此离苦？

日惨惨兮云冥冥，猩猩啼烟兮鬼啸雨。

我纵言之将何补？皇穹窃恐不照余之忠诚，

云凭凭兮欲吼怒[1]。尧舜当之亦禅禹。

君失臣兮龙为鱼，权归臣兮鼠变虎。

或言尧幽囚[2]，舜野死，

九疑联绵皆相似，重瞳孤坟竟何是？

帝子泣兮绿云间，随风波兮去无还。

恸哭兮远望，见苍梧之深山。

苍梧山崩湘水绝，竹上之泪乃可灭。（肃宗信李辅国之言，徙上皇于西内，未几而崩。故托吊古以致风焉。）

校记

[1] 云凭凭，《全唐诗》卷一六二作"雷凭凭"。

[2] 或言，《全唐诗》卷一六二作"或云"。

疏解

远别离啊，自古就有帝尧的两个女儿娥皇与女英，都嫁给了舜。舜南巡，死于洞庭湖之南、潇湘之浦。二妃一路追寻，一路痛哭，相思的眼泪洒到竹子上，竹子上就有了去不掉的斑痕。可怜二人也溺死在湘江，化为神灵。神灵又游于洞庭，出入潇湘，潇湘洞庭就笼罩了哀伤气氛。即使是万里深的海水，也比不上这远别离的深重悲苦呀！天地暗淡，太阳无光，乌云腾腾，猩猿哀号，鬼魅长啸，烟雨迷蒙。这深重的悲苦、远别离的伤感，我即使讲出事情的缘由，又有什么用呢！因为，皇天并不照临我的忠诚啊！何况，那天帝身边的乌云，遮蔽了一切，雷声阵阵，对我咆哮。尧禅让帝位于舜，舜也应该将天子之位礼让给了大禹，礼乐文明也可能遮蔽了权力的残酷争斗吧。君王如若失去忠贞的臣子，飞龙也就化为了鱼虾，权力一旦归于臣子，胆小的老鼠也会变成贪暴的老虎啊。民间传说，尧是被舜囚禁而死的，舜是被大禹流放而死的，放眼眺望，九疑山重重迭迭，连绵起伏，云雾迷漫，处处都彰显着尧舜冤屈而死的痕迹。如果是礼乐文明的礼让啊，重瞳的尧帝，应该有其坟冢的，可是他的坟墓在哪儿呢？你看那娥皇、女英在在绿云间哭泣呢，舜死去，再也不能回来，因而二妃痛哭不已，泪染竹林，那点点泪痕，就是湘妃竹上的泪斑呀！即使苍梧山崩塌，湘水干涸，那湘妃竹上的泪痕，也不会消失的。

李白以古老的传说起兴，借此来表现君臣关系，表现诗人对时局的关切。李白认为，君王不能体察君子的忠心，就会失去贤良之人，大权旁落，龙无能会化成鱼；朝廷大权落于奸臣之手，鼠张扬能装成虎。权臣当道，君王昏昧，李白作为一介布衣，对现实欲说不能，故说"我纵言之将何补"，诗虽写得恍惚迷离，但有一颗热切的心在跳跃。

乌夜啼　贺秘监读《乌夜啼》

诸乐府因重太白，荐于玄宗。

黄云城边乌欲栖，归飞哑哑枝上啼。

机中织锦秦川女，碧纱如烟隔窗语。

停梭怅然忆远人，独宿空房泪如雨[1]。

《乌夜啼》是乐府旧题，古辞多写男女离别相思之苦。黄昏时分，夕阳笼罩，归巢乌鸦从天边飞来，集于枝头哑哑鸣叫不停。叫声嘈杂让人烦躁，闺中织妇心中惆怅。碧纱如烟，笼罩窗户，似乎听得乌鸦隔窗私语，情味深深。惆怅的织妇，停梭痴坐，怀想远方的游子：鸟尚归巢，人在哪里呢？相思孤独无法释怀，不禁思绪纷纷，泪如雨下。诗人短短六句将人物身份、环境、氛围、心情全盘点出，结尾又有余韵，给人留下想象。据说，贺知章读此诗后推重李白，极力向唐玄宗推荐。

江上吟

木兰之枻沙棠舟，玉箫金管坐两头。

美酒尊中置千斛，载妓随波任去留。

仙人有待乘黄鹤，海客无心随白鸥。

屈平词赋悬日月，楚王台榭空山邱。

兴酣落笔摇五岳，诗成笑傲凌沧洲。

功名富贵若长在，汉水亦应西北流。

疏解

木兰作桨兮沙棠为舟，华美的船儿任意飘荡，玉箫金管在船的两头吹响，动听的音乐在江面回响。有千斛美酒啊，手中杯不会空放；有佳人相伴呀，小舟随波任意飘荡。仙人有待兮，乘黄鹤飞升；诗人无心兮，与白鸥心意相通，自由自在。看古往今来，只有屈原的文章与日月同辉而不朽，而权势显赫于一世的楚王所建之亭台楼榭，早已化为灰烬。诗兴大发，落笔诗篇，可摇荡五岳，啸傲之情，雄豪之气，凌跨沧海。功名富贵算什么？它们若能长久的话，那汉水恐怕也要西北流了！诗人以江上的遨游起兴，在自矜才华的同时，也表达了对荣华富贵的蔑视，对自由生活的向往。诗歌感情激荡，气魄宏大。

侍从宜春苑奉诏赋龙池柳色初青听新莺百啭歌

东风已绿瀛洲草，紫殿红楼觉春好。

池南柳色半青青，萦烟袅娜拂绮城，

垂丝百尺挂雕楹。

上有好鸟相和鸣，间关早得春风情。

春风卷入碧云去，千门万户皆春声。

是时君王在镐京，五云垂晖耀紫清。

仗出金宫随日转，天回玉辇绕花行。

始向蓬莱看舞鹤，还过茝若听新莺。

新莺飞绕上林苑，愿入箫韶杂凤笙。

（有唐应制七古，以此篇为最上。）

疏解

　　此诗的中心是"侍从宜春苑"，摹写"龙池柳色初青，听新莺百啭"，诗人紧扣诗题。东风吹绿了宜春苑的青青小草，那无边的绿色，衬映着紫殿红楼更鲜亮，春天真美丽。龙池南边柳叶色青青，远远望去，绿烟轻笼，如梦似幻；千尺柔条，在春风中袅袅娜娜，轻拂着美丽长安城，游丝飞舞，盘绕挂在了雕梁画柱上；梁间美丽的小鸟在歌唱，好象把春天的消息来播报。鸣声啾啾，随春风飞扬，长安处处，千门万户，皆回荡着春声。这个美好的春日，君王也在京城宜春苑赏景游乐，天上五彩祥云，吐耀紫清佳气。仪仗队伍护侍着君王，离开皇宫，来踏青赏春，玉辇绕着怒放的鲜花行走。伫立岸边，遥看水中小岛上，仙鹤翩翩起舞；又来到茝若宫前，聆听黄莺婉啭的歌声。那黄莺儿，翩翩飞舞，飞入上林苑，情愿伴凤笙而鸣，为君王奏出箫韶太平乐。诗人写长安之春，从春色、春声、春心、春游几个角度入手，层层递进，把大自然的美一点点展示给大家。诗歌如行云流水，自然晓畅，构思又极为巧妙。

鸣皋歌送岑征君　自注：时梁园三尺雪，在清泠池作。

若有人兮思鸣皋，阻积雪兮心烦劳。
洪河凌竞不可以径度，冰龙鳞兮难容舠。
邈仙山之峻极兮，闻天籁之嘈嘈。
霜崖缟皓以合沓兮，若长风扇海涌沧溟之波涛。
元猿绿罴[1]，舔㖖崟岌。
危柯振石，骇胆栗魄，群呼而相号。
峰峥嵘而路绝[2]，挂星辰于岩嶅。
送君之归兮，动鸣皋之新作。
交鼓吹兮弹丝，觞清泠之池阁。
君不行兮何待？若返顾之黄鹤。
扫梁园之群英，振大雅于东洛。
巾征轩兮历阻折，寻幽居兮越巇嶻。

盘白石兮坐素月，琴松风兮寂万壑。

望不见兮心氛氲，萝冥冥兮霰纷纷。

水横洞以下渌，波小声而上闻。

虎啸谷而生风，龙藏溪而吐云。

寡鹤清唳，饥鼯嚬呻。

魂独处此幽默兮，愀空山而愁人。

鸡聚族以争食，凤孤飞而无邻。

蝘蜓嘲龙，鱼目混珍。

嫫母衣锦，西施负薪。

若使巢由桎梏于轩冕兮，亦奚异乎夔龙蹩躠于风尘。

哭何苦而救楚，笑何夸而却秦。

吾诚不能学二子沽名矫节以耀世兮，固将弃天地而遗身。

白鸥兮飞来，长与君兮相亲。

（学楚骚而纵横变化，固非仙才不辨。）

校记

[1] 元猿，《全唐诗》卷一六六作"玄猿"。

[2] 而，《全唐诗》卷一六六作"以"。

疏解

《鸣皋歌送岑征君》是李白的好友岑勋到鸣皋山隐居，诗人创作的一首骚体诗，以为赠别。李白创作此诗时，梁园普降大雪，雪深三尺。好友岑征君思念鸣皋山，大雪封山，江河断流，人便心生烦忧。诗人以丰富的想象，描绘了路途的艰险，也描摹了鸣皋山幽静的环境。大河冰凌突起，无法渡河；小河冰封，无法行船。岑征君只能远远地眺望着高峻的鸣皋山，听闻传来的天籁之音，身住而神往。想来鸣皋山上，也是大雪冰封，山峰突兀，好似长风吹起的海水而涌起的波涛一般，玄猿绿罴，舔鬖崟岊，粗大的树柯，敲打着石崖，声啸轰鸣，令人胆战心惊。而今送行岑征君，作一首新歌《鸣皋歌》。丝竹和鸣，音乐交响，在清泠池上举酒相祝，可是大雪纷飞，岑征君不得成行，好似高举飞翔的黄鹤，回顾人间。岑征君最终将厉经千万险阻，归隐鸣皋山。那时，征君坐于白石之上，面对朗朗明月，在松涛声中弹琴，使千岩万壑为之而空，景色幽绝，声音动听。有啸谷生风之猛虎，也有藏溪吐云的蛟龙，长唳之孤鹤，嚬呻之饥鼯。可是现实中，人如鸡争食，忙着谋求私利，贤良之人如凤鸟被孤立。人们是非不分，好坏颠倒，黄钟毁弃，瓦釜雷鸣。如果把隐士巢父许由困在朝廷华堂，无异于把贤臣夔龙弃于风尘。申包胥救楚，鲁仲连却秦兵，诗人却不想学二人图名利，只愿随白鸥与君遨游于天地。李白此诗用骚体来写，设想奇妙，气势奔放，具有声势夺人的气魄。

白云歌送刘十六归山

秦山楚山皆白云[1]，白云处处长随君。
君入楚山里[2]，云亦随君渡湘水。
湘水上，女萝衣，白云堪卧君早归。

 校记

[1] 秦山楚山，《全唐诗》卷一六六作"楚山秦山"。

[2] 君入楚山里，《全唐诗》卷一六六为"长随君，君入楚山里"。

疏解

秦山之上，楚山之巅，白云在飘荡，朵朵白云仿佛就愿跟随你，追随着你，飘入楚山里，伴你渡过湘水去。湘水上，美丽仙女穿着绿萝衣，白云还能留你停卧，你可要早早回还莫忘归。短短诗句，以白云起兴，诗人赋予白云以灵性，自由自在的白云在诗歌里追随人，入山又渡水，一下有了情义，恰恰表现出好朋友之间亲密无间的关系。诗语句浅显清新，读来上口，有流荡之美。

杜 甫

渼陂行

岑参兄弟皆好奇，携我远来游渼陂。
天地黮惨忽异色，波涛万顷堆琉璃。
琉璃漫汗泛舟入[1]，事殊兴极忧思集。
鼋作鲸吞不复知，恶风白浪何嗟及。
主人锦帆相为开，舟子喜甚无氛埃。
凫鹥散乱棹讴发，丝管啁啾空翠来。
沈竿续蔓深莫测，菱叶荷花净如拭[2]。
宛在中流渤澥清，下归无极终南黑。
半陂已南纯浸山，动影袅窕冲融间。
船舷暝戛云际寺，水面月出蓝田关。
此时骊龙亦吐珠，冯夷击鼓群龙趋。
湘妃汉女出歌舞，金支翠旗光有无。
咫尺但愁雷雨至，苍茫不晓神灵意。
少壮几时奈老何，向来哀乐何其多。

（"好奇"二字，一篇之旨。）

校记

[1] 漫汗，《全唐诗》卷二一六作"汗漫"。

[2] 净如拭，《全唐诗》卷二一六作"静如拭"。

疏解

　　杜甫与岑参情义相投，很要好。岑参兄弟喜欢探幽览胜，邀约杜甫一道游览终南山麓之渼陂，并在诗歌中用丰富的想象，描摹了天气变化时的景象。天地暗淡乌云起时，万顷的波涛，弥漫天地间，如同琉璃一样，半明半暗，感觉鲸鼍跃动，要将人一口吞没。风平浪静时，鸥鸟飞集，棹歌唱响，丝管悠扬，菱叶荷花净似洗，船行中流如在渤海游荡。终南山倒影黑成团，几乎浸满了渼陂南面的水面，水波微荡倒影轻摇。黄昏，船过云际寺，蓝田关升起的皎月映入水中，骊龙吐水，水珠倒溅。乐歌传来，音节铿锵，如河神冯夷狂击鼓，千帆争发，彩旗摇荡，人们载歌载舞。咫尺之间，天光黑暗，令人担心雷雨要来。天地苍茫，神意难料，人生哀乐轮转，少壮不再老将至，此将奈何啊。杜甫此诗重在写景，也有了浪漫特色。

骢马行　原注：太常梁卿敕赐马也，
李邓公爱而有之，命甫制诗。

邓公马癖人共知，初得花骢大宛种。

夙昔传闻思一见，牵来左右神皆竦。

雄姿逸态何崷崒，顾影骄嘶自矜宠。

隔目青荧夹镜悬，肉骏碨礌连钱动[1]。

朝来久试华轩下，未觉千金满高价。

赤汗微生白雪毛，银鞍却覆香罗帕。

卿家旧赐公取之，天厩真龙此其亚。

昼洗须腾泾渭深，夕趋可刷幽并夜[2]。

吾闻良骥老始成，此马数年人更惊。

岂有四蹄疾于鸟，不与八骏俱先鸣。

时俗造次那得致，云雾晦冥方降精。

近闻下诏喧都邑，肯使骐骥地上行。

校记

[1] 肉骏，《全唐诗》卷二一六作"肉骏"。

[2] 夕趋，《全唐诗》卷二一六作"朝趋"。

疏解

人人都知李邓公爱马，今得花骢大宛马。早闻其名今得一见，马之神态让众人大吃一惊。马体形高大而矫健，昂首嘶鸣中自带高贵之气。两目青荧荧如同镶嵌的镜子，背上肌肉紧紧突起，美如连钱的皮毛下隐着结实的肌肉。牵来驾驭华美的轩车，长久奔驰，遂觉得这匹非常神骏之马，何止千金之价呢！银鞍覆背又盖香罗巾，雪白皮毛微微渗出赤汗，它应是汗血宝马吧。朝廷赐给太常梁卿的神骏之马，它仅次于天厩里的真龙啊，李邓公却要牵走。花骢白天在泾渭河里，腾跃洗刷，清理皮毛，黄昏就驰骋在幽州并州的大道上。我听说马老了才能成千里良骥，这匹马再过几年更会让人惊叹不已。它四蹄奔跑，快过飞鸟，也赛过了周穆王的八骏马。人间仓猝，哪里能够培育出此牲灵，它是天地精华凝聚成。听说帝王诏令发下，传遍长安城，要将这匹神骏之马，收回朝廷呀。

前人以为，杜甫此诗一篇之大意，君王所赐之物，不可以随便收取，也不可以赠予他人。花骢大宛马乃君王赐与太常梁卿，李邓公爱而占有之，是不符合朝廷规定的。因而杜甫此诗，开篇则托之以邓公有马癖而已，且曰"夙昔传闻思一见"，则其欲占的愿望很久了。又曰"卿家旧赐公能取"，可见李邓公以势位而强取之，而太常梁卿不能保有君王所赐之旧物矣。又曰"岂有四蹄疾于鸟……至肯使麒麟地上行"六句，其意说，马之神骏非凡，乃非人臣所应该拥有，应当作为君王驾御之马，并且说，此马乃梁卿受赐于君王，李邓公虽然能够占有于一时，却最终不能拒绝朝廷之招回。呜呼！取非其有，谓之盗。杜甫此诗，微文婉义，而寓箴规之意。那么李邓公，岂能不知羞耻耶？

戏题画山水图 [1]

十日画一水，五日画一石。
能事不受相促迫，王宰始肯留真迹。
壮哉昆仑方壶图，挂君高堂之素壁。
巴陵洞庭日本东，赤岸水与银河通，
中有云气随飞龙。
舟人渔子入浦溆，山木尽亚洪涛风。
尤工远势古莫比，咫尺应须论万里。
焉得并州快翦刀 [2]，翦取吴松半江水。

校记

[1]《全唐诗》卷二一九作"戏题画山水图歌"。
[2] 翦刀，《全唐诗》卷二一九作"剪刀"。

疏解

此诗为题画诗，是为好朋友王宰的山水画而作。诗歌开头并没有写画，而是说王宰行事严谨，不急不躁，十日画一水，五日才画一石，长久酝酿，这才有了这幅高挂的《昆仑方壶图》。这幅画太壮观了：江水浩荡从洞庭湖流入日本东部海面，水势壮阔直上银河。水面之上，水汽迷蒙，仿佛神龙在云团中涌动。风起涛涌，树木低伏，渔夫驾舟急急向浦口划行。王宰的构图布局无人能比，尺幅纸上有了万里之势。这哪是画呀，王宰不知从哪儿弄来锋利剪刀，剪来了这吴江半江的浩瀚江水！这首诗写得有趣活泼，富有感染力。王宰的画虽然见不到了，但我们可以从杜甫的诗中想见它的奇美壮观。

短歌行赠王郎司直

王郎酒酣拔剑斫地歌莫哀，
我能拔尔抑塞磊落之奇才。
豫樟翻风白日动 [1]，鲸鱼跋浪沧溟开，
且脱佩剑休徘徊 [2]。
西得诸侯棹锦水，欲向何门趿珠履？
仲宣楼头春色深，青眼高歌望吾子，
眼中之人吾老矣。

校记

[1] 豫樟，《全唐诗》二二〇作"豫章"。

[1] 徘徊，《全唐诗》二二〇作"裴回"。

疏解

王郎郁郁不得志，胸中块垒唯酒来浇之。酒兴渐浓，拔剑起舞，斫地而歌。我的好朋友，你的歌不要这么哀，我能将你推举出来，你

是卓荦奇才，世间少有。高高的大树可以摇动太阳光，鲸鱼翻腾可以让大海起波浪，你把剑放下吧，不要起舞又徘徊。你向西去会通达，定有人来赏识你。高高楼头望到春色满，王郎远行我送君。我对王郎欣赏又钦佩，王郎尚年轻存有宏大志向，而我却已垂垂老矣无作为。杜甫此诗由王郎之悲入笔，转为化解，鼓励，而结尾陡转，抒自己之悲。诗短而结构起伏变化，令人惊叹。

桃竹杖引赠章留后

江心蟠石生桃竹，苍波喷浸尺度足。
斩根削皮如紫玉，江妃水仙惜不得。
梓潼使君开一束，满堂宾客皆叹息。
怜我老病赠两茎[1]，出入爪甲铿有声。
老夫复欲东南征，乘涛鼓枻白帝城。
路幽必为鬼神夺，拔剑或与蛟龙争。
重为告曰：杖兮杖兮，
尔之生也甚正直，慎勿见水踊跃学变化为龙。
使我不得尔之扶持，灭迹于君山湖上之青峰。
噫！风尘澒洞兮豺虎咬人，忽失双杖兮吾将曷从。

 校记

[1] 两茎，原作"雨茎"，依《全唐诗》卷二二〇径改。

疏解

江心蟠结于岩石上生长的桃枝竹，得到碧水清波长久浸润，长短适合为挂杖，砍下削去皮，光泽如紫玉，即使江水中神仙也爱惜。梓州使君章彝带来一束相赠予，满堂宾客见之，无人不惊喜。章君念我年老且多病，一并赠我两支竹杖，它们拄地坚实，铿锵有声，简直就是我的爪牙坚甲。我欲去江南，也将乘舟往那白帝城中游。一路幽险，鬼神也要争夺这拄杖，水中蛟龙也要来抢夺，我要拔剑与其相拼搏。竹杖啊竹杖，听我说：你生长很正直，千万不要见水波，涌跃入水，变化为龙，使我失去你的辅佐，而不能尽兴游览洞庭湖君山青峰的险峻。哎呀！天地苍茫，豺虎啮人，我若失去你，我将无奈何！

王兵马使二角鹰　明李空同[1]

《题林良画鹰诗》，可继此篇。

悲台萧飒石巃嵸，哀壑杈枒浩呼汹。
中有万里之长江，回风陷日孤光动[2]。
角鹰翻倒壮士臂，将军玉帐轩勇气[3]。
二鹰猛脑绦徐坠[4]，目如愁胡视天地。
杉鸡竹兔不自惜，溪虎野羊俱辟易。
鞲上锋棱十二翮[5]，将军勇锐与之敌。
将军树勋起安西，昆仑虞泉入马蹄。
白羽曾肉三狻猊，敢决岂不与之齐。
荆南芮公得将军，亦如角鹰下翔云。
恶鸟飞飞啄金屋，安德尔辈开其群，
驱出六合枭鸾分。

校记

［1］李空同：明代李梦阳（1473—1530年），字献吉，号空同。明

代文学家，前七子之一，提倡"文必秦汉，诗必盛唐"的观点，对当时文学影响很大。

[2] 陷，《全唐诗》卷二二二作"滔"。

[3] 勇气，《全唐诗》卷二二二作"翠气"。

[4] 绦徐坚，《全唐诗》卷二二二作"徐侯毵"。

[5] 鞲，《全唐诗》卷二二二作"韝"。

❖ 疏解

角鹰是鹰的别称，因其头顶的毛角，故称之。诗歌写鹰，开头四句无一字写"鹰"，却将鹰的气势、神貌表现出来：高台之上，山岩挺立，悲风呼啸，风动林摇，如有万里长江，江涛翻涌，疾风劲吹，日色暗淡，天地一片肃杀之气。角鹰飞上壮士的臂膀，营账内将军勇气高涨。两只角鹰迅猛，目光炯炯，令猎物胆寒，溪边老虎山野黄羊，见之忙躲闪，竹鸡野兔更不能自保，翅膀锐利如刀棱，只有将军勇锐可降鹰。将军西北建功勋，昆仑虞泉边任马行。高超箭法射杀三头猛狮子，勇猛敢与角鹰斗。今天荆南芮公帐下有了将军，正如雄鹰从天降。恶鸟群飞，来啄黄金屋，就让角鹰来驱赶，驱逐出天地之外，将枭獍恶鸟与鸾凤区分开来。诗人以角鹰起兴，实表现了铲除恶势，再造太平的愿望。

入桂渚次砂牛百穴 [1]

扁舟傍归路，日暮潇湘深。

湘水清见底，楚云澹无心[2]。

月帆落桂渚[3]，独夜依枫林。

枫林月出猨声苦，桂渚天寒桂花吐。

此中无处不堪愁，江客相看泪如雨。

校记

[1]《全唐诗》卷一五一作"入桂渚次砂牛石穴"。

[2] 澹无心，《全唐诗》卷一五一作"淡无心"。

[3] 月帆，《全唐诗》卷一五一作"片帆"。

疏解

　　黄昏日暮，扁舟沿着归家的江流，一路而行，停靠岸边，潇湘幽遂，水清见底。云无心悠然飘过，一片风帆落下，独行的船儿停息在河边。夜色笼罩枫林，月儿从林间升起，猿鸣哀苦传得很远，桂花则在微凉的秋夜里悄悄开放。江岸之色之声都酝酿着寒意，勾起了人无尽的愁绪，令无归江客泪下如雨。

李　益

夜上西城听梁州[1]

行人夜上西城宿，听唱梁州双管逐。

此时秋月满关山，何处关山无此曲。

鸿雁新从北地来，闻声一半却飞回。

金河戍客肠应断，更在秋风百尺台。

［1］《全唐诗》卷二八三作"夜上西城听梁州曲二首"。"行人夜上
西城宿"至"何处关山无此曲"为其一，其后为其二。

夜晚西城，悠悠扬扬的音乐传来，不知何人在吹双管，谁人在唱
《梁州曲》。秋月高悬，关山万里，月光下，音乐弥漫，无处不到。刚
从北方飞来的鸿雁啊，不待听完双管曲，掉头便把家园还，而金河畔
戍边的征人啊，却只能登上高高楼台把家园眺望，望乡听曲愁断了肠。
李益是中唐著名的边塞诗人，他的诗多写战士们思乡之苦，语言浅显，
风格悲多于壮。

韩 愈

酬司门卢四兄云夫院长望秋作 名汀

长安雨洗新秋出，极目寒镜开尘函。
终南晓望踏龙尾，倚天更觉青巉巉。
自知短浅无所补，从事久此穿朝衫。
归来得便即游览，暂似壮马脱重衔。
曲江荷花盖十里，江湖生目思莫缄。
乐游下瞩无远近，绿槐萍合不可芟。
白首寓居谁借问，平地寸步扃云岩。

云夫吾兄有奇气[1]，嗜好与俗殊酸咸。

日来省我不肯去，论诗说赋相喃喃。

望秋一章已惊绝，犹言低抑避谤谗。

若使乘酣骋雄怪，造化何以当镌劖。

嗟我小生值强伴，怯胆变勇神明鉴。

驰坑跨谷终未悔，为利而止真贪馋。

高揖群公谢名誉，远追甫白感至诚。

楼头见月不共宿[2]，其奈就缺行攕攕。

疏解

卢云夫，名汀，排行四，时任虞部司门。长安一阵新雨过后，秋天如洗，纤尘不染，天空明月如镜，清光下泻。清晨，终南山上可遥见行于龙尾道的人们，立于山巅，似乎倚青天而立，山峰更显巉岩高峻。早就自知才能短浅，无所用处，身穿官服，久淹朝廷而无功绩，今日得归长安，就去游玩，暂且就像壮马脱去了重负。曲江十里荷花绽放，满目美景不能掩藏。从乐游原上眺望，到处绿柳黄槐，青青摇荡，浮萍荷花，亭亭生长。生活在长安谁人来访？白头穷居，一出门就是坎坷，寸步之间，即为天壤之隔。卢云夫老兄有奇傲之气，特立独行且不合流俗。他常来与我相会，不肯离去，我们论诗谈赋就不能停休。《望秋》诗写得令人惊叹不已，但他谦虚地说，还是有所抑制，以免引起谗言诽谤。如果乘着酣畅淋漓之势，任情放手，写其雄怪，造化哪能够任其摹写刻画呢？可惜我胆小之人，有了卢云夫这样的刚强伙伴，胆怯也就变得勇猛了，越过陵谷山岗，始终不后悔，为了利益而停止不前，那是真正的贪婪。我向世间群公长做一揖，辞谢世俗间虚名誉，取法前贤，奋起直追李白和杜甫啊，以其至诚之心写诗歌。抬头看看楼头月儿明亮，然而好友离散，一直望着月亮残缺，两头纤纤，难以入眠啊。

此诗为韩愈酬答卢四《望秋》而作，《望秋》已亡佚。诗人在夸赞友人的同时，亦抒发了不得志的愤懑之气。

高轩过 并序

韩员外愈、皇甫侍御湜见过，因而命作。
华裾织翠青如葱，金环压辔摇玲珑。
马蹄隐耳声隆隆，入门下马气如虹。
云是东京才子，文章巨公 [1]。
二十八宿罗心胸，元精耿耿贯当中 [2]。
殿前作赋声摩空，笔补造化天无功。
庞眉书客感秋蓬，谁知死草生华风。
我今垂翅附冥鸿，他日不羞蛇作龙。
（中四语，惟韩公足以当之。）

校记

[1] 巨公，《全唐诗》卷三九三作"钜公"。

[2] 元精耿耿，《全唐诗》卷三九三作"九精照耀"。

此诗为李贺写的应酬诗，据说写时七岁，实为二十岁。韩愈和皇甫湜过访年轻的诗人李贺，李贺很感动，因而作此诗《高轩过》。高轩为华贵车马，此处指高士。诗先写二人来时不凡的气度。二人官服华美鲜亮，织绣着翠青的图案，腰带上有金环，走路时叮咚作响，车马华丽。他们下马进门，器宇轩昂。来者一个为洛阳才子皇甫湜，一位是天下文章巨公韩昌黎。二十八宿的才气汇于他们胸中，他们身上集聚了天地的精华。殿前吟诗作赋，声响云天外，笔能补造化之不足，老天也无奈。而我仅仅是一个客居他乡的广眉书生，犹如秋逢飘转，谁知今天枯草遇到春风，鸟儿依附了鸿雁，他日也能小蛇成巨龙。诗最后一句，是希望借二位提携，从而改变其困顿处境。

雁门太守行

黑云压城城欲摧，甲光向日金鳞开^[1]。

角声满天秋色里，塞上燕脂凝夜紫。

半卷红旗临易水，霜重鼓寒声不起^[2]。

报君黄金台上意，提携玉龙为君死。

（字字锤炼而成体格，应驾中唐之上。）

　　[1] 向日，《全唐诗》卷二〇作"向月"。

　　[2] 霜重，《全唐诗》卷三九〇作"霜动"。

　　《雁门太守行》是乐府古题，诗人李贺用它描写战争场面。天边黑云滚滚压城而来，似乎将把高高的城墙压塌，日光下，铠甲闪闪，如同片片鳞甲，照耀天地。首句一笔两到，述写战争的同时，又渲染了敌人进攻时紧张的气氛。浓浓秋色里，号角吹响，弥漫天地。日落时寒意更浓，那塞上的红土也如同胭脂一样，凝结在紫色夜幕中。战士们红旗半卷，急急赶赴易水，夜寒霜重，打湿了鼓角，鼓声沉闷。为报答君王知遇之恩，战士们手携宝剑，万里赴死，绝不推辞！李贺此诗写得意境悲壮，慷慨激昂，表现了战士们保家卫国的情怀。

元 稹

连昌宫词　　宫中呼为"元才子"，以此诗也。

连昌宫中满宫竹，岁久无人森似束。

又有墙头千叶桃，风动落花红蔌蔌。

宫边老人为予泣[1]："少年进食曾因入[2]。

上皇正在望仙楼，太真同凭阑干立。

楼上楼前尽珠翠，炫转荧煌照天地。

归来如梦复如痴，何暇备言宫里事。

初届寒食一百六[3]，店舍无烟宫树绿。

夜半月高弦索鸣，贺老琵琶定场屋。

力士传呼觅念奴，念奴潜伴诸郎宿。

须臾觅得又连催，特敕街中许然烛。

春娇满眼睡红绡，掠削云鬟旋装束。

飞上九天歌一声，二十五郎吹管逐。

逡巡大遍凉州彻，色色龟兹轰录续[4]。
李谟按笛傍宫墙，偷得新翻数般曲。
平明大驾发行宫，万人鼓舞途路中[5]。
百官队仗避岐薛，杨氏诸姨车斗风。
明年十月东都破，御路犹存禄山过。
驱令供顿不敢藏，万姓无声泪潜堕。
两京定后六七年，却寻家舍行宫前。
庄园烧尽有枯井，行宫门闭树宛然。
尔后相传六皇帝，不到离宫门久闭。
往来年少说长安，元武楼成花萼废[6]。
去年敕使因斫竹，偶值门开暂相逐。
荆榛栉比塞池塘，狐兔骄痴缘树木。
舞榭欹倾基尚存[7]，文窗窈窕纱犹绿。
尘埋粉壁旧花钿，乌啄风筝碎珠玉。
上皇偏爱临砌花，依然御榻临阶斜。
蛇出燕巢盘斗栱，菌生香案正当衙。
寝殿相连端正楼，太真梳洗楼上头。
晨光未出帘影黑，至今反挂珊瑚钩。
指示傍人因恸哭[8]，却出宫门泪相续。
自从此后还闭门，夜夜狐狸上门屋。"
我闻此语心骨悲，"太平谁致乱者谁？"
翁言"野父何分别？耳闻眼见为君说：
姚崇宋璟作相公，劝谏上皇言语切。
燮理阴阳禾黍丰，调和中外无兵戎。
长官清平太守好，拣选皆言由至公[9]。
开元之末姚宋死，朝廷渐渐由妃子。

禄山宫中养作儿[10]，虢国门前闹如市。

弄权宰相不记名，依稀忆得杨与李。

庙谟颠倒四海摇，五十年来作疮痏。

今皇神圣丞相明，诏书才下吴蜀平。

官军又取淮西贼，此贼亦除天下宁。

年年耕种宫前道，今年不遣子孙耕。"

老翁此意深望幸，努力庙谟休用兵[11]。

校记

［1］老人，《全唐诗》卷四一九作"老翁"。

［2］少年，《全唐诗》卷四一九作"小年"。

［3］初居，《全唐诗》卷四一九作"初过"。

［4］录续，原作"绿续"，依《全唐诗》卷四一九径改，通"陆续"。

［5］鼓舞，《全唐诗》卷四一九作"歌舞"。途路，《全唐诗》卷四一九作"涂路"。

［6］元武，《全唐诗》卷四一九作"玄武"。

［7］尚存，《全唐诗》卷四一九作"尚在"。

［8］指示，《全唐诗》卷四一九作"指似"，一作"指向"。

［9］至公，《全唐诗》卷四一九作"相公"。

［10］宫中，《全唐诗》卷四一九作"宫里"。

［11］庙谟，《全唐诗》卷四一九作"庙谋"。

疏解

连昌宫，乃玄宗皇帝的行宫，安史之乱以后，衰败无复旧时繁盛。元稹目睹连昌宫之竹荒花残、幽暗衰败，而生无限兴亡之感。连昌宫中满宫竹树，年深月久，无人经营，竹木肆意生长，一派荒凉景象；而宫墙边，千叶桃花，微风吹拂，纷纷飘落，更增添了这种悲凉气氛。

诗人借宫中老翁之口，叙述当日繁华：老翁少年时，因进贡食物，而有幸进入连昌宫。那时，高高望仙楼上，玄宗皇帝和杨贵妃凭栏并立，楼上楼前，皆是堆金砌玉，珠翠满地，那玉润光焰，照亮了天地。少年回来之后，如梦如痴，无法言说宫中情形。虽然说无法言说，清醒冷静之后，还是言说了宫中之事。寒食节以后，正是春天的美好时节，绿树浓荫，夜半宫中开始歌舞宴乐，贺老先出场，他以琵琶定场屋乐调。高力士传呼歌手念奴，念奴在外留宿而未归，皇帝特许街上燃灯烛，为其快速行进宫中。念奴初睡醒，满眼春娇稍妆梳，展喉婉转将歌唱。二十五郎管笛悠扬，直上云天，而李谟贴着宫墙，才偷学会这一新曲。玄宗回驾，万人夹道歌舞相迎，仪仗绵延，声势赫赫。百官避绕歧薛二王的队伍走，杨家车马却华丽又张扬。可惜，安禄山一破洛阳城，贼兵向西逼长安，烧杀抢夺无人能阻，百姓垂泪徒伤神。连昌宫苑从此关闭，历经五代皇帝没有来光顾。长安洛阳两京收复六七年了，才有人来寻觅连昌宫。如今，德宗兴建玄武楼，花萼楼空渐废弃。去年使者奉命砍竹子，宫门偶然得以打开。宫内楼台舞榭已坍塌，榛莽荒秽，狐兔安家。蛇在斗拱，燕栖梁上，香案腐烂，野菌滋长。寝殿幽暗，帘钩反挂。墙上花钿蒙尘，阶边御榻歪斜……一切物是人已非，更是不见美人歌舞翩翩。于是，诗中又以问答方式点明了政乱原因：当初，姚崇宋璟作宰相，选贤任能，治理有方。开元末年，姚崇宋璟去世之后，朝廷权力渐渐由杨贵妃把持了，她把安禄山当作义儿养在宫中，杨贵妃的姊妹秦国夫人、虢国夫人，乘机弄权，买官卖官，门庭若市。李林甫弄权，杨国忠误国，致使动乱灾难连连来，百姓遭殃贤臣急。五十年来，不得太平。只希望君王圣明，朝廷能拨乱，社稷安稳不再用兵。元稹此诗依历史而作，却有合理想象，故虚实相间，历史和现实相结合，表现了大唐衰败原因，针砭性极强。

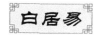

上阳白发人 <small>悯怨旷也。原注。</small>

天宝五载以后，杨贵妃专宠，后宫人无复进幸矣。
六宫有美色者，辄置别所。上阳是其一也，贞元口尚存焉。

上阳人，红颜暗老白发新。

绿衣监使守宫门，一闭上阳多少春。

明皇末岁初选入[1]，入时十六今六十。

同时采择百余人，零落年深残此身。

忆昔吞悲别亲族，扶入车中不敢哭[2]。

皆云入内便承恩，脸似芙蓉胸似玉。

未容君王得见面，已被杨妃遥侧目。

妒令潜配上阳宫，一生遂向空房宿。

宿空房，秋夜长，夜长无寐天不明。

耿耿残灯背壁影，萧萧暗雨打窗声。

春日迟，日迟独坐天难暮。

宫莺百啭愁厌闻，梁燕双栖老休妒。

莺归燕去长悄然，春往秋来不记年。

唯向深宫望明月，东西四五百回圆。

今日宫中年最老，大家遥赐尚书号。

小头鞋履窄衣裳，青黛点眉眉细长。

外人不见见应笑，天宝末年时世妆。

上阳人，苦最多。

少亦苦，老亦苦，少苦老苦两如何？

君不见昔时吕向《美人赋》，又不见今日上阳白发歌。

（原注："天宝末，有密采艳色者，当时号'花鸟使'，吕尚献《美人赋》以讽之。"言宫人之苦，足见杨妃之致乱矣，女祸之诚，千古昭然。）

校记

[1] 明皇，《全唐诗》卷四二六作"玄宗"。

[2] 不敢哭，《全唐诗》卷四二六作"不教哭"。

疏解

白居易有《新乐府》五十首，此为第七首。上阳宫是洛阳行宫。诗序说"悯旷怨"，实际上表现了对被幽禁于后宫的女子的同情。上阳女子十六岁选秀入宫，今已六十岁，白发苍苍，年华老去，当年同进宫的百余人都如花叶凋零，而今只剩她一个。天宝末年，诗中女子正是年少貌美时，被迫离家别亲而入宫。下车忍悲不能哭，"花鸟使"诳说进宫便可得到宠幸，结果至今未识君王面，反而招来杨贵妃的嫉妒，瞒着皇帝将她暗地打入冷宫。上阳宫中寒夜漫长，被幽禁的女子独守空房，面对残灯、秋雨，熬着寂寞与凄凉。莺歌婉转，却愁绪满腹，不忍听闻，燕儿双飞，也令人心生妒意。起初还奢望君王来，渐渐几十年如一日，心灰意懒，毫无情绪，春花秋月不再想。由于"年最老"，皇帝从长安"遥赐"虚名"女尚书"。外面流行装束，已然变化多次，而她还是"小头鞋""窄衣裳"，"青黛点眉眉细长"，这是天宝末年的时髦妆扮。女子命运令人悲，诗人同情又叹惜，希望此诗能如吕向《美人赋》一样，令皇帝看到而有所醒悟。白居易诗歌以浅显易懂为最，而且音韵优美，有很强感染力。

秦吉了　哀冤民也

秦吉了，出南中，彩毛青黑花颈红。

耳聪心慧舌端巧，鸟语人言无不通。

昨日长爪鸢，今朝大嘴乌^[1]。

鸢捎乳燕一窠覆，乌啄母鸡双眼枯。

鸡号堕地燕惊去，然后拾卵攫其雏。

岂无鹯与鹗？嗉中肉饱不肯搏。

亦有鸾鹤群，闲立飏高如不闻^[2]。

秦吉了，人云尔是能言鸟，岂不见鸡燕之冤苦？

吾闻凤凰百鸟主，

尔竟不为凤凰之前致一言，空多噪噪闲言语^[3]。

（鸢乌喻害民，以鹯鹗喻言官，以鸾鹤喻大臣，可为千古炯戒。）

 校记

[1] 嘴，《全唐诗》卷四二七作"觜"。

[2] 飏高，《全唐诗》卷四二七作"高飏"。

[3] 空多，《全唐诗》卷四二七作"安用"。

疏解

　　秦吉了是生长在秦中的鸟，一身青黑羽衣脖毛红亮，伶牙俐齿能言人语。可是，昨天凶狠的长爪鸢来了，掀翻了燕子的家，惊飞了小燕子；今天贪婪的大嘴乌来了，啄瞎了母鸡的眼，伤了雏鸡落于地，他们夺走了鸡蛋攫取了小鸡。难道周围没有威猛的鹯和鹗吗？难道他们吃得太饱不肯去搏斗？还有高大的鸾和鹤，要么袖手旁观，要么置之不顾，高飞远走。秦吉鸟啊，人们都说你能道又善言，难道没看到鸡和燕的冤苦吗？为什么不去给百鸟之王凤凰报告呢？你们不能只在背后瞎吵吵！白居易以寓言的方式写现实，讽刺了朝廷中的各种官吏，他们不敢言事，不为民谋利，只存私利却无担当。诗歌笔调辛辣，形象鲜明。

张　藉

送远曲

戏马台南山簇簇，山边饮酒歌别曲。
行人醉后起登车，席上回尊劝僮仆。
青天漫漫覆长路，远游无家安得住。
愿君到处自题名，他日知君从此去。

疏解

登临高高的戏马台，簇簇南山一派青翠，与君山边宴饮，一同唱起《送别曲》。即将远行的朋友啊，醉酒登车而去，我却满腹心事未曾说尽，只有回头举杯，向仆僮劝酒，聊以慰情。天阔云低路途遥遥，远行之人，这一路将在哪里歇脚呢？愿我的好朋友一路行过，将名姓题写，他日我就可以沿途追寻，知道你从此经过呀。诗结尾很独特，人刚走，便想追随，足见离别之难堪，友情之深厚。

田家行

男声欣欣女颜悦，人家不怨言语别。

五月虽热麦风清，檐头索索缫车鸣。

野蚕在茧人不取[1]，叶间扑扑秋蛾生。

麦收上场绢在轴，的知输得官家足。

不望入口复上身，且免向城卖黄犊。

田家衣食无厚薄[2]，不见县门身即乐。

校记

[1] 在茧，《全唐诗》卷二九八作"作茧"。

[2] 田家，《全唐诗》卷二九八作"回家"。

疏解

五月夏日炎炎，田间麦浪滚滚，乡间男女欣喜无比，没有了往日的愁怨，话语欢快仿佛也与平常不一样。陇头，风催麦熟，长势喜人，竟然觉得风儿也清凉；村里，屋檐下，缫车札札，响声连片。夏茧丰收了，树头野蚕作茧，也无人收取，只让它化作秋蛾，扑扑飞舞。熟麦打成粮，蚕茧织成绢，谁都知道这是要交足官家的赋和税，农家不指望能吃到口里穿到身上，只希望不要去卖掉可怜的小牛犊。小小乡民吃穿好坏没关系，只要不进衙门就是福。诗开头写丰收之喜，后却显出深深的悲，诗人对农家处境的体会可谓深透，同情意味极浓。

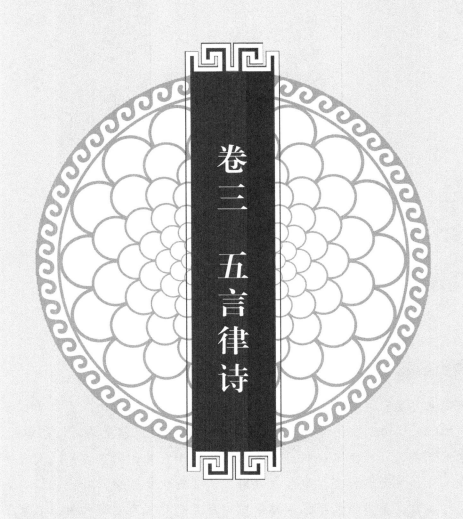

卷三　五言律诗

登襄阳城　三四雄壮，盛唐人无数名句，多从此脱胎。

旅客三秋至，层城四望开。楚山横地出，汉水接天回。
冠盖非新里，章华即旧台。习池风景异，归路满尘埃。

疏解

九月之秋，诗人客游襄阳而登高远眺，襄阳城外景象开阔，绵延楚山拔地而立，汉水浩浩荡荡，从遥远的天际，萦回曲折，奔流而来。那著名的冠盖里，不再与而今的情形相称；楚灵王的章华台，也只能是旧日的景致了。习池的景色也不同于当年，归城路上，入目的唯有漫天的尘埃。诗歌景写得阔大，情感却无比惆怅。

夏日过郑七山斋

共有樽中好，言寻谷口来。薜萝山径入，荷芰水亭开。
日气含残雨，云阴送晚雷。洛阳钟鼓至，车马系迟回。

疏解

我和好友郑七都爱饮酒，所以，我穿行山谷，前往山斋去拜访他。从薜荔绿萝攀绕的小径进入，荷花盛开，水亭高敞，颇为开阔。阳光照耀，烟岚迷漫，将停未停的雨丝，依旧飘落，远处乌云仍浓，送来阵阵轻雷声。暮鼓钟声，从洛阳城传来，它在召唤我归家，可我的车马却徘徊未行，仿佛不愿离去。车马未发，人留恋不去，访友的惬意，饮酒的愉快，从字里行间溢出。

赋得妾薄命

草绿长门掩，苔青永巷幽。宠移新爱夺，泪落故情留。
啼鸟惊残梦，飞花搅独愁。自怜春色罢，团扇复迎秋。

疏解

　　杜审言的诗歌，往往做到了格律的严整，这首诗虽是乐府古题，但也是对仗工整，平仄合乎规范。诗中美人的深闺高门紧闭，绿草疯长，青苔漫上石阶。那深长的巷子，很幽僻。宅中凄凉不亚于长门，幽暗赛过永巷宫。男子移情别恋，女子被抛弃，只得以泪洗面，那是旧情不忍抛弃的表现啊。莺儿啼叫惊醒残梦，梦中有往昔的甜美，梦里盼得负心人能够回心转意，可惜梦醒之后，一切皆空。漫天飞花飘絮又加深了女子的愁苦，春天将尽，青春不再，自己楚楚容颜亦日渐憔悴，美好生活难再寻觅，秋将到，人也如同团扇被抛弃。女子自叹又自怜，痛苦越来越深，心境越来越绝望。这首诗，情调哀婉，伤感无限。其实，这类诗歌往往借女子被弃，写文人士大夫的怀才不遇。

夜宿七盘岭

独游千里外，高卧七盘西。山月临窗近 [1]，天河入户低。
芳春平仲绿，清夜子规啼。浮客空留听，褒城闻曙鸡 [2]。
（平仲本名。）

校记

[1] 山月，《全唐诗》卷九六作"晓月"。窗作"床"。

[2] 褒城，《全唐诗》卷九六作"襃城"。

疏解

沈佺期媚附张易之兄弟，被流放驩州（今越南），行至陕西汉中附近时写了此诗。诗人独自远游千里之外，今夜宿于七盘岭，床头山月明亮，浅浅银河斜横窗前。春天的银杏树枝叶碧绿，杜鹃啼鸣使夜更显凄清。漂泊之人不能入眠，只能听鸟鸣而捱时辰。褒城里的雄鸡已将晓报，又要启程了，愈行家愈远，愈南情愈伤。诗人被贬而独行，诗写得委婉含蓄，情景交融，音韵流畅。

扈从登封途中作

帐殿郁崔嵬，仙游实壮哉。晚云连幕卷[1]，夜火杂星回。
谷暗千旗出，山鸣万乘来。扈从良可赋，终乏揽天才。

（沈雄。）

校记

[1] 晚云，《全唐诗》卷五二作"晓云"。

疏解

　　此诗是宋之问随武则天登嵩山祭天所作。君王出游气象壮观，嵩山之下一座座大帐如宫殿罗列，封禅中岳嵩山，气势实在很雄壮啊。黄昏，云涛如同帘幕卷起，灯火与天际星辰一并闪烁。千旗招展，幽暗山谷也为之而鲜亮，回响轰鸣，那是君王的车驾出行了。我能随驾扈从天子之车驾，的确值得赋诗歌唱，可惜我才力不及，难以详尽这宏大的盛况。

　　此诗对仗工巧，描摹气象阔大。宋之问虽自谦，言己才力有限，但他才华其实还是很高的。《旧唐书》本传记载，武则天游河南洛阳龙门时，命随从官员作诗。左史东方虬才思敏捷，诗作先成，武则天夸赏，将锦袍赐给东方虬。宋之问献诗后，武则天认为其诗句更高妙，竟夺锦袍赏给宋之问。

陆浑山庄

归来物外情，负杖阅岩耕。源水看花入，幽林采药行。

野人相问姓，山鸟自呼名。去去独吾乐，无能愧此生[1]。

 校记

[1] 无能，《全唐诗》卷五二作"无然"。

 疏解

宋之问爱好山林，在长安有辋川别业（即别墅），在洛阳有陆浑别业。因喜爱，感觉陆浑山庄就是世外桃源了。生活在其中，常常也引发了诗人躬耕隐退的念头。诗人说，一回到陆浑山庄，就有了超然世外的隐居之情，手拄拐杖，看着人们在山间耕耘。因为观赏盛开的鲜花，而不知不觉地走到了水源的尽头；采药山谷，不知不觉走进幽林深处。山中偶逢野老，他们亲热地招唤，询问姓名，连啾啾不息的鸟儿都好象都要急急地介绍自己。还是去归隐吧，享受这种乐趣，不要辜负了人生。诗人在自得其乐的出游中尝到了妙趣，觉得自己才华有限，愧对盛世，以至有了归隐之情。这首诗以声写景，有天然真趣。

恩敕丽正殿书院宴应制得林字[1]

东壁图书府，西园翰墨林。诵诗闻国政，讲易见天心。
位窃和羹重，恩叨醉酒深。载歌春兴曲[2]，情竭为知音。

校记

[1]《全唐诗》卷八七作"恩制赐食于丽正殿书院宴赋得林字"。

[2] 载歌，《全唐诗》卷八七作"缓歌"。

疏解

此诗为奉和诗，是玄宗在丽正殿书院大宴群臣，命大家作诗，张说拈得"林"字韵。诗人说，丽正书院便是天上东壁二星，它收藏着天下的图书和文章。西园人才济济，学士们站立如林。他们诵诗读书并通晓朝政，讲论《易》经，通其深微，能够明白自然的大道。我侥幸忝为宰相，担负了治理天下的责任。皇恩浩荡，清酒芳冽，让我沉醉其间。今日宴饮，我要赋诗歌唱，为君王的知音，把欢喜之情来传扬。张说出为将入为相，才华横溢，又承君恩，诗中洋溢着对大唐对皇帝的忠贞之情。

宿云门寺阁 寺在绍兴云门山，今云广孝寺。

香阁东山下，烟花象外幽。悬灯千嶂夕，卷幔五湖秋。
画壁余鸿雁，纱窗宿斗牛。更疑天路近，梦与白云游。

疏解

从东山香阁上眺望云门寺，苍苍暮色中，山岚霭霭，香烟缭绕，
花树蒙罩其中，仿佛遥不可及的世外之境。黄昏，云门寺灯火点亮，
似乎千山万嶂为之环抱、映衬；卷起帷帘，将五湖烟水的秋天景象，
囊括其中。高飞的鸿雁，将其身影投射在寺庙画壁之上；纱窗之外，
竟然就是天上闪烁的二十八宿的斗牛星，让人觉得通往天上的道路就
在不远处，梦中仿佛与天仙同游。诗以梦作结，韵味无穷。

常　建

泊舟盱眙

泊舟淮水次，霜降夕流清。夜久潮侵岸，天寒月近城。
平沙依雁宿，候馆听鸡鸣。乡国云霄外，谁堪羁旅情。

常建和同时期的王维一样，善写山水田园，乃山水田园诗派的主要诗人。此诗写羁旅愁思。夕阳西下，诗人将船停泊在淮水边，秋霜渐渐落下，水流更显清幽。夜深时分，潮涌两岸，清冷月光就在城头。无边沙滩上，雁儿团团酣眠，鸡鸣声从远处传入旅馆，又催人早起出发。家乡已远在云霄外了，游子漂泊之情，谁能承受得了呢！看雁眠，听鸡鸣，漂泊之人一夜的情思，全在这烟水之中了。

初授官题高冠草堂

三十始一命，宦情多欲阑。自怜无旧业，不敢耻微官。
涧水吞樵路，山花醉药栏。只缘五斗米，辜负一渔竿。

（五六，烹炼。）

疏解

岑参说"丈夫三十未富贵，安能终身守笔砚"（《银山碛西馆》），官阶一命至九命，现实中，诗人三十岁才谋得一命这个最低官职，也就看管兵器，守守库门罢了。这离他的宏大理想太遥远，可是仕宦的心思，却耗得越来越淡。可怜家中并无祖产，自己怎么敢嫌弃这个小小的职务呢？涧水漫过了樵夫常走的路，药栏边的烂漫山花，如醉伏倒。就因为养家糊口的五斗米，不得不辜负了这归隐的渔樵生活。岑参的诗歌以边塞诗为高，但早年的情怀则多是叹老嗟卑的无奈之辞。

送张子尉南海[1]

不择南州尉，高堂有老亲。楼台重蜃气，邑里杂鲛人。

海暗三山雨，花明五岭春。此乡多宝玉，慎勿厌清贫[2]。

（规讽得体。）

 校记

[1]《全唐诗》卷二〇〇作"送杨瑗尉南海"。

[2] 慎勿，《全唐诗》卷二〇〇作"慎莫"。

疏解

诗开篇说"不择"，实为无法选择，如果不是有高堂父母要奉养，好朋友怎么会去偏僻荒凉的南海为官？那个地方异于中原，虽然五岭之上春花艳艳，但南海瘴气缭绕，海气潮湿，海市蜃楼重迭怪异，城中百姓与鲛人并居，大海昏昏暗暗，三山之间阴雨连迄。那里宝玉虽多，好朋友你可千万不要嫌弃原来的清贫生活，而贪恋官场富贵，久留不归啊！

唐时，岭南算是荒远之地，去那里为官或被贬的人都心有戚戚。岑参的好友去南海为县尉也是不得已，故诗人写诗给予他同情、鼓励和勉劝。

题山寺僧房

窗影摇群木，墙阴载一峰。野炉风自爇，山碓水能舂。

勤学翻知误，为官好欲慵。高僧暝不见，月出但闻钟。

窗前树影摇曳，阳光把山峰的影子投射到墙上，香炉里的火被风吹得更旺，山间流水转动水碓舂着新米。我静坐僧房，等待高僧。勤奋学习，越发知道失误不少；想当个好官，难道慵懒、不作为就是好官的标准吗？天色已晚，高僧尚未归来，明月在天，寺庙响起了悠扬的钟声。

丘 为

登润州城

天末江城晚，登临客望迷。春潮平岛屿，残雨隔虹蜺[1]。
鸟与孤帆远，烟和独树低。乡山何处是，目断广陵西。

[1] 虹蜺，《全唐诗》卷一二九作"虹霓"。

黄昏夕阳下，诗人登上这临江的城楼而远眺，心中一片迷茫。春水漫涌，与江上岛屿相持平，天边彩虹飞跨，残雨零星滴落。鸟儿追随孤帆，越飞越远，野旷烟霭，映衬着那颗孤独的树，更显得低矮。家在哪里？望断广陵也难见啊。诗中潮水依岸，鸟随帆去，孤木依烟，景色两两相衬，人却极目眺望，天地之间，游子心中的凄凉表现殆尽。

塞下曲

五月天山雪，无花只有寒。笛中闻折柳，春色未曾看。
晓战随金鼓，宵眠抱玉鞍。愿将腰下剑，直为斩楼兰。
（格律高超。）

这首诗是李白六首《塞下曲》之一。天山五月，春天尚未来到，不见花开，只有雪花飘飞，雪无梅的暗香，唯有砭人肌骨之寒冷。笛声悠悠传来，竟然是那悠扬的送别曲《折杨柳》，声声仿佛呼唤春天，然而春却毫无踪迹。清晨，随金鼓而出击强敌；夜晚，怀抱马鞍而入眠。我愿挥剑向前进，直破楼兰保平安。诗歌前面写边塞艰苦环境，写战士们紧张又危险的军旅生活，最后一句，高扬了战士们保家卫国的决心，语虽少，实为点睛之笔。

送友人入蜀

见说蚕丛路，崎岖不易行。山从人面起，云傍马头生。
芳树笼秦栈，春流绕蜀城。升沈应已定[1]，不必问君平。

[1] 升沈，《全唐诗》卷一七七作"升沉"。

 疏解

朋友啊，我听说入蜀的道路陡峭又险怪，万般崎岖极难行。人走在窄仄的山路上，峭壁迎面而立，伸手可触。马行于羊肠小道上，白云便缭绕在马头前。栈道弯又险，团团树丛又将路笼罩，使你无处踩蹋脚。远处，一湾春水将蜀城来护绕，山青青来水秀美。君为功名入蜀城，富贵本是由天定，何必再去向成都的严君平问卜求神呢。

这首诗清新俊逸，有景致的想象描写，又有对好朋友的真诚劝诫，语言浅显有韵味。

过崔八丈水亭

高阁横秀气，清幽并在君。檐飞宛溪水，窗落敬亭云。
猿啸风中断，渔歌月里闻。闲随白鸥去，沙上自为群。

疏解

水亭阁高高耸立，显得更加秀美，这清逸幽雅之风，皆属崔八丈所有。水亭檐前，飞泄而下的是宛溪之水，窗前驻歇的是敬亭山飘来的白云。风中传来猿猴断断续续的啸声，月光下，可听见嘹亮深情的渔歌。心若闲逸便可随白鸥飞翔，也可在沙滩上与鸟儿为群。诗人游水亭，眼中有所见，耳中有所闻，心中亦有所感。

诗歌写景秀丽而清冷，衬托出希望无所羁绊，闲适自由之情。崔八丈是谁已经无从得知，但他倚水而建的亭阁却因李白而永存在文学史中了，这就是诗歌的魅力。

秋登宣城谢朓北楼

江城如画里，山晓望晴空[1]。两水夹明镜，双桥落彩虹。
人烟寒橘柚，秋色老梧桐。谁念北楼上，临风怀谢公。

（感慨情深。）

 校记

[1] 山晓，《全唐诗》卷一八〇作"山晚"。

疏解

李白狂傲不羁，但仰慕前代诗人谢朓。登临宣州城楼，自然而然想到了心中的偶像，诗也从心底自然流淌出来。秋天傍晚，登楼而望，万里晴空，明净一片，江城如画！句溪水与宛溪水平缓东流，波光闪闪如同明镜，横跨溪水的双桥，又如彩虹飞降人间。远处人家炊烟升起，绿枝橘柚、黄叶梧桐都笼罩于山岚烟霭中。秋意渐浓，谁能知道，此时北楼高处，我在风中思念着谢公。

诗人登高而有怀，吊古而有所寄托，诗歌表现了李白现实生活中的苦闷和孤独。

谢公亭 谢朓送范云处[1]

谢公离别处，风景每生愁。客散青天月，山空碧水流。
池花春映日，窗竹夜鸣秋。今古一相接，长歌怀旧游。

[1] 谢朓送范云处，《全唐诗》卷一八一作"盖谢朓、范云之所游"。

疏解

谢亭依旧在，当年谢朓与范云在此离别，而今登临，满眼风光，令人惆怅。青天明月中，主客挥手相别，人去山空，碧水静静流淌。阳光下，池边春花，悄然开放，夜色中，窗前竹丛，暗传秋声。我在谢亭上，思接千载，心与古人冥冥相通，只是遗憾，无缘得见谢、范二君，只能赋诗高歌，怀念当初此地旧游。

此诗写景，阔大优美，但也有淡淡的忧伤，恰恰表现了诗人对真挚友情的渴望。

杜 甫

秦州杂诗

莽莽万重山，孤城山谷间。无风云出塞，不夜月临关。
属国归何晚，楼兰斩未还。烟尘独长望，衰飒正摧颜。

疏解

《秦州杂诗》共二十首，诗歌从入秦州写到离开，它不仅描绘了秦州的自然风光、风物、世情，更重要的还有所见、所思与所感，有很强的现实意义。秦州，即今甘肃天水。此诗为第七首。秦州一带山峦起伏，重重叠叠，秦州孤城，坐落在山谷深处。风静无声，仍有白云飘过山岭，日高天明，却见圆月悬挂边关。楼兰未破，边境未宁，百姓日日企盼生活能安定。秦州城头遥遥眺望，漫天尘埃中，仿佛到处起狼烟，四处燃战火，满目萧条衰飒的景象，让人愁绪郁结难以释怀。

晚出左掖

昼刻传呼浅，春旗簇仗齐。退朝花底散，归院柳边迷。
楼雪融城湿，宫云去殿低。避人焚谏草，骑马欲鸡栖。
（大臣心事。）

 疏解

杜甫的这首诗主要描写了朝班、退朝之景。“左掖”本是宫廷正门左边的小门，在这里特指中央官署门下省。门下省在宣政殿内。宣政殿下有东西两省，门下省在殿东上阁门，中书省在殿西上阁门。杜甫当时为左拾遗，属门下省，故说“出左掖”。

清晨朝班，宫卫传呼，呼声唤得青旗仪仗整整齐齐，逶迤而来。朝臣面君议罢政事，散朝归署，仍排列长队，缓缓而行，走过宣政院花柳树下，左右各回官署。柳荫浓郁，遮蔽院舍。回望宫城城楼，融雪浸湿了城墙，楼殿雄伟，高耸入云，似乎那云层距离宫殿很低。诗人身为谏官，更应尽心尽责，努力论事不邀虚名、忠心为国而不张扬。诗人将上朝退朝之景写得真切形象，又雍容舒缓，写景中不忘表达自己对朝廷的忠诚。

瞿塘两崖

三峡传何处，双崖壮此门。入天犹石色，穿水忽云根。
猱玃须髯古，蛟龙窟宅尊。羲和冬驭近，愁畏日车翻。
（语亦奇险。）

疏解

三峡之水汹涌翻腾，两岸悬崖如高门雄伟挺立。青色石崖直指云
霄，与苍天融为一色，深山云起之处，仿佛又被江水淹没，恍惚不清。
猿猱老死于此，蛟龙驻穴深藏。冬天的太阳停留短暂，夕阳西下令人
生愁。

杜甫此诗用字用词老道，意象新奇，三峡之景在他的笔下生动又
险怪，达到了耸动人心的效果。

春日忆李白

白也诗无敌，飘然思不群。清新庾开府，俊逸鲍参军。
渭北春天树，江东日暮云。何时一尊酒，重与细论文。

疏解

李白的诗歌无人能比，气象飘逸洒脱，才思奇伟，不同凡俗。他
的诗歌清新之气像庾信，俊逸之风同鲍照。春天，我在渭河之北，静
看春树碧绿，而李白远在大江之东，欣赏暮云垂天，非常思念好友李
白啊，我与君何日再能相聚，欢饮樽酒，深入细致地谈诗论文呢！

杜甫对长于他十一岁的李白充满了仰慕之情。诗歌夸赞了李白的诗歌，进而表达了怀念之情。

客　亭

秋窗独曙色[1]，木落更天风[2]。日出寒山外，江流宿雾中。
圣朝无弃物，老病已成翁。多少残生事，飘零似转蓬。

 校记

　　[1] 独，《全唐诗》卷二二七作"犹"。
　　[2] 木落，《全唐诗》卷二二七作"落木"。

疏解

　　深秋，窗外寒凉，曙光已显，落叶在秋风中飘零打旋，太阳从远处寒山顶升起，江水还在残夜的雾中静静流淌。圣朝贤君不会抛弃人才的，而我已然老病相加，难有作为。人生暮年，未来的残年里，我还能做什么？可叹身似蓬草，飘转四方，无有定所啊。诗人安史之乱后期漂泊西南，生活困顿，此诗表现了当时的穷困生活处境和忧郁的心境。

落　日

落日在帘钩，溪边春事幽。芳菲缘岸圃，樵爨倚滩舟。
啅雀争枝坠，飞虫满院游。浊醪谁造汝，一酌散千愁[1]
（四语如画）

校记

[1] 千愁，《全唐诗》卷二二六作"千忧"。

 疏解

西斜的太阳仿佛挂在帘钩上，溪边青草似乎酝酿着幽幽心事。沿岸花圃芳菲一片，沙滩上，渔人停舟砍柴，忙碌为炊。鸟雀在枝头争鸣打斗不休，院落中，群群蛾虫，扑光乱飞。浊酒已满杯，谁能与我共一醉而解千愁？

王 维

登辨觉寺

竹径从初地，莲峰出化城。窗中三楚尽，林上九江平。
软草承趺坐，长松响梵声。空居法云外，观世得无生。

（三四，雄健。）

疏解

寺院竹径通幽，莲花状的山峰边，婉如一时幻化出的城廓，座座殿宇，高大雄伟。凭窗远眺，茫茫楚地，入目而来，疏林外，九江水平浪静。草地柔软，如高僧那样双腿盘坐而听梵音，空灵之音在松林回荡，一切令人安宁神远。诗人身在寺院，心却如居于云外。眼中虽有芸芸大千世界，精神上却无羁绊，了无牵挂。

送刘司直赴安西　右丞五律有自然，有雄浑，此雄浑者。

绝域阳关道，胡沙与塞尘。三春时有雁，万里少行人。
苜蓿随天马，葡萄遂汉臣[1]。当令外国惧，不敢觅和亲。

校记

[1] 遂，《全唐诗》卷一二六作"逐"。

疏解

西域阳关大道，路途漫长又艰辛，满目沙尘与烟飞，春天偶有雁
儿过，勇赴边关。万里征途，殊少行人。当年汉武派兵寻找血汗马，
葡萄、苜蓿草也就随之而进入中原。刘君今要远赴安西，唯愿努力有
作为。只盼家国强大，外族生怯，那时，谁敢强行来和亲。

王维边塞诗风格与田园山水诗不同，呈现出阳刚之美。此诗写景
壮阔，又融史事于其中，有对朋友的激励，又有对朝廷强威的企望。

送邢桂州　即汉之合浦。

铙吹喧京口，风波下洞庭。赭圻将赤岸，击汰复扬舲。
日落江湖白，潮来天地青。明珠归合浦，应逐使臣星。

（六语奇警。）

疏解

好朋友邢济要远行，船行江上，铙歌喧天，经过京口，在风波烟

雨中，直下洞庭。轻船击水向前行，穿过赭圻山顺流到赤岸。夕阳映水，翻起白浪，潮起又潮落，水天苍茫，融为一片青苍色。合浦有明珠，希望使星邢济不负使命有作为。此诗用"珠归合浦"、"使臣星"二典，巧妙不露痕迹，表现了对好朋友的期望。

送丘为落第归江东

怜君不得意，况复柳条春。为客黄金尽，还家白发新。
五湖三亩宅，万里一归人。知祢不能荐[1]，羞称献纳臣。

[1] 知祢，《全唐诗》卷一二六作"知尔"。

好友丘为考试失利，不得不离京归江东故乡，不如意的处境让人同情不已，何况又是春天，柳条柔柔，折柳送别更增添无限愁情。京城为客，散尽了千金，而今归家，白发暗生，科举无成。君居家太湖畔，田地微薄，勉强糊口；君从万里之外，孑然一身归来。我深知君有祢衡之才，却愧恨我非孔融，不能将你推荐给朝廷。王维同情朋友的怀才不遇，也表达了对贤良士人不被重用的愤慨之情。

冬晚对雪忆胡居士家   渔洋推五六为咏雪名句。

寒更传晓箭，清镜览衰颜。隔牖风惊竹，开门雪满山。
洒空深巷静，积素广庭闲。借问袁安舍，翛然尚闭关？

寒夜更声传来，时已近凌晨，明镜中，自己面容衰老，憔悴不堪。窗外，风吹竹林飒飒作响，一夜雪飘，盖满了青山。皎洁雪花，拂拂扬扬地飘落，映亮夜空，也使小巷更加静谧幽深，层层碎玉，使得庭院更显空阔清幽。我想问问好朋友胡居士，有如此雪景，你还能柴门紧闭，悠然自得高卧不起吗？诗歌借用东汉袁安卧雪之典，暗暗赞誉了胡居士的清贫自守与不慕名利。

观　猎　章法、句法、字法，俱臻绝顶，盛唐诗中亦不多见。

风劲角弓鸣，将军猎渭城。草枯鹰眼疾，雪尽马蹄轻。
忽过新丰市，还归细柳营。回看射雕处，千里暮云平。

疏解

渭城外，狂风劲猛，角弓铮铮鸣响，将军箭法高超，纵横驰骋，射猎野兽。草木枯萎，视野开阔，鹰眼犀利，猎物无处藏身。雪融易行，马蹄轻快，打猎收获必定不少。将军猎罢而归，整齐的队列瞬间穿过新丰市，转眼就回到军容整肃的军营。回首遥看刚才打猎的地方，暮云千里，风平气宁。王维边塞诗写得意气风发，被人们称道的是诗中三嵌地名而不生涩。"射雕"一典突出将军箭法；"细柳营"则以周亚夫来暗赞将军纪律严明，用典如盐着水中，不着痕迹。

夜渡湘水

客行贪利涉[1]，夜里渡湘川[2]。露气闻芳杜，歌声识采莲。
榜人投岸火，渔子宿潭烟。行旅时相问[3]，浔阳何处边？

校记

[1] 客行，《全唐诗》卷一六〇作"客舟"。

[2] 夜里，《全唐诗》卷一六〇作"暗里"。

[3] 行旅，《全唐诗》卷一六〇作"行侣"。

疏解

客船因急急赶路，而错过了投宿处，夜里，只得渡过湘江。黑夜雾气中，花草的香味暗暗飘来，采莲人满载而归，渔歌悠扬传播遥远。岸上有灯火点点，船夫将船划向那里，他们在江滩也燃起了炊烟。江面上，行侣相遇不时问讯：浔阳城郭在哪边？诗歌语言自然恬淡，平淡叙述中，将渔家安宁生活在字里行间表现了出来。

途中遇晴

已失巴陵雨，犹逢蜀坂泥。天开斜景遍，山出晚云低。
余湿犹沾草，残流尚入溪。今宵有明月，乡思远凄凄。

雨后，巴陵道上泥泞不堪。乌云散去，阳光斜照，彩云盘桓在山间。青草上水珠犹存，沟沟坎坎中停蓄的雨水汇入小溪。雨后夜朗，月色清明，今夜的乡情似乎更浓更凄伤了。对于旅人来讲，途中遇晴应是乐事，但恰恰是风雨、行进的艰难让人更恋家中的安定，更何况，皓月当空，家在万里之外，愁情不能不让人情伤心碎。

闲园怀苏子

林园虽少事，幽独自多违。向夕开帘坐，庭阴落翠微[1]，鸟从烟树宿[2]，萤傍水轩飞。感念同怀子，京华去不归。

校记

[1] 落翠微，《全唐诗》卷一六〇作"落景微"，一作"叶落微"。

[2] 从，《全唐诗》卷一六〇作"过"。

疏解

虽然闲来无事，可孤独清静，也不是我所期望的。夕阳西下，卷帘而坐，树荫洒满庭院，点点萤火虫在水轩旁飘飞。咳呀，我的好朋友，流连京华何时归来呢。孟浩然之诗，逐层递进极其自然，文字如行云流水，言浅意浓，极有韵味。

题义公禅房 [1]

义公习禅寂[2]，结宇依空林[3]。户外一峰秀，阶前众壑深[4]。

夕阳连雨足，空翠落庭阴。看取莲花浮 [5]，方知不染心 [6]。

（六语微妙。）

疏解

义公在大禹寺修行，他的禅房建筑在幽深的山林中。屋外，山峰秀美，峭拔挺立。台阶边，沟壑纵横，深邃无底。连天雨后，夕阳斜照，竹影铺满庭院。池中莲花，亭亭玉立，洁净不染，我也明白了义公如同莲花般的脱俗之心。此诗用语明朗轻快，词采清雅秀丽。

严 武

班婕妤

贱妾如桃李，君王若岁时。秋风一已劲，摇落不胜悲。
寂寂苍苔满，沉沉绿草滋。繁华非此日，指辇竟何辞。

（丰神蕴藉。）

美人班婕好啊，就像艳丽娇嫩的桃李花，君恩就是无情的年岁。每当秋风起，花叶片片飞落，容貌难再美，令人不胜悲。美人的闺阁沉寂寂，唯有门前青苔悄然生，园中绿草疯狂长。人如春花艳美时，君王指辇邀同乘，早知今天恩情绝，何必当初轻推辞。

南州有赠 [1]

极浦三春草，高楼万里心。楚山晴霭碧，湘水暮流深。
忽与朝中旧，同为泽畔吟。停杯试北望，还欲泪沾巾。

 校记

[1]《全唐诗》卷二三五作"岳阳楼宴王员外贬长沙"。

疏解

暮春之际，绿草弥漫南浦两岸，高高岳阳楼上，心随云天，似有万里之辽阔。晴空之下，楚山青青如碧，夕阳中，湘水深广，缓缓流淌。本都是朝廷中的相知旧友，忽然之间，我们在河畔吟诗送别，这离别酒谁能饮下？把酒北望，只能怅然泪下。

诗歌在景物描写中营造离别情绪，情景交融，语言流畅自然。

同王征君湘中有怀

八月洞庭秋，潇湘水北流。还家万里梦，为客五更愁。
不用开书帙，偏宜上酒楼。故人京洛满，何日复同游。

校记

[1] 张谓，《全唐诗》卷二六三录为严维之作。

疏解

楚天八月已入清秋，洞庭湖水丰溢浩瀚，潇湘碧波，滔滔荡荡，向北奔流。对于漂泊之人而言，离家万里之遥，归家只是遥遥无期的梦而已，五更天寒梦醒，心中倍添愁苦。这愁苦无法用文字化解，只能借酒来消散。京洛故友多，却不知何日能相聚。

送裴侍御归上都

楚地劳行役，秦城罢鼓鼙。舟移洞庭岸，路入武陵溪^[1]。
江月随人影，山花趁马蹄。离魂将别梦，先已到关西。

校记

[1] 入，《全唐诗》卷一九七作“出”。

中原的战乱刚刚平息，茫茫楚地上，却到处还是服劳役的士卒。裴君乘小船行进在洞庭湖上，我则转行于武陵溪上。洞庭波上，月影紧随人影而行；弯弯山路，马蹄踏花，暗处香留。与君今日别，我的心绪将会在梦中感念到你，那时你的船儿恐怕已到关西了吧。刚刚分别，却想象朋友的行程，人未归家，已预见梦中追随，悠悠不尽的情义溢出诗篇。

经漂母墓

昔贤怀一饭，兹事已千秋。古墓樵人识，前朝楚水流。
渚苹行客荐，山木杜鹃愁。春草茫茫绿，王孙旧此游。

当年韩信落魄时，漂母以一餐饭而助之，于是历史上留下了千年佳话。今天，涛涛楚水未流尽，漂母的坟墓淹没于荒草，只有牧人樵夫能辨识。河渚边，柔柔的青草成了远行客的席垫，林中，杜鹃飞过，鸣声中带着悲愁。春色漫延，芳草碧绿连接天涯，我又来此重游，韩信却永远不能来了。刘长卿这首诗歌写得极含蓄。景中有悲愁的情绪，古有贤德的漂母，而今呢？只能让文人吊古感慨而已。

过顾山人横山草堂[1]

只见山相掩，谁言路尚通。人来千嶂外，犬吠百花中。
细草香飘雨，垂杨闲卧风。却寻樵径去，惆怅绿浮东[2]。

校记

[1]《全唐诗》卷一四八作"过横山顾山人草堂"。
[2] 浮，《全唐诗》卷一四八作"溪"。

疏解

青山绵延，万里山峦迭嶂，曲径难辨，谁说山路相通呢？人是从千山万水外归来，犬吠声从花海深处传出。蒙蒙细雨带着芬芳飘飞，垂杨在微风中悠闲静立，青翠欲滴。我沿着樵夫的行径寻找归路，却在一望无际的青草溪东更迷茫了。诗歌写景从视觉、听觉、嗅觉入手，细腻而优美。

钱 起

和万年成少府寓直 万年县属京兆。

赤县新秋夜，文人藻思催。钟声自仙掖，月色近霜台。
一叶兼萤度，孤云带雁来。明朝紫书下，应问长卿才。

文人才华横溢，面对日益临近的新秋，心中充满了时不我待的焦灼。钟声从宫中传来，月色给楼台洒下如霜的清辉。叶已飘黄，萤火如流光，孤云悠闲飘过，雁阵行行随云而来。昨天我将入宫去，一介读书人，将会如司马相如那样，得到君王的青睐吗？

裴迪南门秋夜对月

夜来诗酒兴，月满谢公楼。影闭重门静，寒生独树秋。
鹊惊随叶散，萤远入烟流。今夕遥天末，清光几处愁。

（工于造句。）

月亮从山头爬上来，清光洒满谢公楼，静谧的景致也引起了诗人的诗兴和酒兴，于是，好友相邀饮酒赋诗。庭院屋宇中，层层高门紧闭，清风吹起树叶沙沙响，万籁俱寂中又添凉意。月明惊飞了山鹊，鹊飞又扇得秋叶纷纷飘落，点点萤火虫也隐没在银白清光里。今夜清朗月色中，不知几人心生欢喜，几人望月又结了愁肠？

送夏侯审校书东归

楚乡飞鸟外[1]，独与片帆还[2]。破镜催归客，残阳见旧山。
诗成流水上，梦尽落花间。倘寄相思字[3]，愁人定解颜。

校记

[1] 外，《全唐诗》卷二三七作"没"。

[2] 片帆，《全唐诗》卷二三七作"碧云"。

[3] 倘，《全唐诗》卷二三七作"傥"。

疏解

鸟儿已飞离了故乡，追逐天边的风帆远去。家乡的亲人思念着远行的游子，催促夏侯君急急东归。当日暮黄昏降临，你就可以看到熟悉的山峦了。脉脉流水中，我为君写下离别的诗篇，此时，淡淡的惆怅如同梦中花片一样飘飞，慢慢静落闲潭。今日别离后，若有相思诗句寄来，那才会消解我的愁颜。诗句对仗工整，语言优美，诗意极浓。

郎士元

送杨中丞和蕃

锦车登陇日，边草正萋萋。旧好随君长[1]，新愁听鼓鼙。
河源飞鸟外，雪岭大荒西。汉垒今犹在，遥知路不迷。

（犹近初盛。）

校记

[1] 随，《全唐诗》卷二四八作"寻"。

疏解

你所乘的车子，登上陇坂，行进在陇山之上，边塞的青草也开始

120

弥漫到了天涯。你身负使命，重新修好于吐蕃，寂寞路上的新愁啊，也会随着春草，在鼙鼓声中暗暗涌出。边地遥遥，飞鸟在黄河源头之外，西边天际，乃终年积雪的大荒山。汉代的故垒仍然远远静立在那儿，仿佛为远行者指引着方向。全诗写景沉雄苍凉，有了边塞诗阔大的情感。

归渡洛水

暝色赴春愁，归人南渡头。渚烟空翠合，滩月碎光流。
澧浦饶芳草，沧浪有钓舟。谁知放歌处[1]，此意正悠悠。
（晚景入妙。）

校记

[1] 放歌处，《全唐诗》卷二五〇作"放歌客"。

疏解

船泊南渡口，暝色渐浓，春草萋萋令人愁绪暗生。岸渚之上，苍茫烟霭，笼罩了翠林，月洒河滩，波光闪闪，如碎珠一片。洛水两岸鲜花灿烂，钓舟闲荡在水波上，渔夫放歌，音调嘹亮，歌声中悠悠情怀与月光流淌。

诗人开篇言愁，随着优美景色的铺展，愁情似乎也溶化在悠扬渔歌中了。诗中宁静的景色和恬淡的情绪相融合，让人回味无穷。

送孔征士

谷口为幽处[1]，君归不可寻。家贫青史在，身老白云深。
扫雪开松径，疏泉过竹林。余生负丘壑，相送亦何心。

校记

[1]《全唐诗》卷二一〇作"谷口山多处"。

疏解

谷口幽暗不明，孔君愈行愈远，我已看不到他的身影。孔君家世，长载青史，可他的生活贫困又窘迫。他的宅前，松径通幽，泉水泠泠可闻。每当雪后，他便扫雪清道迎词客，疏通泉水流过竹林。而我却辜负了这青山美景，不能归隐与孔君长伴。今日在谷口遥遥相送，心绪难以明说。

和都官苗员外秋夜寓直对雨简诸知己[1]
谢元晖有《直中书省》及《观朝雨》二诗

多雨南宫夜，仙郎寓直时。漏长丹凤阙，秋冷白云司。
萤影侵阶乱，鸿声出苑迟。萧条人吏散，小谢有新诗。

校记

〔1〕《全唐诗》卷二〇六作"和都官苗员外秋夜省直对雨简诸知己"。

 疏解

秋雨绵绵，南宫的夜仿佛也格外漫长，而苗君恰好当值留守。京城夜色沉沉，刑部（白云司）空旷，凉意更浓。点点萤火在阶前飘飞，宫苑上空飞鸿掠过，鸣声迟缓，传向了遥远的天际。同事归家后，宫殿清冷寂静，而苗君才情如小谢，草就新诗引我来和。

此诗为和诗，诗中夸赞苗员外的才华，用词巧妙而不显媚俗，且对仗工整，景色写得清丽干净。

送王牧吉州谒使君叔 [1]

细草绿汀洲，王孙耐薄游。年华初冠带，文体日弓裘。

野渡花争发，春塘水乱流。使君怜小阮，应念倚门愁。

校记

〔1〕《全唐诗》卷二〇六作"送王牧往吉州谒王使君叔"。

疏解

春来芳草萋萋，河岸洲渚碧绿葱葱，王兄要出游探望叔父。王兄年及二十，正是意气风发时，你才华横溢，继承了家学，文章风格与令尊相似。此行出游，有两岸灿烂春花相伴，亦有潋滟春水相随。叔父若见到王君，他肯定会欣喜不已，舍不得让你归家。你可别忘了，你的母亲还在倚门望你归来呢。此诗虽为送别，但无伤感，有夸赞，有想象，气韵生动。

司空曙

送郑明府贬岭南

青枫江色晚，楚客独伤春。共对一樽酒，相看万里人。
猜嫌成谪宦，正直不妨身[1]。莫畏炎方久，年年雨露新。
（名论。）

校记

[1] 妨，《全唐诗》卷二九三作"防"。

疏解

暮色沉沉，青枫浦上，春亦将尽，把酒送别郑明府，郑明府远贬岭南，面对此无边春色，更为伤情。我们共对一樽酒，泪眼相看，都是漂泊万里、求仕宦进取之人，因遭猜忌、嫌怨而被贬斥；因为直言、忠信却不能自我保全。郑君啊，不必担心南方的炎热，也不必怕岭南的瘴气，皇帝年年有雨露恩泽降临，你很快会得以新生，重返京师。

诗人所送之人是被贬官的朋友，但诗中没有消沉的调子，反而给予朋友鼓励，希望。诗歌语言质朴，感情真切。

[1]

梅花落

新岁芳梅树，繁花四面同。春风吹渐落，一夜几枝空。
少妇今如此，长城恨不穷。莫将辽海雪，来比后庭中。
（徐、庾风神。）

校记

[1] 韩翃：《全唐诗》卷二五一录为刘方平之作。

疏解

《梅花落》为笛曲，有《大梅花》《小梅花》之曲。年年新岁，梅花静吐芬芳，朵朵袅袅，颤立于枝头，放眼望去，世界一片香雪海。每待一夜春风起，花谢随风飞满天，枝上寂寂，空余暗香。闺中少妇亦如花，青春短暂，美貌不再，花易凋零人易老。况丈夫远征，久戍不归，闺中相思，绵绵无尽头。梅花飘谢，悄然落满了庭院，仿佛覆盖了一层白雪。千万别用辽海边陲的苍茫白雪，来比喻满院的落梅，这样会让我心头愁绪无边无际难消解！

除夜宿石头驿 万里归来，宿石头驿，尚未到家而作。

旅馆谁相问，寒灯独可亲。一年将尽夜，万里未归人。

寥落悲前事，支离笑此身。愁颜与衰鬓，明日又逢春。

疏解

除夕之夜，旅馆阒寂，无人相问，一盏寒灯，弱光摇曳，那朦胧的暖意，令人不禁有亲近之感。一年将尽，漂泊万里，急切归家，然而却未能进入家门，今夜也只能淹留在石头驿，于冷落寂寥中度过此除夕夜。回想这么多年起起伏伏的经历，到头来成就何在？一切可笑、可叹亦可悲。年岁又增，两鬓已白，明天又是新岁迎春日。

诗人独在清冷的驿馆度过除夕，回顾往事，悲情萦绕，虽然最后一句衰中有振起，使灰暗的情绪中添了亮色，但心中苦况让人动容。

山居即事

岩云掩竹扉，去鸟带余晖。地僻生涯薄，山深俗事稀。

养花分宿雨，翦叶补秋衣[1]。野渡逢渔子，同舟荡月归。

校记

[1] 翦叶，《全唐诗》卷二七三作"剪叶"。

暮云低沉，竹扉庭院已显昏暗，归鸟入巢，扇动的翅膀带走了余晖。山中偏僻，生活惨淡，深山之处，百无聊赖。在这里唯有山花可赏，花叶滴雨，清晰可闻；也有秋叶可采，我用它们剪补三秋破衣。偶尔出行，野渡遇见打渔翁，便与他们同船而行，月光下悠闲荡归。戴叔伦的诗歌语言清浅，意象隽永。

卧　病

　　门掩青山卧，莓苔积雨深。病多知药性，客久见人心。
　　众鸟趋林健，孤蝉抱叶吟。沧洲诗社散，无梦盍朋簪。
　　（阅历语。）

 疏解

　　房门虚掩，门外青山无力横卧，连天阴雨让莓苔疯长，处处水洼。久病之中，慢慢认识了药材，熟悉了药性；为客颇久，寄人篱下，也渐渐看懂了人心。鸟儿愿意成群结队地快乐飞翔，而蝉却喜欢独自在叶下吟唱。沧洲诗社久久未能再聚，多少朋友梦中亦难寻觅。

　　人在病中，又逢阴雨，诗人笔下的景象萧条，心境凄凉。"病多知药性，客久见人心"，也是病中人对现实人情深深的体味。

秋夜泛舟

林塘夜泛舟^[1]，虫响荻飕飕。万影皆因月，千声各为秋。
岁华空复晚，乡思不堪愁。西北浮云外，伊川何处流。

校记

[1] 泛舟，《全唐诗》卷二五一作"发舟"。

疏解

夜晚，泛舟于林塘之上，轻风吹拂，芦苇摇曳，百虫啼鸣，宛如声乐和奏。月下，万物弄影，斑驳一片；秋风中，万籁为声，远近呼应。一年年，年华空耗，时不我待，乡思之愁，令人不堪忍受。"西北有高楼，有人楼上愁"，家乡远在浮云之外，令人愁肠欲断，而伊川的水又流向何处呢？

此诗语言清新，景以听觉、视觉来写，感受细腻，情出自然，动人心绪。

戎　昱

桂州腊夜

坐到三更尽，归仍万里赊。雪声偏傍竹，寒梦不离家。

晓角分残漏，孤灯落碎花。二年随骠骑，辛苦向天涯。

疏解

今夜除夕，诗人旅居桂州，孤馆寒灯，时已三更将尽，枯坐守岁；家在万里之外，归路遥遥，归期无定。雪落竹林，飒飒作响，孤馆凄寒，残梦未醒，恍惚间，身在家中，亲人笑脸相迎。依稀画角吹响，曙光微显，更鼓始停，孤灯燃尽，灯花簌簌掉落。两年了，离家游宦桂林幕府，辛劳艰苦不必细说，岁暮之时又不得不滞留天涯。

此诗写除夕夜的乡思，景萧索情沉痛，将不能归家的心情表达得含蓄隽永。

冬日野望 [1]

地际朝阳满，天边宿雾收。风兼残雪起，河带断冰流。
北阙驰心极，南图尚旅游。登临思不已，何处可销忧 [2]。

（三四劲健。）

校记

[1]《全唐诗》卷二七五作"冬日野望寄李赞府"。
[2] 可销忧，《全唐诗》卷二七五作"得销愁"。

疏解

冬日，一夜浓雾渐渐消散，东方朝阳初升，洒满大地。北风劲吹，卷起残雪飞扬，河水向东，带着融冰缓缓流淌。向北眺望，眷恋朝廷，心驰神往，怎奈我啊还得继续向南，游历飘荡。登临高处，心潮起伏，归思难收，不知何处能够消解忧伤。

此诗承"望"而写景，借景而抒写乡思之愁。冬日景萧索清冷，乡情表达得寥落感伤。

春山夜月

春山多胜事，赏玩夜忘归。掬水月在手，弄花香满衣。
兴来无远近，欲去惜芳菲。南望鸣钟处，楼台深翠微。

（造句入妙。）

疏解

春山景色，优美宜人，处处不同，样样动人，以至于诗人玩赏而忘归。一轮明月升起，照映万川，掬水在手，月也在手；穿花而行，香粘衣袖，挥洒更浓。游兴来时，踏青寻芳，无论远近，即便即将离去，仍然流连这春花芳草，谁也不想辜负了这满目的春色。悠扬的钟声从南边传来，放眼眺望，寺观楼台若隐若现于无边苍翠之中。诗歌以声结尾，余韵悠远。

[1]

春宵自遣

地胜遗尘事，身闲念岁华。晚晴风过竹，深夜月当花。

石乱知泉咽，苔荒任径斜。陶然恃琴酒，忘却在山家。

 疏解

　　在风景优美的地方便易抛开世间俗情，人处在闲寂之中就好追忆往事。黄昏，夕阳斜照，风吹过竹林，树枝摇曳。深夜，当空明月，光照花林。泉水流过乱石，呜咽作响；小径布满了青苔，弯曲延伸。我沉醉于琴酒，陶然自得，忘记了自己在深山之中。

　　竹林、月光、花林、清泉、荒径等等山林中的景，都显示出山野的清冷、幽静。诗人说是自遣，却又借酒来陶然遗世，字里行间都是不能忘怀现实的自我安慰。

 韩　愈

祖　席　得秋字[1]。五言近体中运以古风，笔力非昌黎不能。

淮南悲木落，而我亦伤秋。况与故人别，那堪羁宦愁。
荣华今异路，风雨昔同忧。莫以宜春远，江山多胜游。

校记

　　[1]《全唐诗》卷三四四作"秋字"。《祖席》乃送王涯徙任袁州

131

刺史而作，韩愈于送别宴会上作诗二首，一首名"前字"，押"前"字韵："祖席洛桥边，亲交共黯然。野晴山簇簇，霜晓菊鲜鲜。书寄相思处，杯衔欲别前。淮阳知不薄，终愿早回船。"另一首"秋字"，押"秋"字韵，即本编所选之诗。

疏解

秋入淮南，万木凋零之时，人易生悲秋之感，我与故人相别，更是痛苦难捱，何况宦海之中，人如浮萍漂泊无定，羁旅之愁让人更不堪忍受。与君为同榜进士，经历略同，而君官职显要，我却沉沦下僚，而今你将行于万里之外，任一州刺史，远去他乡，友朋离散。我的好朋友，你不要觉得宜春（即袁州）偏远，那里山河形胜，可堪游览，增人情思。

此诗为送别，诗中有友情，有劝慰，情真而意切。

白居易

宴　散

小宴追凉散，平桥步月回。笙歌归院落，灯火下楼台。
残暑蝉催尽，新秋雁带来。将何迎睡兴，临卧举余杯[1]。

校记

[1] 余杯，《全唐诗》卷四四八作"残杯"。

凉夜来临，小宴散席。天气爽朗，月色极美，踏二平桥，步月而归，心中惬意，无与言说。院落飘出悠扬的笙歌，楼台上下，灯火通明，一派祥和温馨。残存的暑热已在蝉声中退去，南飞的大雁带来了秋的气息。如此良辰美景、赏心乐事，我用什么来迎接这浓浓的睡兴呢？还是将残酒喝尽吧，尽快进入那黑甜乡里酣眠。

白居易晚年生活悠闲自得，以歌酒自娱，这首诗表现了诗人优雅和闲适的生活。

秋日登郡楼望赞皇山感而成咏

昔人怀井邑，为有挂冠期。顾我飘蓬者，长随泛梗移。
越吟因病感，潘鬓入秋悲。北指邯郸道，应无归去期[1]。

（格律高迈。）

[1] 期，《全唐诗》卷四七五作"时"。

人人都有怀恋故土的情怀，在外为官，终有致仕荣归的一天。而我只是一个漂泊者，如同无根的蓬草，为生活不得不辗转奔波。即使仕宦显达，也会遇病痛而思乡情切；岁月易逝，年龄徒增，逢秋而易生悲慨。向北眺望，指点家乡赞皇所在的邯郸道，看来此生似乎没有回归乡园的那一天了。诗人登临郡楼，眺望赞皇山而有此作，在感慨仕宦羁旅之苦的同时，也有对功名的渴望，以及人生易老的悲凉。

鲍 溶

泊扬子岸[1]

才入维扬郡，乡关此路遥。林藏初霁雨[2]，风退欲归潮。
江火明沙岸，云帆碍浦桥。客衣今日薄，寒气近来饶。

（气味浑厚。）

校记

[1]《全唐诗》卷一三一作"泊扬子津"。
[2] 霁雨，《全唐诗》卷一三一作"过雨"。

疏解

船才进入扬州，家乡就显得更遥远了。暮雨初霁，林叶浓密，处处悬挂着雨珠，青翠欲滴；微风渐歇，涨起的潮水也渐渐退去。入夜，点点渔火照亮沙岸，片片帆船停满浦口，遮挡了浦桥，显得颇为拥挤。秋来寒气渐浓，客居他乡，衣衫单薄，难耐寒凉。

孤独、寒伧的旅人面对旷野，面对长川，唯有旅途的辛苦，隐隐也有人生的失意。诗虽写景，但我们可以看到一个带有悲感色彩的形象。

商山早行

晨起动征铎，客行悲故乡。鸡声茅店月，人迹板桥霜。
槲叶落山路，枳花明驿墙。因思杜陵梦，凫雁满回塘。

疏解

天露鱼肚白，又将上路远行，车马铃儿叮咚作响，游子远行，难舍故乡。鸡鸣即起，一轮残月尚在天际，山野茅店，灯烛昏黄；秋寒颇浓，落满薄霜的板桥上，已经有了行人的足迹，还有比我走得更早的人啊。荒山弯道落满了槲叶，驿站篱墙上攀附着盛开的枳花，显得颇为鲜亮。突然想起昨夜梦回家乡：家园杜陵美丽，沁塘迂回，凫雁嬉戏，妻儿笑语遥遥。

此诗写景极美，有声有色，借梦含蓄表达了对家的渴望。

卢氏池上遇雨赠同游 [1]

簟翻凉气集，溪上润残棋。萍皱风来后，荷喧雨到时。
寂流闲望久 [2]，飘洒独归迟。无限松江恨，烦君解钓丝。

校记

[1]《全唐诗》卷五八二作"卢氏池上遇雨赠同游者"。
[2] 寂流，《全唐诗》卷五八二作"寂寥"。

江上风来，竹席寒凉，残棋仿佛也结了湿润之气。风过江面，浮萍微皱，雨滴打在无边的荷叶上，沙沙作响。登临楼台，长久地怅然凝望，孤寂清冷，雨洒江天，漂泊无迹，深感归去太迟了。憾恨无限，溢满松江，我的好朋友，真应放下世俗羁绊，归隐山林，莫负了这山水钓丝情。

落日怅望

孤云与归鸟，千里月时闲[1]。念我何留滞[2]，辞家久未还。微阳下乔木，远色隐秋山。临水不敢照，恐惊平昔颜。（意格俱超。）

校记

[1] 千里月时闲，《全唐诗》卷五五五作"千里片时间"。

[2] 何留滞，《全唐诗》卷五五五作"一何滞"。

疏解

黄昏日将落下，诗人登高远望：鸟儿归巢，孤云与之齐飞，千里之遥，片刻能归。而诗人为何滞留在他乡，久久不能归还？夕阳渐渐敛去它的光芒，仿佛落于高高树下，天光隐于秋山之外，一派昏暗。江水沉静，却不敢临水照看自己的脸庞，生怕颜容憔悴，不同往昔，徒然增添无边的伤感。

诗人登高远望，日落鸟归而人未归，由乡愁而心生迟暮之感，诗歌情景交融，递进自然。

过野叟居

野人闲种树，树老野人前。居止白云内，渔樵沧海边。
呼儿采山药，放犊饮溪泉。自著养生论，无烦忧暮年。

疏解

偶尔从山林老人的屋前经过，门前有他闲时所植的树木，树木高大郁郁葱葱，枝干盘结，显出沧桑之感。老人所居，在白云深处，幽静而偏远，他日日垂钓在沧海尽头。老人或携童子，上山崖采药，或牵牛犊，于溪涧饮水。老人有自己的养生之道，暮年已至而无烦忧。

虽然诗短小，言浅显，但我们看到了一位山野老人悠闲恬淡而又丰富多样的生活。

赠卖松人　俗尚卑靡，而孤高者不投人好，言下慨然。

入市虽求利，怜君意独真。欲将寒涧树[1]，卖与翠楼人。
瘦叶几经雪，淡花应少春。长安重桃李，徒染六街尘。

[1] 欲，《全唐诗》卷五九五作"剧"。

疏解

卖松人，你不辞辛苦地将松树拉到市上卖，虽为求利，我也相信你善良的初衷，你是为了给松树寻求一位善主。可是，长在深山陵谷中的松树，怎么能卖与翠楼人呢？翠楼之人最爱粉艳娇嫩的花，青松饱经风霜，挺拔高大，松叶瘦小，开放淡淡的碎花。长安城里重桃李，何必让正直松树，沾染这街衢的风尘！

世俗之中，媚俗之人大有市场，而正直之人难有出路，此诗借卖松来讽刺世情，笔调委婉而寓意深长。

访友人不遇

出门无至友，动即到君家。空掩一庭竹，去看何寺花？
短僮应捧杖，稚女学擎茶。吟罢留题处，苔阶日影斜。

疏解

我出门在外，没有至亲好友，动辄就到君家。今日访君，庭院竹树静立，君却云游在外，不知到何处山寺，去看山花？君家小僮接杖忙相扶，稚女当家，敬上清茶。君虽未在家，我吟诗题壁，留待君看。日影西斜，照在台阶的青苔上，我才依依不舍归家而去。

诗人访友不遇，但友人小女、僮仆殷勤接待，让客人也盘桓良久方归，诗歌从侧面也反映了两人深厚的友情。

秋日访同人

忽忆同心友[1]，携琴去自由。远寻寒涧碧，深入乱山秋。
见后却无语，别来长独愁。幸逢三五夕，露坐亢冥搜。

校记

[1] 同心友，《全唐诗》卷六四五作"金兰友"。

疏解

忽然间想起了好朋友，兴来携琴即去寻访。我不辞僻远，深入秋天的苍山寒林，跨过深涧碧水。老友相会，相对无语，别后又暗生愁情。正是十五月圆夜，一人露中独坐，冥想又深思，反复细品见面的况味，借此打发心中的寂寞。

兴来访友，不辞辛苦，见面却无语静坐，也许琴声便为心声。真正的友情是不需要借助语言的。

李昌符

旅游伤春

酒醒乡关远，迢迢听漏终。曙分林影外，春尽雨声中。

鸟倦江村路^[1]，花残野岸风。十年成底事，羸马厌西东^[2]。

校记

[1] 倦，《全唐诗》卷六〇一作"思"。

[2] 厌，《全唐诗》卷六〇一作"倦"。

疏解

对于漂泊在外的游子，借酒浇愁是常事，可是酒醒后，乡关依然远在万里之遥，长夜漫漫，只能于孤寂中静听铜壶夜漏的水滴声，等待天明。野店茅舍，树木环抱，曙光在山林外投进缕缕阳光，淅淅沥沥的雨声中，春天也即将过去。江村路途遥遥，鸟儿已然倦飞，田野春风习习，花儿即将凋零。春将尽，人亦老，十年倏忽已过，我成就了什么呢？我就如一匹羸弱的马，已经厌倦了奔波。

诗人伤春亦伤己，在暮春景色中，寄寓了十年努力而一事无成的痛苦。

晚秋归故居^[1]

马省曾行处，连嘶渡晚河。忽惊乡树出，渐识路人多。
细径穿禾黍，颓垣压薜萝。乍归犹似客，邻叟亦相过。

（情景俱真。）

校记

[1]《全唐诗》卷六〇一作"远归别墅"。

马儿识途，记得曾经走过的路，黄昏渡河时，发出欢快嘶鸣。猛然间，熟悉的乡路延伸于眼前，行行树木护守，路上相识的人越来越多。弯弯小径从田间穿过，田陇禾黍安闲成熟，颓圮的墙垣上，长满了茂密的薜萝。初归家中，恍若远客，家人嘘寒问暖，邻家老翁亦来接风慰劳。

远行久为客，一朝归家，家人惊喜反待之为客，诗人清浅的语言写出了回到家中的喜悦，其情其景亦令读者动心。

杜荀鹤[1]

送人宰吴县

海涨兵荒后，为官合动情。字人无异术，至论不如清。
草履随船卖，绫梭隔水鸣。惟持古人意，千里赠君行。

（三四名言。）

校记

[1] 原作"林荀鹤"，应为"杜荀鹤"，《全唐诗》卷六九一收录于杜荀鹤卷。

疏解

历经兵荒马乱的日子后，多年动荡终于归于安定，我的好朋友你要去吴县赴任，情感激动是可以理解的。为官一任，造福一方，应该多替百姓着想，更要体恤周全他们。抚养百姓，其实不需要特别之术，只要为官清廉就是最好的方法。你看，水上人家随船卖草鞋，机杼梭声隔岸可闻，古人仁爱之心及人及物，我也以古人之意来赠君远行。

朋友要赴任吴县，诗人以诗相赠，战乱之后，百姓不得聊生，诗人希望朋友能为官清廉，注重生产。此诗虽为送别，但无离别的伤感，而是寄寓了诗人的仁爱理想。

望　海

苍茫空泛日，四顾绝人烟。半浸中华岸，傍通异域船[1]。
岛间知有国[2]，波外恐无天。欲作乘槎客，翻然去来年[3]。

校记

[1] 傍通，《全唐诗》卷六三五作"旁通"。

[2] 知，《全唐诗》卷六三五作"应"。

[3] 翻然去来年，《全唐诗》卷六三五作"翻愁去隔年"。

疏解

海水涨潮的时候，苍茫无际的浪涛涌向天际，茫然四顾，杳无人烟。潮水上漫，淹没了中华的海岸，波涛涌荡，广阔的海域，有通向异域的航船。海岛间本应有异域国度的，而波涛无际，水天难辨。真愿是乘桴客，乘桴远行，飘荡天涯直到永远。

海潮无际，诗人写海潮，写实中亦有想象，也有无法消解的愁苦。

梅　花

数蕊初含雪[1]，孤标画本难。香中别有韵，清汲不知寒。
横笛和谈听[2]，斜枝倚病看。朔风如解意，容易莫摧残。
（王阮亭[3]谓：古今梅诗，无过坡公"竹外一枝斜更好"[4]七字，及"雪
后园林才半树，水边篱落忽横枝"[5]一联，而更以高季迪之"雪满山中高
士卧，月明林下美人来"[6]为俗格，自是定论。然总不外"香中别有韵，
清极不知寒"二语也。）

校记

［1］蕊，《全唐诗》卷七一四作"蓁"。
［2］谈，《全唐诗》卷七一四作"愁"。
［3］王阮亭：清代诗人、文学家王士禛，字子真，一字贻上，号
阮亭，别号渔洋山人。山东济南新城（今淄博市桓台县）人。
［4］出自宋代苏轼《和秦太虚梅花》。
［5］出自宋代林逋《梅花》。
［6］出自明代高启《咏梅九首》。

疏解

雪花飘飞，数朵梅花初开，花蕊中有白雪的晶莹。梅花之孤高风
标，难以图画。每当花儿开放，花朵清香暗送，神韵独特，清雅幽独
的美，让人感觉不到冬天的寒冷。骚人雅士赏梅吹笛，笛声幽幽，听
者满怀愁绪。疏斜的梅枝，又如体弱佳人，不能禁风。北方来的风啊，
如果能理解梅花的心怀，那就爱护她，不要凛冽无情，急催花落。历

来写梅诗众多，各有各的佳句，这首诗"香中别有韵，清极不知寒"，突出梅之神韵和清雅，对后世影响深远。爱梅而央求朔风怜惜，角度也奇特新颖。

刘绮庄

扬州送人

桂楫木兰舟，枫江竹箭流。故人从此去，望远不胜愁。
落日低帆影，回风引棹浮[1]。思萦新折柳[2]，泪尽武昌楼。

校记

[1] 回风引棹浮，《全唐诗》卷五六三作"归风引棹讴"。
[2] 思萦新折柳，《全唐诗》卷五六三作"思君折杨柳"。

疏解

枫江之上，兰舟如箭，我的好朋友乘船离开，今日之别，相见无期，望着船入云水，令我愁不胜愁。白日西斜，远远望去，竟然落于归帆之下，风儿又带来了悠扬的渔歌。思君不见，折柳遥遥向西眺望，泪洒武昌楼头。

刘绮庄于扬州送别友人，语言浅显，重在写景，以船之快来衬托朋友的远离。而"落日低帆影"以阔大的景来结情，伤情别绪亦衬得无边无际了。

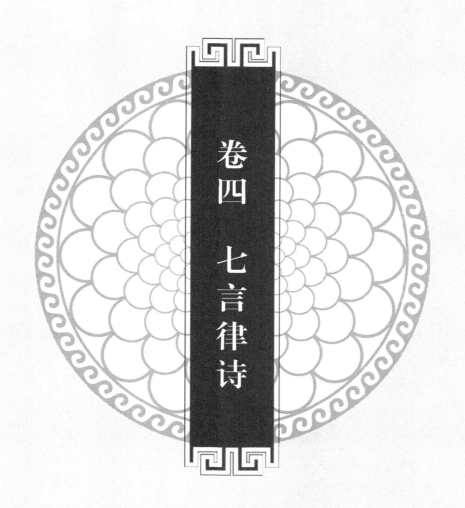

卷四 七言律诗

李 颀

寄司勋卢员外

流澌腊月下河阳，草色新年发建章。
秦地立春传太史，汉宫题柱忆仙郎。
归鸿欲度千门雪，侍女新添五夜香。
早晚荐雄文似者，故人今已赋长杨。（题柱汉田凤事。）

疏解

这首诗是李颀寄给司勋卢员外的。司勋是六品以上的京官，主管考核。诗人自恃才高，故希望卢司勋能帮他一把，在仕途上给予提携。诗人在冰排漂流的腊月给卢员外寄信，想象在立春的时候，信就应该寄到京城，卢员外就可以展开一阅。那时，秦地草木萌发，一片嫩绿，我的思念与问候也将随春而至。卢员外才华不输太史令司马迁，仪容端正如尚书令田凤，让人敬佩不已。鸿雁传信翻越了层层雪山，而你到夜晚辛苦归家才能看到我的问候。就如汉代伯乐推荐才华横溢的扬雄，我也恳请你将我推荐给朝廷，荐举之时，我也将如扬雄早已写好了《长杨赋》一样，早早准备了让皇帝满意的好篇章。

此诗典故较多，诗意表现得含蓄委婉。李颀是盛唐诗人，他的边塞诗写得极好，可是一生仕途并未通达，只当了小小的新乡县尉，后来隐居乡野。

杜 甫

曲江对雨

城上春云覆苑墙，江亭晚色静年芳。

林花着雨燕脂湿[1]，水荇牵风翠带长。

龙武新军深驻辇，芙蓉别殿谩焚香。

何时诏此金钱会，暂醉佳人锦瑟旁。（玄宗宴

百官赐金钱，有太常教坊乐。）

校记

[1] 着，《全唐诗》卷二二五作"著"。湿，《全唐诗》卷二二五作
"落"。

疏解

长安城头，曲江边上，春云低垂笼罩苑墙，斜阳脉脉，江亭静立，
一切都是那样美好。细雨打湿的林花如涂了胭脂，轻风吹拂，水流荇
菜，拉成长长的条带，青青绿绿，随流水而荡漾。当初，玄宗皇帝乘
辇而来，龙武新军护卫，仪仗赫赫。芙蓉园里，别殿焚香，香烟袅袅，
歌声婉转，美人纤纤，君臣豪宴，撒钱争欢，气象盛大，如日中天。
什么时候再举办这样的盛大宴会、曲江游乐呢？届时我将把酒听歌，
醉倚在佳人边。

杜甫写眼前曲江的寂寥清冷，回忆当年的热闹繁华，今昔对比中，
寄寓了对大唐盛世不在、繁荣难继的感慨，诗情含蓄深婉。

秋兴八首 八首中，怀乡恋阙，

吊古伤今，前后相承，首尾回应。

玉露凋伤枫树林，巫山巫峡气萧森。
江间波浪兼天涌，塞上风云接地阴。
丛菊两开他日泪，孤舟一系故园心。
寒衣处处催刀尺，白帝城高急暮砧。（此乃八章发端。）

疏解

安史之乱期间，杜甫历经离乱，饱受艰辛。他与家人曾寄身于秦州（甘肃天水）、同谷（甘肃成县），后又入川，辗转于梓州、阆州、夔州等地近十年。此诗写于夔州，当时诗人已入夔州两年，不能回归中原，生活愈困苦，更何况老病相加，孤独寂寞，因而秋来有所感发，于是有了这一组诗。这八首诗彼此勾连，自然意象与社会意象相结合，在京华与夔州、盛年与衰老的转变中，表现了诗人流寓西南时期的基本心态，即：人在江湖，心系魏阙。诗人感伤国运的衰败，感叹个人的壮志未酬，而这所有情感都是由眼前的秋景引发的。

第一首为总括。秋天降临，秋露浓烈，使得枫树变成绯红，漫山遍野皆是如此，巫山之巅、巫峡之下，秋气萧森，寒意渐浓。江水涨溢，那波浪似乎从远处天际奔涌而下，夔府孤城风云阴沉密布，阴云仿佛和地面相贴近。清代杨伦《杜诗镜铨》评论说："波浪在地而曰兼天，风云在天而曰接地，极言阴晦萧森之状。"这就将眼前景和心中景连成一片，使人感到天上地下，处处惊涛骇浪、风云翻滚，阴晦惨淡的气氛笼罩四野，分明是阴沉压抑、动荡不安的心情和感受的写照。诗人从去年到夔府，寄居在巫峡岸边，到今年已经是两个年头了，两次见到秋菊盛开；江岸边的一条孤舟，乃是要巨归家乡的，而今系于岸边，竟也将回归故园的心意牢牢地系住了，想到自己不得北归，不禁清泪长流。思索踌躇，徘徊江岸，不知不觉，已是黄昏，江岸连响起了此起彼伏的捣衣声，那是要给远方的亲人寄送秋衣的了。这捣衣声，既是思亲之情的抒发，又唤起了诗人思念家乡的意绪。

　　夔府孤城落日斜，每依北斗望京华[1]。
　　听猿实下三声泪，奉使虚随八月槎[2]。
　　画省香炉违伏枕，山楼粉堞隐悲笳。
　　请看石上藤萝月，已映洲前芦荻花。(望京华，八章之旨，此持拈出。)

 校记

　　[1] 北斗，《全唐诗》卷二三〇作"南斗"。
　　[2] 槎，《全唐诗》卷二三〇作"查"。

疏解

　　第二首紧承第一首日暮黄昏，诗人写夔府之夜，进一步表现对中原的思念。此诗紧接第一首，夔州孤城在夕阳的余晖中，将其长长的身影投照在大地上，旅居此地，常常登临此城，依照北斗星而向北眺望京师长安。羁居于巫峡江岸，闻听哀猿啼鸣，实在让人为之愁怨而清泪长流，江边有船，相传八月可以乘船而至银河，然而自己始终未曾出现这样的机遇，故曰"虚随"。曾经官拜右拾遗，入值尚书省，而今穷老荒江，从未梦到自己重入尚书省，得识钟鼎香炉，竟然连梦也做不成；长夜难眠，隐隐听闻夔府孤城传来悲凄的清笳声。无眠的诗人，起身走向户外，皎洁的月光，透过藤萝，将斑驳的月光洒在那巨石上，映照着洲渚前的芦荻花也看得较为分明。

千家山郭静朝晖，日日江楼坐翠微[1]。

信宿渔人还泛泛，清秋燕子故飞飞。

匡衡抗疏功名薄，刘向传经心事违。

同学少年多不贱，五陵衣马自轻肥。

校记

[1] 日日，《全唐诗》卷二三〇作"一日"。

疏解

此诗紧接第二首，写夔府的清晨。拂晓重重叠叠的万千山峦，都静静地沐浴在朝阳的霞光里，诗人心绪不佳，又无事可做，日日坐在江边阁楼上，似乎都要与那满山青翠融为一体了。昨夜歇宿于江边的渔人，清早出航，江面上点点白帆，驰向远处；清秋来临，轻盈的燕子，还是那样自由自在地飞翔。曾任右拾遗，希望能够像汉代匡衡那样上书朝廷，抗颜直谏，有所作为，可惜没有什么成就；奉儒守官，曾经希望像刘向那样传扬儒学经典，然而自己虚度半生，一事无成。当年的同学少年，现在都是达官贵人了，乘肥马，穿轻裘，而诗人自己秉持"致君尧舜上，再使风俗淳"的信念，苦渡一生，真是"盖棺事则已，此志常觊豁"。

闻道长安似弈棋，百年世事不胜悲。

王侯第宅皆新主，文武衣冠异昔时。

直北关山金鼓振，征西车马羽书驰[1]。

鱼龙寂寞秋江冷，故国平居有所思。（此指朝廷边境实事，结句开下四首。）

校记

[1] 驰，《全唐诗》卷二三〇作"迟"。

疏解

第四首是组诗的过渡，紧承第三首。诗人因在夔府孤城下的苦思、忧虑，而想到"同学少年多不贱，五陵衣马自轻肥"，于是想到了京师长安。听说长安城是按照围棋盘的理念建造的，事实上长安的政局变化，也如围棋一样，变化莫测，百年来世事让人不胜悲愤。经过安史之乱，长安城的王侯宅第，换了一茬又一茬的主人，朝廷的文武官员，也换了一批又一批，百年世事的变化真快啊。寇乱未平，天下未安，外寇入侵，内患不休，这些新官僚们，没有人出兵平叛，哪一个是为国效力，戮力国事的人呢？诗人说，想到这些，令人深感悲凉，巫峡江岸，鱼龙深潜水底，秋江寂寞，自己远处荒江，不禁为故国而忧虑不已！

> 蓬莱宫阙对南山，承露金茎霄汉间。
> 西望瑶池降王母，东来紫气满函关。
> 云移雉尾开宫扇，日绕龙鳞识圣颜。
> 一卧沧江惊岁晚，几回青琐点朝班[1]。（追思长安全盛，而叹己之久违也。）

校记

[1] 点，《全唐诗》卷二三〇作"照"。

疏解

第五首抒写对长安的追忆。巍峨的蓬莱宫与郁郁葱葱的终南山遥遥相对，宫中高耸的汉武帝承露仙人盘直入云霄。长安乃山河形胜之地，气象巍巍，西王母从西方瑶池飞降而来，老子骑青牛自函谷关而入，紫气祥云缭绕。雉尾羽扇缓缓移动，如同彩云飘动，龙鳞日绕，诗人幸得亲见皇帝龙颜。而今穷老荒江，卧病夔州，忽然意识到年华已逝，岁月难再，时光荏苒让人惊心，朝廷几次点卯，诗人皆错过了，虽然身为检校工部员外郎，却也再无机会入朝而身列朝班了。

瞿唐峡口曲江头，万里风烟接素秋。
花萼夹城通御气，芙蓉小苑入边愁[1]。
珠帘绣柱围黄鹄[2]，锦缆牙樯起白鸥。
回首可怜歌舞地，秦中自古帝王州。（追叙长安
失陷之由，见盛衰无常意。）

校记

[1] 小苑，原作"小茹"，据《全唐诗》卷二三〇径改。

[2] 珠帘绣柱围黄鹄，《全唐诗》卷二三〇作"朱帘绣柱围黄鹤"。

疏解

第六首写曲江之游。诗人每见夔州瞿塘峡口，遂不禁想起长安曲
江，两地遥远，然而万里江山，却也同时入秋季。花萼楼有夹城复道
直达芙蓉园，御驾往来，仪仗威严。芙蓉苑中帝王欢宴游乐，而今却
也欢乐难继，四郊未曾宁静，边塞局势危机，帝王大臣四顾凄恻，心
生忧愁。昔日宫苑珠帘绣柱，锦缆白桅，繁盛热闹，而今黄鹄翔集，
白鸥起舞，颇显荒凉破败气象。可爱的京师长安，乃歌舞繁华之地，
秦中山河形胜，自古以来就是帝王州，大唐的衰败乃暂时的，最终会
复兴的。

昆明池水汉时功，武帝旌旗在眼中。
织女机丝虚月夜，石鲸鳞甲动秋风。
波漂菰米沉云黑，露冷莲房坠粉红。
关塞极天唯鸟道，江湖满地一渔翁。（极写
苍凉之象，而叹己还京无日也。）

第七首写昆明池盛景。昆明池乃汉时修筑，用以训练水军，当初汉武帝出巡，旌旗摇荡，何等壮观，而今盛况消散。池中，织女石像，空对月色；秋风中，鲸鱼雕塑，形象逼真，片片鳞甲，真欲飞动。菰米漂在波面，倒影映入水中，水面如沉云阴黑。莲房寒露凝结，粉红花片，弱弱下垂，颇为荒凉，已非昔日可比。在夔州而遥望长安，天路漫漫，极难攀行，唯有鸟道可飞越，诗人极为感慨：虽然心忧天下，志在济苍生，兴社稷，却也只是漂泊江湖的一介老渔翁罢了。

> 昆吾御宿自逶迤，紫阁峰阴入渼陂。
> 香稻啄余鹦鹉粒，碧梧栖老凤凰枝。
> 佳人拾翠春相问，仙侣同舟晚更移。
> 彩笔昔游干气象，白头吟望苦低垂。（此首追叙交游，一结总收八章。）

第八首为追忆渼陂之游。长安至渼陂，途经昆吾和御宿，道路逶迤，迂回延伸，渼陂清澈，紫阁峰倒映水中。陂中物产丰富，嘉树密植，珍鸟异禽倘伴其间。香稻有余，鹦鹉啄食，梧桐高大，凤凰栖息。游人如织，熙熙攘攘，佳人郊外游春，呼朋引伴，拾翠为饰；侣伴同舟共游，河中观景，移彩舟而流连忘返。诗人当年进献《三大礼赋》，于朝堂赋诗，天子亲临，大臣围观，妙笔生花，确也轰动一时；而今穷居荒江，事事皆无成就，怅望长安，白头低垂，满怀苦思，唯有吟诗徘徊，感慨不已。

第二联的逻辑顺序，应该是："鹦鹉啄余香稻粒，凤凰栖老碧梧枝。"诗人为追求对偶中的不对偶，在不对偶中追求对偶，有意为之，形成拗峭劲健的风格。

《秋兴八首》在抒写秋天萧瑟景象中，寄寓了风云变幻，时世艰难的感慨和诗人系念民生社稷的情怀。这八首诗，无论以内容、以技巧言，都显示出来杜甫的七律已经进入了一种更为精醇的艺术境界。先就内容看，杜甫在这些诗中所表现的情意，已经不是一种单纯的现实之情意，而是一种经过艺术化了的情意。杜甫入夔州，在大历元年，那是杜甫去世之时前四年。当时杜甫已经有五十五岁了，既已阅尽了世间一切盛衰之变，也已历经了人生一切艰苦之情，而且其所经历的种种世变与人情，又都已在内心中。经过了长时期的涵容酝酿，在这些诗中，杜甫所表现的已不再是从前的那种"穷年忧黎元，叹息肠内热"的质拙真率的呼号，也不再是"朱门酒肉臭，路有冻死骨"的毫无假借的暴露，乃是把一切事物都加以综合酝酿后的一种艺术化了的情意。这种情意，已经不再被现实的一事一物所拘限，而是一种"意象化之感情"。

再就技巧来说，杜甫在这些诗中所表现的成就，有两点可以注意：一是句法的突破传统；二是意象的超越现实。有了这两种运用的技巧，才真正挣脱了格律的压束，使格律完全成为被驱使的工具，而无须以破坏格律的形式，来求得变化与解脱了。因此，七言律诗才得以真正发展臻于极致，此种诗体才真正在诗坛上奠定了其地位与价值。杜甫所尝试的这两种方法，对中国旧诗的传统而言，原是一种开拓与革新。杜甫原被目为写实派的诗人，其实其作品中所表现的超越现实的意象更应注意。如第七章"织女机丝虚夜月，石鲸鳞甲动秋风"，不仅实写昆明池畔之织女像以及水中之石鲸的一份怀念而已，其所要写的，乃是藉织女、石鲸所表现出的一种"机丝虚夜月"与"鳞甲动秋风"的空幻苍茫飘摇动荡的意象。此种意象，原难于作现实之说明与勾划，而读者却又极易引发感受与联想。今昔之感、空幻之悲，与夫动乱之慨，譬如酌蠡于海，又安能穷其端涯，尽其浮物也哉。

诸　将　此为回纥入境，责诸将不能分忧而言也。

韩公本意筑三城，拟绝天骄拔汉旌。

岂谓尽烦回纥马，翻然远救朔方兵。

胡来不觉潼关隘，龙起犹闻晋水清。

独使至尊忧社稷，诸君何以答升平。（韩公，谓张仁愿。）

疏解

　　《诸将》五首是诗人在夔州所写的组诗。安史之乱后，边患未除，朝廷借兵回纥，以平叛乱。诗人有感于诸将无能，以诗讽戒。此诗为第二首。中宗神龙三年（707年），韩国公张仁愿统领朔方军，在今河套以北，筑修三处"受降城"，以绝突厥南侵之路。由此，突厥不敢南下牧马，朔方平安。当初，朔方军是何等威猛，孰料，今天反要烦劳回纥，去帮助朔方军，所谓"尽烦回纥马，反救朔方兵"。

　　肃宗平叛时，李泌建议由李光弼、郭子仪分两路在河东牵制叛军，朝廷驻军在扶风与李郭二部从东西分次出击，使叛军疲于应对，再由建宁王李倓配合进攻安禄山范阳老巢，这样胜算较大。但肃宗急于求胜，不听李泌的建议。交战失败后，唐军兵力不足，不得不借兵回纥。杜甫不主张借兵回纥，认为借兵易引狼入室。潼关是险要之地，不能因为险要而大意，依靠大唐将士守卫，更为重要。当初，高祖晋阳起兵，晋水清而有天下。又听说广平王收西京时河清三十里，但借兵回纥却是留下了后患。如今，国家危难未除，君王独自忧愁社稷，诸将怎么能安享太平呢？杜甫指责诸将的平庸无能，表现了对大唐未来命运的担忧。

野　老

野老篱前江岸回，柴门不正逐江开。

渔人网集澄潭下，估客船随返照来[1]。

长路关心悲剑阁，片云何意傍琴台。

王师未报收东郡，城阙秋生画角哀。（名句如画。）

校记

[1] 估客，《全唐诗》卷二二六作"贾客"。

疏解

　　诗人的草堂门前，正巧江水回环，柴门便随意扎就，篱笆墙也随水蜿蜒，出门便可沿岸漫步。清澈的百花潭下，渔人下网捕鱼，夕阳西下的时候，收购鲜鱼的商船便沐浴着夕阳斜晖聚集而来。这些船都是远路前来，它们经过的大江大河，连着南北，连接了中原和剑阁。天上白云悠然飘过，诗人漂泊西南，就如这白云滞留在蜀中，不得北还。洛阳失守，朝廷军队未传捷报，家国动荡，城头画角响起，悲凉凄厉的声音在秋风中传向远方。

　　诗人杜甫虽在蜀地，却心系中原，心系家国。以景结情的诗中，透出了深深的悲怆情感。

野人送朱樱

西蜀樱桃也自红，野人相赠满筠笼。

数回细写愁仍破，万颗匀圆讶许同。

忆昨赐沾门下省，退朝擎出大明宫。

金盘玉箸无消息，此日尝新任转蓬。（因野人之送，
而追忆君之敕赐也。）

疏解

　　春天，西蜀樱桃也红了，乡邻热情送来满满一竹筐。诗人小心翼
翼将樱桃从筐中一一拿出，生怕碰破。让他惊讶的是，蜀地的樱桃长
得真好，颗颗均匀，粒粒饱满。吃到如此鲜美的蜀地红樱桃，这让诗
人不由想起了在长安的日子。当年宣政殿里，皇帝赏赐红樱桃给大臣，
退朝时，人人双手捧着鲜果，慢慢退出了大明宫……今天，金盘玉箸
相隔遥远，中原音信杳然，诗人尝新，吃樱桃，却感慨自己身如转蓬，
漂泊无依。

　　诗歌以樱桃为中心，今昔对照，抒发了忧时伤乱的感慨。

恨　别

洛城一别四千里，胡骑长驱五六年。

草木变衰行剑外，兵戈阻绝老江边。

思家步月清宵立，忆弟看云白日眠。

闻道河阳近乘胜，司徒急为破幽燕。（司徒，谓李光弼。）

疏解

　　安史之乱时期，杜甫不得已携全家流寓西南，一别中原后，诗人
再也没能北归，此诗抒发了他对家园、对亲人的思念，也表达了渴望
早日平叛，家国安定的愿望。杜甫离开洛城开始漂泊生涯，成都洛城

两地相隔四千里，安史之乱暴发，叛军驰骋作战，也已经五六年了。巴蜀的东门户剑阁之外，草木枯荣，与中原被战争相隔，诗人只能在他乡江边老去，这让人不堪承受。在西南流寓期间，诗人多少次月下徘徊，清宵独立；有弟分散，无家团圆，一回回天际空望，日日愁眠。令人欣喜的是，听说李光弼的军队打下了河阳，希望他们能够一鼓作气，攻破幽州！

杜甫之伟大在于其情感不囿于个人，而是将个人悲喜和家国命运联系在了一起。

返　照

楚王宫北正黄昏，白帝城西过雨痕。

返照入江翻石壁，归云拥树失山村。

衰年却病唯高枕[1]，绝塞愁时早闭门。

不可久留豺虎乱，南方实有未招魂。（翻字、失字，炼。）

校记

[1] 却病，《全唐诗》卷二三〇作"肺病"。

疏解

楚王宫的北边已是沉沉黄昏，白帝城的西面，还有残雨的痕迹。夕阳投入江面，将光亮反射于江边峭壁之上，暮色四合，阴云笼罩着远处树木，那不远处的小山村竟然也看不见了。诗人暮年而老病交加，只能卧于榻上，难有作为；身处巴蜀四塞之地，感时忧国，百无聊赖，无所事事，也只能日日早闭柴门。夔州局势也不稳，豺狼虎豹遍地走，蠢蠢欲动不安定。我是游荡在南方未招回的旅魂，心系中原，盼归而难回啊。

日近黄昏，杜甫已届暮年，诗人望夕阳而思故园，因不得归而伤怀，诗歌字里行间将一颗赤子之心展示无遗。

送杨少府贬郴[1]

明到衡山与洞庭，若为秋月听猿声。
愁看北渚三湘远，恶说南风五两轻。
青草瘴时过夏口，白头浪里出浔城。
长沙不久留才子，贾谊何须吊屈平。（五两，候风羽也。）

[1]《全唐诗》卷一二八作"送杨少府贬郴州"。

我的好朋友杨君，明天你就要过衡山渡洞庭，一路向南，乡关远离，你怎么能受得了月下哀猿的悲鸣呢？一叶扁舟南下，湘水洲渚点点北移，君会愁颜不展，南风劲猛，道路艰险，舟行不易。青草连天，湖水溢涨，那时，你该经过夏口；江水潮涌，白浪滔天，船再过浔城（即九江）。不久，君进入长沙向南而行，直至郴州。诗人以为，杨少府如同贾谊一样被贬，然而不必如贾生吊屈原那样写伤感文字了。

好友被贬，王维以诗送行，诗以想象之笔写友人的行程，最后，用贾谊贬长沙而自伤的典故，巧妙表达了希望对方早日归来的愿望。

敕赐百官樱桃

芙蓉阙下会千官，紫禁朱樱出上阑[1]。
才是寝园春荐后，非关御苑鸟衔残。
归鞍竟带青丝笼，中使频倾赤玉盘。
饱食不须愁内热，大官还有蔗浆寒。（与杜
《野人送朱樱》诗，均为三唐绝调。）

校记

[1] 上阑，原作"土兰"，据《全唐诗》卷一二八径改。

疏解

天宝十一年，王维为吏部郎中，皇帝赐百官樱桃，诗人以诗记之。文武百官聚集在皇宫门外芙蓉阙下，大家等待皇帝赏赐鲜果。上林苑内上阑观的樱桃，颗颗朱紫，莺鸟未食而粒粒饱满，这美丽的果实先在陵园祭献了先帝，再用青丝笼盛满后，由内官骑马带到皇帝身边。玉盘盛装的佳果，一一送入了百官手中。我们尽情享受吧，樱桃性热益气不伤身，宫中还为大家准备了清凉的甜蔗浆。

张 谓

杜侍御送贡物戏赠 志和音雅，吴梅村诗深臻其妙。

铜柱珠崖道路难，伏波横海旧登坛。

越人自贡珊瑚树，汉使何劳獬豸冠。

疲马山中愁日晚，孤舟江上畏春寒。

由来此货称难得，多恐君王不忍看。（亦严亦婉，讽杜兼以讽君，立言有体。）

疏解

通往南方铜柱和珠崖的道路充满了艰险，当初，汉代的伏波将军马援和横波将军韩说登坛受命，南征讨敌到达辽那里。南越人若自愿进贡珊瑚树，汉朝就不必派司法的官吏亲自去索要了。到南方取宝，马儿疲惫，人也愁苦，路途遥遥，孤船行于江上，最担心春寒袭人。进贡的宝物都是难得的珍品，可皇帝宫廷宝物充盈，多得恐怕也顾不上看它们。

张谓的这首诗讽刺意味很浓。当年马援、韩说到南方，是为了保卫家国平安；而今，杜侍御为官一方，却寻求宝物满足私欲，将宝物进贡给皇帝，取悦皇帝以求进阶。其次，皇帝宝物多，哪旦稀罕这些东西，对于进贡之物可能都不屑一看。诗歌表面说杜侍御，实也暗将皇帝贪婪的一面表现出来。

刘长卿

登余干古城 [1]   属江西饶州

孤城上与白云齐，万古荒凉楚水西 [2]。
官舍已空秋草绿 [3]，女墙犹在夜乌啼。

平沙渺渺来人远^[4]，落日亭亭向客低。

沙鸟不知陵谷变^[5]，朝飞暮去弋阳溪^[6]。

校记

[1]《全唐诗》卷一五一作"登余干古县城"。

[2] 荒凉，原作"萧条"，《全唐诗》卷一五一作"荒凉"，一作"萧条"。

[3] 绿，原作"没"，据《全唐诗》卷一五一径改。

[4] 来，原作"迷"，据《全唐诗》卷一五一径改。

[5] 沙鸟，原作"飞鸟"，据《全唐诗》卷一五一径改。

[6] 朝飞，原作"朝来"，据《全唐诗》卷一五一径改。

疏解

诗人登上余干古城头，只见孤城高危，天地阔大，白云从眼前飘荡，楚水西边荒凉幽寂。余干官舍早已空寂无人，秋草在疯长，女墙犹剩断壁残垣，夜里，乌雀云集栖息，呀呀啼鸣。茫茫平沙，延伸天际，辽阔苍茫，人迹难见。西斜的落日，将隐没山头，仿佛比人还低。天边沙鸟不知沧桑之变，朝来暮去，依然飞翔在弋阳溪畔。

诗人登城楼而伤怀，笔下老城寂寥荒败，人迹罕见。鸟不知陵谷之变，但人却知，诗中寄寓了很强的盛衰之感。

别严士元

春风倚棹阖闾城，水国春寒阴复晴。

细雨湿衣看不见，闲花落地听无声。

日斜江上孤帆影，草绿湖南万里情。

东道若逢相识问，青袍今日误儒生。

疏解

江南春寒料峭，诗人与严君在苏州意外相遇，阊门城下暂停征棹，天阴又转晴，时时变幻不定。细雨蒙蒙渗湿了外衣，我们谈笑却没留意，只见点点花瓣无声飘落，自在又洒脱。日斜江上，相逢转眼成远离，诗人痴痴目送孤舟远去，帆影不见，而这河畔青草也随君走天涯了。君去湖南，若有相识探问我的消息，请你告诉他们：我一介书生今被"青袍"所误了！青袍是唐代八品九品官员官服的颜色，也就是最低的官阶。

河边春草，天上细雨，空中飞花，如画的景中充满了诗意，诗中有相逢的喜，也有分离的惆怅，而最后一句更有诗人不如意的愤懑。

和王员外雪晴早朝

紫微晴雪带恩光，绕仗偏随鸳鹭行。
长信月留宁避晓，宜春花满不飞香。
独看积素凝清禁，已觉轻寒让太阳。
题柱盛名兼绝唱，风流谁继汉田郎。（胜嘉州作。）

疏解

阳光照耀下，积雪折射着光芒，晴光笼罩了仪仗队，仿佛光芒亦随着上朝队列缓缓行进。长信殿的上空，淡淡月影留恋晨景而高悬不去，宜春院里，雪落枝叶，如白花团团。宫苑着素装，宛若洁净纯美的世界，虽有轻寒，但已感觉到了太阳的温暖。上朝队列中的王员外是朝堂美郎官，不仅风仪落落，而且文才造诣高，堪比东汉田凤尚书郎。

山中酬杨补阙见访 [1]

日暖风恬种药时，红泉翠壁薜萝垂。
幽溪鹿过苔还静，深树云来鸟不知。
青琐同心多逸兴，春山载酒远相随。
却惭身外牵缨冕，未信尊前倒接篱 [2]。（信任也。）

校记

[1] 见访，《全唐诗》卷二三九作"见过"。
[2] 未信尊前，《全唐诗》卷二三九作"未胜杯前"。

疏解

日暖风和煦，正是种药好时节。春山如仙境，泉流飘花，壁崖挂绿，薜萝宛如瀑布垂下。蜿蜒溪水自在流淌，小鹿蹀步，青苔静长；云从山林深处悠然飘过，飞翔的鸟儿却丝毫不觉。房屋上的同心窗饰，精美而显出豪逸情怀，君携美酒来寻我，我们春日山中相携行。很惭愧，身外之累，牵扯难放下，还不如借今朝的美酒，暂图樽前一醉吧。

自巩洛舟行入黄河即事寄府县僚友

夹水苍山路向东，东南山豁大河通。

寒树依微远天外，夕阳明灭乱流中。

孤村几岁临伊岸^[1]，一雁初晴下朔风。

为报洛桥游宦侣，扁舟不系与心同。（三四名句，画亦难到。）

校记

［1］伊岸，原作"伊崔"，据《全唐诗》卷一八七径改。

疏解

绿水在青山间穿行，船儿顺流而下，一路向东，行至东南边，山谷豁然开阔，洛水与浩荡黄河相汇，四望苍茫。远处天边，树木苍翠依稀可见，水流尽头，夕阳照映在水流上，明灭闪烁，波光粼粼。伊水岸边的村落，不知何时就有了，天气初暖，一只孤雁南飞，而诗人也南下。给当初洛桥同游的求宦的朋友们报个消息：我此时的心情，便如这南行的小舟，随流而行，轻松适意。

诗写景，景中有情思，萧条的景与遂顺自然的心境相合，充溢着开阔明朗的心意，绝不颓唐。

送李录事赴饶州

北人南去雪纷纷，雁叫汀沙不可闻。
积水长天随远客，荒城极浦足寒云。
山从建业千峰出，江至浔阳九派分。
借问督邮才弱冠，府中年少不如君。

疏解

　　雨雪纷纷，汀沙萧条，孤雁哀鸣，李录事也要远赴饶州。江水入天，辽阔无极，船儿随水而去，君亦愈行愈远，眼见的都是野旷山程，荒城渡口，寒云烟霭。金陵山峰众多，千岩竞秀，船儿穿行于蜿蜒交汇的水流中，不久便过浔阳，江流分为九派，一路航行，到达饶州。李录事年才弱冠，已入仕途，年轻有为，想来饶州官府中，李录事应该是最年轻的人才吧。

　　李录事冬天南行，诗人在表达惜别之情的同时，以褒扬的方式对年轻人给予鼓励。景虽寒冷，情却是温暖的。

皇甫曾

早朝日寄所知

长安雪后见归鸿[1]，紫禁朝天舞拜同[2]。

曙色渐分双阙下，漏声遥在百花中。

炉烟乍起开仙仗，玉佩成行引上公^[3]。

共荷发生同雨露，不应黄叶久从风。（可继盛唐早朝诸作。）

 校记

［1］雪后，《全唐诗》卷二一〇作"雪夜"。

［2］舞拜，《全唐诗》卷二一〇作"拜舞"。

［3］成行，《全唐诗》卷二一〇作"才成"。

 疏解

长安雪后，天地洁白，天空已有了归鸿的影迹，它们会在宫门外悠闲起舞，仿佛也要与人同朝拜君。曙光将双阙的影子投到了地下，报晓的夜漏声从远处的百花丛中传来。香烟缭绕，仪仗赫赫，玉佩声声，文武百官上朝而来。普享阳光雨露之沾溉，万物与荷花共生长，不应该让黄叶随风而转、飘零失落啊。

韩翃

送王光辅归青州兼寄储侍郎

几回奏事建章宫，圣主偏知汉将功。

身着紫衣趋阙下，口衔丹诏出关东。

蝉声驿路秋山里，草色河桥落照中。

远忆故人沧海别，当年好跃五花骢。

诗人的好友王光辅归青州，显然是离京外放为官，诗人写诗送别，同时向储侍郎表达敬意。诗中有不舍情意，更多的是对好友的同情。王君有才华，亦不乏为政的能力，曾几回上朝言事，与君王议政，但皇帝只重他人功绩，王君人微言轻，才华难以显现。今天，君为朝廷贵官，奉诏东行，我特意为君赋诗送行。秋山转黄，蝉声微弱，驿路漫长，河岸青草沐浴在夕阳的余晖中，泛着光芒。今日一别，沧海茫茫难以相见，只能遥想当初，与王君一起骑跨五花骢马、驰骋奔走的风采了。

长安春望

东风吹雨过青山，却望千门草色闲。
家在梦中何日到，春来江上几人还[1]。
川原缭绕浮云外，宫阙参差落照间。
谁念为儒逢世难，独将衰鬓客秦关。（一语百媚。）

 校记

[1] 春来，《全唐诗》卷二七九作"春生"。

 疏解

东风微拂，细雨轻落，青山含翠，长安城里千门万户都映在草色中。故乡一遍遍出现在我的梦中，但何时能回还？春去又春来，江上东西往来，又有几人可归家？城郭之外，山川缭绕，干阔无边，浮云天边漂过，参差错落的宫阙笼罩在残阳余晖中。春光里，谁理解我一介书生遭逢艰难世事的的痛苦呢？我已白发暗生，身形憔悴，孤身一人而为客长安。事实上，长安居，大不易啊。

诗中，亮丽的春景与颓败的心境形成了对照，离乱思乡中，更有一介文人生不遇时的悲苦。

至德中途中书事却寄李间[1]

乱离无处不伤情，况复看碑对古城。
路绕寒山人独去，月临秋水雁空惊。
颜衰重喜归乡国，身贱多惭问姓名。
今日主人还共醉，应怜世故一儒生。

校记

[1]《全唐诗》卷二八〇作"至德中途中书事却寄李侗"。

疏解

生逢离乱，归家途中处处睹物伤情，更何况，一路走来，古城外墓碑林立，新坟再添，读碑文而感叹世事艰难啊。小路弯曲，盘山延伸，山着寒碧，月影投入水面，清寒光芒，惊飞大雁，而这光影、鸟鸣也惊醒了诗人：明日我该孤身一人行于道上，虽然颜容衰老，身形枯槁，然而所喜者乃可以回还家乡。老大无成，身份卑微，名不彰显，逢人打问姓名，总是羞于启齿。今日李君殷勤招待我这落魄之人，把酒言欢，对我也是充满了怜悯吧。

此诗是诗人回家途中写给李侗的。诗中反映的情感真挚深沉，表现了战乱时期人们的深重苦难和沉重的心理，诗有杜甫诗歌的味道。

戴叔伦

宫　词

紫禁迢迢宫漏鸣，夜深无语独含情。
春风鸾镜愁中影，明月羊车梦里声。
尘暗玉阶綦迹断，香飘金屋篆烟清。
贞心一任蛾眉妒，买赋何须问马卿。（深得
怨而不怒之旨。）

疏解

皇宫幽幽深似海，报时宫漏的水滴时时鸣响，夜静无语，也容易生别样情绪。春风吹拂，佳人对镜梳妆而愁颜不展；睡梦中，君王乘羊车而来，车铃鸣响……孰料梦醒之后，唯见明月空照庭院。玉阶尘满，青苔暗生，棋格线淡，棋子冰冷，盘香清烟袅袅，华堂更显幽静。佳人一片忠贞之心，怎奈蛾眉争妒，司马相如赋《长门》能使陈皇后获宠；君王如有真爱，是不须向司马相如买赋而款款陈情的。诗借女子失宠写文人失意，含蓄委婉。

寄司空曙

细雨柴门生远愁，向来诗句若为酬。
林花落处频携酒[1]，海燕飞时独倚楼。
北郭晚晴山更远，南塘春尽水争流。
可能相别还相忆，莫遣杨花笑白头。

校记

[1] 携酒，《全唐诗》卷二七三作"中酒"。

疏解

　　细雨迷蒙，柴门虚掩，人易生愁，好象诗歌向来是用来酬赠友人的。春天将尽，林花片片飘落，你频频携酒来访，相谈甚欢。而今离别之后，如天际海燕孤飞，我却只能倚楼眺望。黄昏斜照，北面城郭笼罩在夕阳余晖中，显得更为辽远，而南塘春水，依旧欢快争流。与君相别更相忆，春尽之时，杨花飘飞如雪，那时千万不要笑我华发满头，一事无成啊。

　　诗歌景优雅清丽，情真挚感人。

李　端

宿淮浦忆司空文明[1]

愁心一倍长离忧，夜思千重恋旧游。

秦地故人成远梦，楚天凉雨在孤舟。

诸溪近海潮皆应，独树边淮叶尽流。

别恨转深何处写，前程唯有一登楼。

[1] 文明，原作"文门"，据《全唐诗》卷二八六径改。

疏解

别家离亲，远赴他乡为官，本已让人生愁，况与好友分离，愁绪倍增。夜长辗转不能成眠，想当初，旧友京城快意游邀。长安已远去，故人只能在梦中见，茫茫楚天，寒雨洒江，孤舟载我愈行愈远。淮浦临近大海，附近江河与大海相通，皆与海潮相应，波涛汹涌；一棵孤独的树木，依江岸而生，落叶皆随流水而去。溪水尚且入海，我心难舍京城。离恨愁绪不但难消散，反而离家越远越深重，在他乡，我只能学王粲登楼消忧了。

诗人去杭州为官，远离家人，远离旧游，夜宿淮浦，作诗寄怀司空曙（字文明），将伤感之情借景传达，情景交融，真切不虚。

刘方平

秋夜寄皇甫冉郑丰　刘在洛阳，冉在东吴，丰在西雍。

洛阳秋夜白云归[1]，城里长河列宿稀。

秋后见飞千里雁，月中闻捣万家衣。

长怜西雍青门道^[2]，久别东吴黄鹤矶^[3]。

借问客书何所寄，用心不啻两乡违。（三四，工秀。）

 校记

[1] 秋夜，《全唐诗》卷二五一作"清夜"。

[2] 长怜，原作"长辞"，据《全唐诗》卷二五一径改。

[3] 黄鹤矶，《全唐诗》卷二五一作"黄鹄矶"。

 疏解

秋入洛城，夜空中，洁白纤云悠然飘过，银河清浅，星辰稀疏。雁阵南翔，飞向了千里外的他乡；月下，捣衣声此起彼伏，家人将思念都注入在棉袍中。非常想念身在长安的郑丰，和远在江南黄鹤矶的好友皇甫冉啊！秋夜漫长，相见也难，欢乐时光不再有。我想问，我的书信将寄到何方？我的思念也因你们身处两乡而被分离了。

武元衡

送张六谏议归朝

诏书前日下丹霄，头戴儒冠脱皂貂。

笛怨柳营烟漠漠，云愁江馆雨萧萧。

鸳鸿得路争先翥，松柏凌寒独后凋。

归去朝端如有问，玉关门外老班超。（五六规之以正，末言己之久违朝也。）

前日君王诏书从京城传来，张君虽为儒生，但可脱去黑貂制成的袍服，进京归朝了。笛声幽怨，柳林烟霭迷蒙，愁云惨淡，风雨萧萧，江岸客舍遥遥。天上飞鸟都要争先高飞，经历寒冬的松柏最后凋零，世路虽崎岖，经过了困厄的张君，毕竟有了奋起的机会。进京入朝后，若有人来探问君，你就可以告诉他们，你是久居玉门关外的老班超。好友张六谏议久居地方，颇历困顿，终于被召入京，诗人给予鼓励，结句充满了豪情。

韩　愈

奉和库部卢四兄曹长元日朝回　名汀

天仗宵严建羽旄，春云送色晓鸡号。
金炉香动螭头暗，玉佩声来雉尾高。
戎服上趋承北极，儒冠列侍映东曹。
太平时节难身遇，郎署何须叹二毛。

疏解

卢汀为尚书库部郎中，元日上朝后，写诗赠韩愈，韩愈作此诗酬和。唐人习俗，尚书丞，相呼为曹长，郎中、员外郎呼为院长。此处韩愈以曹长称任库部郎中的卢汀。

新年第一天，朝霞绚丽，晨鸡高鸣，帝王宫殿仪仗威严，旌旗飘扬。金炉香烟缭绕，弥漫在庭院，殿前螭龙石雕，隐没于烟霭，百官如行进在五彩云里，只听得玉佩琅琅清音脆，眼见得雉尾扇轻移在云霄。武官面北，向皇帝款款行礼，姿态威武而庄重；文官儒帽端服，佩饰严正，恭敬列站殿东边。太平时节，难有建立功勋的奇遇，卢君为什么要感叹白发暗生呢？事实上，宪宗元和年间，藩镇桀骜不驯，西北边塞战事不断，朝廷无力平叛，忙于应付，韩愈说"太平时节难身遇"，乃暗寓讽刺，而卢汀"叹二毛"，实在是为朝廷之不作为，年华虚度而感伤。

左迁至蓝关示侄孙湘

一封朝奏九重天，夕贬潮阳路八千[1]。
欲为圣朝除弊事，肯将衰朽惜残年。
云横秦岭家何在？雪拥蓝关马不前。
知汝远来应有意，好收吾骨瘴江边。（心诚，昭如日月。）

 校记

[1] 潮阳，《全唐诗》卷三四四作"潮州"。

疏解

元和十四年，宪宗皇帝亲迎法门寺的佛骨，置于大内，礼拜祈福。时为刑部侍郎的韩愈上书谏阻，宪宗震怒，韩愈差点被杀，宰相裴度等人极力营救，韩愈被贬潮州刺史。

诗人说，早上一封奏章上与九天之上的皇帝，不料晚上就被贬到了千里之外的潮州。诗人一心想为圣主除去时事弊病，岂肯因为年龄老大，而爱惜残年性命！贬谪路上，秦岭高高，六雪封山，云雾缭绕，一派迷濛，诗人越走越远，不知家将在何处。大雪阻碍道路，马至蓝关而徘徊不前。诗人的侄孙韩湘从京城追赶前来，韩愈调侃说：我知道你大老远赶来，应该是有深意的吧，你是想随我到岭南潮州的瘴疠之地，替我收回这把老骨头。韩愈已然届至人生暮年，垂老被贬岭南，很少有活着再回到中原的希望，因而以九死不悔的态度，以身后之事嘱托韩湘。韩愈言事被贬，心中有不平，有愤懑，也有不悔，又以傲然的心态，调侃侄孙，表现了诗人乐观的生活态度。

朱　湾

寻隐者韦九山人东溪草堂^[1]

寻得仙源访隐沦，渐来深处渐无尘。
初行竹里唯通马，直到花间始见人。
四面云山谁作主，数家烟火自为邻。
路傍樵客何须问，朝市如今不是秦。

校记

[1]《全唐诗》卷三〇六作"寻隐者韦九山人于东溪草堂"。

疏解

诗人沿着曲折山路，去寻访隐士韦九山人的东溪草堂，越往深走，山景越显得高妙洁净，仿佛是无尘的仙境。刚进山的时候，还可以听到竹林中马铃叮当，渐往深处，穿过花林方可遇到人迹。这里四周皆青山，山间白云缭绕，自由飘荡，好友韦九就是山林的主人；近处几点炊烟升起，家家互为友邻。不需要向路旁樵客问朝代，今是大唐而非秦，山人真爱这脱俗清静之地才来归隐。

诗写寻访隐者，主要写景致的美，以"无尘"来突出山林与现实的不同，也表现了对隐居好友的理解。"朝市如今不是秦"，乃暗用陶渊明《桃花源记》之"不知秦汉，无论魏晋"之说，赞美韦九山人东溪草堂之堪比桃花源。

柳宗元

别舍弟宗一

零落残魂倍黯然[1]，双垂别泪越江边。
一身去国六千里，万死投荒十二年。
桂岭瘴来云似墨，洞庭春尽水如天。
欲知此后相思梦，长在荆门郢树烟。

校记

[1] 残魂，《全唐诗》卷三五二作"残红"。

疏解

柳宗元贬官柳州，堂弟柳宗一护送到此，而宗一离去北归，遂作此诗。越江，指柳江。柳州属百越（百粤）之地，《三国志·蜀志·诸葛亮传》："若跨有荆益，保其岩阻，西和诸戎，南抚夷越……百姓孰敢不箪食壶浆以迎将军者乎?"柳江边上，诗人要与堂弟分手，两人黯然神伤，清泪纵横依依难舍。这一别，都要孤单远行，相见无期。诗人柳宗元永贞革新后被贬，远离长安，到了万里之外的南方。从永州至柳州，十二年间，柳宗一始终陪伴，亲人离世，自己多灾多难，死里求生已是残魂一个，今后只能形影相吊……往事不可想。柳州山间瘴气弥漫，天空乌云翻腾如泼墨；北边洞庭春尽，而水天滔滔，不宜于人居。恐怕今后，即使在相思梦中，也始终不能脱离开这百越瘴疠似墨、烟岚雾霭的景象吧。

柳宗元连连被贬，心中抑郁不平，故在感慨离别的同时，将自己的愤懑之气表现了出来，伤堂弟远离，亦伤己之困顿。诗歌景雄浑苍茫，情真切深厚。

欲与元八卜邻先有是赠

平生心迹最相亲，欲隐墙东不为身。
明月好同三径夜，绿杨宜作两家春。
每因暂出犹思伴，岂得安居不择邻。
何独终身数相见，子孙长作隔墙人。

 疏解

此诗是白居易赠给好友元宗简的。诗人说：我与君平生志趣最为相契，关系最亲近，我们都向往隐居，不求功利，那我们就结邻而居吧。明月朗照，清光下泻，月下相访，葱郁的绿杨送来和煦的春风，我们就象南朝陆慧晓与张融比邻一样。人偶尔出门还希望有个好伴侣，难道安居不要选择好佳邻吗？若能结邻，不光是我们可以常常相见，时时谈天，我们的孩子们也可长久成为隔墙而居的好朋友，世代相友好。

诗歌语言浅显，但热情洋溢。白居易以想象来写两家结邻后的生活，既表现了二人的友情的纯真，也显示出邀请的真诚。

钱塘湖春行

孤山寺北贾亭西，水面初平云脚低。
几处早莺争暖树，谁家新燕啄春泥。
乱花渐欲迷人眼，浅草才能没马蹄。
最爱湖东行不足，绿杨阴里白沙堤。

 疏解

白居易作过杭州刺史，期间修筑西湖堤岸，后世称白堤。此诗乃诗人游钱塘湖（即西湖）之所见与所感。从孤山寺的北面，贾公亭的西边看钱塘湖，湖水丰溢与堤岸齐平，白云低垂，共微波荡漾。几只早早到来的黄莺儿，抢先栖息在向阳的枝干上，不知何处飞来的燕子，衔芹泥、忙筑巢。湖边，杂花开放，使人眼花缭乱，刚刚萌发的春草如茵，才没过马蹄。最爱的就是这湖东的景致，让人看不够，白沙堤两边杨柳成荫，骑马穿行令人流连忘返。

诗人写初春西湖优美的景色，湖水、云天、暖树、乱花，加之早莺、新燕、马蹄，画面生机盎然，充满了活力。

西湖晚归回望孤山寺赠诸客 [1]

柳湖松岛莲花寺，晚动归桡出道场。
卢橘子低山雨重，棕榈叶战水风凉。
烟波澹荡摇空碧，楼殿参差倚夕阳 [2]。
到岸请君回首望，蓬莱宫在海中央。（孤山一带，风景如画。）

校记

[1] 回望，原作"四望"，据《全唐诗》卷四四三径改。

[2] 楼殿，原作"楼阁"，据《全唐诗》卷四四三径改。

疏解

西湖柳树环抱，孤山郁郁苍苍，孤山寺（莲花寺，寺院的美称）晚钟已敲响，寺中道场刚散场，高僧送客出大殿，诗人与同伴开始划船离开。雨后的枇杷，饱含雨水，果实低垂，棕榈叶悬挂着水珠，轻风吹过，水珠纷纷坠落更觉清凉。金黄的夕阳斜晖照临，西湖上水汽迷蒙，水天一色，高高低低的楼殿与水中的倒影，参差错落，摇曳生姿，相映相融。船到岸边，请大家回首再望，孤山寺宛如矗立在水中央的蓬莱仙境。

听禅之后，诗人心境安闲，眼中景清新优美，全诗情景完美交融，表现了诗人对西湖美景的喜爱之情。

春题湖上

湖上春来似画图，乱峰围绕水平铺[1]。
松排山面千重翠，月点波心一颗珠。
碧毯线头抽早稻，青罗裙带展新蒲。
未能抛得杭州去，一半句留是此湖。

[1]水平，《全唐诗》卷四四六作"水准"。

春来西湖美如画，绿水环抱山峰，山影入湖水，水平如镜。松树排排沿山而上，形成层层翠绿屏障，圆月映水中，如点缀的一颗明珠，在波心荡漾。早稻初发，萌萌一片，就像碧绿毯上的绒线头，新长的蒲叶就如女孩子的青罗裙，青翠喜人。景色如此美，怎能舍得离杭州而去，多半原因就是因为西湖将我挽留啊。

杭州西湖美如图画，诗人用比喻将它的美一一摹绘，喜爱之情也溢于言表。诗浅而有情，情景交融不生涩。

送王十八归山寄题仙游寺

曾于太白峰前住，数到仙游寺里来。
黑水澄时潭底出，白云破处洞门开。
林间暖酒烧红叶，石上题诗扫绿苔。

惆怅旧游那复到，菊花时节羡君回。

　　我和好友王君曾经同登太白山，住在那里，也几次同游仙游寺。黑水从潭底汩汩而出，澄澈洁净，悠悠白云环绕山间，遇风而散，豁然开朗。秋入山间，红叶灿烂，君或可温酒畅饮，自在洒脱，或可任性出游，横扫石上青苔，题诗而助兴。遗憾的是我却不能同行，待到来年秋天，菊花开时，我会静候王君的归来。

元　稹

以州宅夸于乐天

州城回绕拂云堆，镜水稽山满眼来。

四面常时对屏障，一家终日在楼台。

星河似向檐前落，鼓角惊从地底回。

我是玉皇香案吏，谪居犹得住蓬莱。

（州宅即越王台，在卧龙山上，人民城郭俱在其下。）

　　元稹曾任越州刺史，兼御史大夫、浙东观察使。越王台位于绍兴市区卧龙山（府山）东南麓，状如城楼，系后人为缅怀越王勾践卧薪尝胆复国雪耻而建。据《越绝书》记载："越王台规模宏大，周六百二十步，柱长三丈五尺三寸，溜高丈六尺。宫有百户，高丈二尺五寸。"

登上越王台，远处白云堆叠，会稽山青翠起伏，镜湖水波光闪耀。高台四面，山峰如屏障环绕，奇峰秀丽，一家人终日在台上，流连忘返。夜里，银河如一道清浅的瀑布，悬挂于窗前，越王台高耸，鼓角声又好像突然从脚下响起。我啊，就是玉皇大帝跟前的小官员，谪居在人间，好似住在蓬莱宫中一般。

越王台如蓬莱宫，从高台之上眺望，诗人在描写美景同时，又以诙谐幽默的口吻称自己是天下谪居之人，表现了诗人对此环境的喜爱之情。

鄂州寓馆严涧宅　涧不在[1]

凤有高梧鹤有松，偶来江外寄行踪。
花枝满院空啼鸟，尘榻无人忆卧龙。
心想夜闲唯足梦，眼看春尽不相逢。
何时最是思君处，月入斜窗晓寺钟。

 校记

[1] 涧不在，《全唐诗》卷四一四作"时涧不在"。

疏解

凤凰栖息在高高的梧桐树上，仙鹤倘徉在松枝之间，它们的踪迹偶尔出现在江边沙滩。满园花儿绽放，只有飞鸟啼鸣，穿行在上边。床榻无人，已然落满灰尘，令人想起好似卧龙诸葛亮的严涧。夜来无事，心思纷乱如麻，梦中都难得安闲。春天即将归去，我们却没能相逢。什么时候最思念你呢？就是月斜入窗，寺院晨钟响起时。

凤鸟松鹤倘有栖息之地，自己身无所寄；尘榻无人，令人颇为想念好友严涧啊。诗人虽写对朋友的思念，但其中隐隐也有自己不如意的情绪在流露。

松滋渡望峡中^[1]

渡头轻雨洒寒梅，云际溶溶雪水来。
梦渚草长迷楚望，夷陵土黑有秦灰。
巴人泪应猿声落，蜀客船从鸟道回。
十二碧峰何处所，永安宫外是荒台。

校记

[1] 松滋渡，《全唐诗》卷三五九作"松滋洞"。

疏解

潇潇细雨，飘洒在渡口的寒梅花上，天边白云溶溶，似乎化为江水，奔腾而来，茫茫天地一片凄迷。云梦泽的洲渚上，荒草无边无际，遮蔽了楚地，楚王陵墓周边焦土还在，那是秦时战火焚烧残存的痕迹。山川依旧，兴废替代，徒留后人感慨唏嘘。蜀客的航船从曲折仄窄的三峡驶出，似从天际鸟道而来，一路猿猴哀鸣，让人泪下难收。迷茫天地中，巫峡上的十二峰难以寻见，更不见楚王梦中的神女，永安宫外荒台萧索，刘备也成了渔樵口中的故事。

刘禹锡的怀古咏史之作非常有名，诗歌往往或借史事，或借前朝遗迹来抒发历史兴亡之感。

秋日题窦员外安德里新居 窦时判度支案 [1]

长爱街西风景闲，到君居处便开颜 [2]。
清光门外一渠水，秋景墙头数点山 [3]。
疏种碧松过月朗 [4]，多栽红药待春还。
莫言堆案无余地，认得诗人在此间。

校记

[1] 原题为"秋日题窦员外安德里新居窦氏判度支业，"依《全唐诗》卷三五九改。

[2] 便，《全唐诗》卷三五九作"暂"。

[3] 秋景，《全唐诗》卷三五九作"秋色"。

[4] 过，《全唐诗》卷三五九作"通"。

疏解

刘禹锡与窦巩友善，时窦巩为司勋员外郎。窦巩擅长五言诗，与刘禹锡、元稹相往还。窦巩于安德里购得新宅，邀请刘禹锡作客，刘遂作此诗。

我一直就非常喜欢安德里街西的风景，它有一种悠闲的情致。今天，一到窦君的新宅，便让人心旷神怡，愁绪了无。清光门外，溪水潺潺，波光滟滟；墙头数点假山巧秀，秋色绚烂。宽阔庭院，植松数棵，每到月夜，明朗月光从树间穿过，地下树影斑驳一片。屋前房后，芍药密密匝匝，静待春来，朵朵盛开随风摇摆。不要说文书太多，无处堆放，有窦君这样的诗人住在此地，为之生色不少啊。

窦叔向五子：窦常、窦牟、窦群、窦庠、窦巩，世称"五窦"。

常、牟、巩三人进士及第，窦群为处士，后官至黔南观察使，容管经略使；窦巩官至武昌观察副使。五人有名于当世，擅文章词赋，法度风流，相距不远，为世人所仰慕。

始闻秋风

昔看黄菊与君别，今听玄蝉我却回。
五夜飕飗枕前觉，一年形状镜中来[1]。
马思边草拳毛动，雕盼青云倦眼开[2]。
天地肃清堪四望，为君扶病上高台。（寓悼古于秋风，英气勃发，笔力雄健。）

 校记

[1] 形状，《全唐诗》卷三五九作"颜状"。
[2] 盼，《全唐诗》卷三五九作"眄"。

疏解

当初菊花盛开，我与君离别分手，而今秋蝉噪鸣于高林，我又回到这里。夜已五更，枕上听见窗外飕飗风响，又是一年了，秋风还是那么劲烈有力，揽镜自照，一年艰辛岁月，使得颜容改变。秋风吹拂，马儿在思念着边塞的草原，鬃毛为之颤动；大雕睁开双眼，盼望着属于它的青天。云天高阔，宇内澄清，极目而望，目无所蔽，我虽抱病，但也要登高台将秋赏。

历来诗人伤春悲秋，但刘禹锡的这首诗歌，感情虽衰但又能振起，有健康爽朗的基调，表现了积极的人生态度。

寄和州刘使君

别离已久犹为郡，闲向春风倒酒瓶。
送客将过沙口堰[1]，看花多上水心亭。
晓来江气连城白，雨后山光满郭青。
到此诗情应更远，醉中高咏有谁听。

校记

[1] 将，《全唐诗》卷三八五作"特"。

疏解

张籍乃和州（今安徽和县）人，与刘禹锡为好友，时刘禹锡任和州刺史，张籍为主客郎中，寄诗以致问候。

我和刘使君分别已很久了，你出任和州刺史，操劳事务，春风中，你一定会忙里偷闲饮美酒，时不时也寄情于山水吧。想来，你每次送客，将会送过沙口堰，沿堤漫步，以舒解忧愁；也常常登上水心亭，看鲜花绽放，观赏无边春景。清晨，江上雾气弥漫，和州城笼罩其中，白蒙蒙一片；雨后，阳光下山色晴岚，和州城郭，满目青翠。在风景怡人的和州，刘君你一定诗兴高昂，寄情更深吧，但酒酣之时的吟咏有谁能侧耳听呢？张籍是和州人，于诗中将和州地理、景致，描摹得极为真切。

好友刘禹锡才华横溢，但贬和州久得不到调遣，诗人张籍以想象的方式写刘禹锡在和州的生活，实表现了对朋友的同情。刘禹锡收到张籍的赠诗，而有酬和诗《张郎中籍远寄长句，开缄之日，已及新秋，因举目前，仰酬高韵》："南宫词客寄新篇，清似湘灵促柱弦。京邑旧游劳梦想，历阳秋色正澄鲜。云衔日脚成山雨，风驾潮头入渚田。对此独吟还独酌，知音不见思苍然。"唱和得体，一往情深。

许　浑

金陵怀古

玉树歌残王气终，景阳兵合戍楼空。

楸梧远近千官塚，禾黍高低六代宫。

石燕拂云晴亦雨，江豚吹浪夜还风。

英雄一去豪华尽，唯有青山似洛中。（力追盛唐体格。）

校记

［1］楸梧，《全唐诗》卷五三三作"松楸"。

疏解

晚唐怀古咏史之作大兴，许浑乃代表性诗人之一。金陵是南京，曾为六朝古都，怀古咏史之作常借金陵史事或遗迹，来抒发盛衰兴亡之叹。诗中"玉树"指音乐《玉树后庭花》，它是陈后主创制的曲子，所谓亡国之音也。

当隋兵包围景阳宫时，高高戍楼上的守兵早已逃走，注重享乐、醉生梦死的陈后主成了俘虏，南朝最后一个王朝就在这《玉树后庭花》

的残音中亡国了。今天，远远近近的松树楸树连片生长，树下累累坟茔，埋葬着当年的得势官宦。高高低低的禾苗，一望无际，而近旁皆为六朝残阙断垣。石燕飞翔，划过天空的云朵；江豚掀起风浪，穿梭于江心。夜晚劲风吹拂，天空时晴时雨。英雄一去不再有，豪华也随流水而尽，唯有这青青山峰，还似当年的洛阳都城景象。

咸阳城东楼

一上高城万里愁，蒹葭杨柳似汀洲。
溪云初起日沉阁，山雨欲来风满楼。
鸟下绿芜秦苑夕，蝉鸣黄叶汉宫秋。
行人莫问当年事，故国东来渭水流。

 疏解

　　诗人登上咸阳东楼，放眼眺望，远处蒹葭苍茫，杨柳堆烟，引起诗人万里愁绪，那蒹葭杨柳，与故乡的汀洲多么相似。南面磻溪尽头，暮云沉沉，一轮红日，渐渐隐没于慈福寺高阁后。山雨将至，狂风突起，咸阳城楼仿佛置于飘摇动荡中。夕阳照耀的秦宫旧苑，秋风侵凌的汉家苑囿，而今黄叶凋零，绿深苔滑。山雨欲来时，飞鸟投林，秋蝉衰鸣，秦苑汉宫成了鸟雀的家园。往来的行人不要再感慨探究历史了，秦亡也好，汉灭也罢，一切都成了遗迹，故国城中，唯有渭水不变，滔滔东流。

　　诗歌景象阔大而意境苍凉，情景交融，景中寓情。在历史和现实的交替中，含蓄表达了盛衰兴亡之叹。

卧　病

寒窗灯尽月斜晖，佩马朝天独掩扉。

清露已凋秦塞柳，白云空长越山薇。

病中送客难为别，梦里还家不当归。

惟有寄书书未得，卧闻燕雁向南飞。

疏解

　　窗儿结满寒霜，屋内灯烛熄灭，月亮已然偏斜，东方已显鱼肚白。听到马的环佩叮当声，官员们要去上朝了，而我却掩门卧病在床。清寒的露水，已然让关中的柳叶枯萎凋零；白云横亘天际，伸向远处的青山，与青青薇草相连。病中与客分手，离情让人不堪忍受。我在梦中回到家乡，然而醒来更凄伤，那不是真正的回家呀！我只能寄信问候家人，却未收到家中回信，想来我所寄的家书，未能寄到吧。卧病在床，听到雁儿向南飞，不知漂泊天涯的我，何时才能回家呢？

　　诗歌借萧索清冷景象，表现出诗人病中思家的凄凉心境，读之令人唏嘘。

杜　牧

早　雁

金河秋半虏弦开，云外惊飞四散哀。

仙掌月明孤影过，长门灯暗数声来。
须知胡骑纷纷在，岂逐春风一一回。
莫厌潇湘少人处，水多菰米岸莓苔。

疏解

唐武宗会昌二年（842 年）八月，回鹘族乌介可汗带兵南侵，边民纷纷逃亡，诗人杜牧以比兴的手法，借雁抒情，写了边境百姓流离失所的情形。

八月秋气刚到，回鹘人就已射箭打猎了，雁群听闻弓弦声，受惊吓而四处飞散，哀鸣一片，令人伤悲。长安城中，汉武帝的承露仙人盘，在明亮月色中依然擎立，一只孤雁悄然飞过。长门宫殿灯光昏暗，传来受惊大雁的几声哀鸣。要知道，边地上虏骑是那样地多，骚扰未停息，难道大雁还能够再随春风，回到北方家园？不要嫌弃楚地潇湘水边人迹稀少，那里水中多菰米，岸上多野菜，聊可充饥。

诗歌以汉来写唐，以雁喻边地百姓，暗讽朝廷软弱无能，不能安边保民。同时，对流离颠沛的边民充满了同情。

马 嵬

海外徒闻更九州，他生未卜此生休。
空闻虎旅传宵柝，无复鸡人报晓筹。
此日六军同驻马，当时七夕笑牵牛。

如何四纪为天子，不及卢家有莫愁。

 疏解

晚唐怀古咏史诗兴盛，李商隐、杜牧、许浑为主要代表。此首诗以李隆基和杨玉环的故事为引子，讽刺唐玄宗的无能。

诗歌以神话开篇：相传在海外还有九州仙境，然而对于玄宗皇帝而言，纵使九州仙境也只是徒劳的了。当初，与杨贵妃在长生殿的约定永远成了空话。来世不可知，然而此生夫妻恩爱未能白头到老。仓皇逃向西南的路上，夜里只听得禁军击柝警戒，再也没有宫中鸡人报晓的声音了。御林六军停止不前，要诛杀祸国的杨国忠和杨玉环，玄宗无奈，只得赐死杨玉环；想当初七夕节，玄宗与杨玉环仰观银河，还一同嘲笑织女牵牛只能一年一相见。为什么玄宗为君四十多年，却不能够保护妻子，还比不上平民百姓人家的朝夕相处呢？

诗歌将白居易的《长恨歌》与史事结合，以对比的方式，将普通人家来和皇家作比，将皇帝无能的一面表现了出来，讽刺玄宗荒淫自私，不能治国理家。结尾以问句而结，引人深思。

重有感　感甘露之变，责王茂元不讨乱也。
前有长律二首，故云重。

玉帐牙旗得上游，安危须共主君忧。
窦融表已来关右，陶侃军宜次石头。
岂有蛟龙愁失水，更无鹰隼击高秋[1]。
昼号夜哭兼幽显，早晚星关雪涕收。（词严义正，
忠愤如见，可配少陵。）

[1] 击,《全唐诗》卷五四〇作"与"。

疏解

　　甘露之变是唐代历史上朝官和宦官斗争的大事件。文宗时宦官权势越来越大,文宗之前他的祖父、哥哥都死于宦官之手,他本人也是由宦官扶持上位的,故文宗皇帝对宦官心存忌惮,怀有仇恨。大和九年十一月二十一日,朝官李训等人密谋除掉以仇士良为首的宦官,借口天降甘露于树上,欲请皇帝去看时乘机动手。不料宦官发觉有变,挟持皇帝逃离后,反而大开杀戒报复。宰相李训、王涯等重要官员被杀,并灭九族,朝廷官员几乎为之一空,上千人受株连被害。有感于此事,李商隐曾写过两首诗纪之,故这一首为"重有感"。

　　在诗人的心中,将军手握重兵,玉帐牙旗正是铲除宦官的有利之时,朝廷有难就应该为皇帝分忧,誓死报国。汉代凉州牧窦融替光武讨伐盘据天水的隗嚣,东晋荆州刺史陶侃剿灭苏峻,乃正义的行为;而昭义节度使刘从谏,本也应该如窦融、陶侃一样有所作为,扶持朝廷,伸张正义,然而他们却没有什么作为,任由宦官残杀无辜,胡作非为。怎么能让蛟龙失去水,让皇帝受制于宦官呢?秋高气爽的天空中,难道就没有雄鹰搏击长空的影子?朝廷难道无忠诚之将士反击宦官?京城日夜哭声一片,让人不知是人间还是地狱,诗人也为之痛哭,希望能够感动激发藩镇诸将的正义感来。

西江上送渔父

却逐严光向若耶，钓轮菱棹寄年华[1]。
三秋细雨愁枫叶[2]，一夜扁舟宿苇花[3]。
不见水云应有梦，偶随鸥鹭便成家。
白苹风起楼船暮，江燕双双五两斜。

校记

[1] 菱，原作"荙"，据《全唐诗》卷五七八径改。
[2] 细雨，《全唐诗》卷五七八作"梅雨"。
[3] 扁舟，《全唐诗》卷五七八作"篷舟"。

疏解

渔父追随汉代隐士严子陵，隐居在若耶溪，在垂钓中悠悠哉哉度过余生年华。秋天了，蒙蒙细雨，染红了遍山的枫叶，似乎酝酿着愁意。夜色里，渔父将舟随意停泊在苇花中，随沙滩的鸥鹭，一夜酣眠到天明。轻风吹拂，水面上白苹荡漾，楼船已笼罩在夕阳中，江燕双双贴水飞，风标亦偏指，一帆顺风，君行江上一定平安。

经李征君故居[1]

露浓烟重草萋萋，树映阑干柳拂堤。

一院落花无客醉，五更残月有莺啼。

芳筵想象情难尽，故榭荒凉路已迷[2]。

风景宛然人自改[3]，却经门巷马频嘶[4]。

[1]《全唐诗》卷五七八注曰"一作王建诗"，卷三〇〇王建卷，题曰"李处士故居"。

[2] 故榭，原作"故树"，据《全唐诗》卷五七八径改。

[3] 此句，《全唐诗》卷三〇〇作"风景宛然人自改"，卷五七八作"惆怅羸骖往来惯"。

[4] 此句，《全唐诗》卷五七八作"每经门巷亦长嘶"。

温庭筠的好朋友李羽去世了，作者写他故居的萧条荒凉，以此来表达对挚友的思念。朋友曾生活的宅院，青草萋萋，草上水露如泣珠。树枝浓密如昔，池边柳条柔垂，楼台栏杆掩映其间。满院落花、败叶无人清扫，更无醉客引吭高歌；五更残月如钩，偶有声声莺啼，仿佛也在伤悼悲泣。人已去楼亦空，笑语转眼成了记忆。今见筵席尘冷，回想当初的热闹，令人心生悲伤，哀情难耐。楼榭荒凉，绿荫深深遮掩小径，熟悉的道路已难辨识，诗人徘徊在院内，惆怅难言，物是人非，悲不胜悲。羸马常随主人来访，识途而不忘旧径，每次经过巷口，便嘶鸣不已。

温庭筠这首诗笔调细腻，语言清浅，写景有声有色，景凄凉而情哀婉。

过陈琳墓 在下邳

曾于青史见遗文，今日飘蓬过此坟[1]。
词客有灵应识我，霸才无主始怜君。
石麟埋没藏春草，铜雀荒凉对暮云。
莫怪临风倍惆怅，欲将书剑学从军。

校记

[1] 此，《全唐诗》卷五七八作"古"。

疏解

陈琳是汉末建安七子之一，曾在大将军何进手下，因不被重用，后又投奔袁绍。袁绍兵败后，又投曹操。曹操重其才，颇为赏识，军国书檄多出陈琳之手。诗人过陈琳墓而凭吊，借古人来抒发自己不遇时的感慨。

诗人感叹道：我曾经在史书上读过陈琳的文章，今天漂泊，经过他的坟墓，这个"熟悉"而命运多舛的古人，怎能不令人为之感伤。才子陈琳如果在天有灵，那就应该知道我，我饱读经书，才识不凡，然而却无人赏识，不被任用，只能徒劳地羡慕你得遇明主了。墓前石麟已被春草埋没，夕阳残照中，铜雀高台更显荒凉。莫怪我临风倍感惆怅，吊古而多感慨，书生无用，难逢明主，我也要投笔从戎，寻求建立一番功业的机遇去了。

归故园

桑柘骈阗百亩间[1]，门前五柳正堪攀。
樽中美酒长须满[2]，身外浮名总是闲[3]。
竹径有时风为扫，柴门无事日常关。
于焉已是忘机地，何用将金别买山。

校记

[1] 骈阗，原作"成村"，据《全唐诗》卷五一四径改。百亩，《全唐诗》卷五一四作"数亩"。

[2] 美酒，原作"有酒"，据《全唐诗》卷五一四径改。

[3] 总是，原作"好是"，据《全唐诗》卷五一四径改。

疏解

故园田亩成片，碧绿盎然，其间桑树柘树成排成行，仿佛守护绿园。门前垂柳已经长成，孩童上树，攀援嬉戏，笑语喧喧。我日日满樽美酒来消忧，浮名总是身外之物，无他也就会一身轻闲。有时，轻风吹过竹林，竹径随之被清扫得干净无尘。悠然闲敞，全无俗事，因而柴门也常常掩闭。故园真是无忧清静之地，可以让人忘却烦恼，根本不需要再去另寻隐居之处了。

桑田、柘树、杨柳、竹林、小径、柴门，这些农家常见的景致，配以有酒无忧的日子，构成了诗人理想生活图画，隐在其中而无世俗之累，这就是所有中国古代文人的理想吧。

秋日山寺怀友人

萧寺楼台对夕阴，淡烟疏磬散空林。
风生寒渚白苹动，霜落秋山黄叶深。
云尽独看晴塞雁，月明遥听远村砧。
相思不见又经岁，坐向松窗弹玉琴。

疏解

　　夕阳西下，寺院萧索，楼台寂寂，林间山岚淡淡，磬声疏越，飘散疏林间。江渚之上，寒风拂过，白苹颤动，山野之间，严霜暗落，黄叶色浓。诗人登高远眺，纤云悠闲，归入天际，塞北飞来的大雁，翔集晴空。明月朗照，远处村庄传来捣衣砧声。与好友分离难再见面，思念中又是一年流光暗过，今天，我只能在窗下弹琴，让松风将佳音传至远方，寄托我不尽的思想之情。

　　诗歌写景，有声有色，色彩淡雅，疏朗明净，对友人思念也由黄昏延续到夜晚，又以琴声作结，情真挚而意深远。

早发剡中山石城寺[1]

暂息劳生树色间，平明机虑又相关。

吟辞宿处烟霞去，心负秋来水石闲。

竹户半开钟未绝，松枝静霁鹤初还[2]。

明朝一倍堪惆怅，回首尘中见此山。

校记

［1］《全唐诗》卷五四九为"早发剡中石城寺"。

［2］静霁，原作"静处"，据《全唐诗》卷五四九径改。

疏解

在剡中石城寺，一切仿佛可以静止，隐居于山野林泉，奔波劳累的生活也可以暂时停息，也明白缠绕的心事难以理清，但山中幽雅令人忘忧。清晨，所居之处，云天初霁，烟霞烂漫，水从石涧流下，叮咚有声，而我只能辜负了这秋日美景，不得不在吟咏中离开山寺。竹门半开，钟声悠然回响，烟霭初晴，鹤回山寺，悠然地徜徉在松间。今日离开，再返喧嚣尘世，明朝往后我会更惆怅的，还是回头再看一看这尘世中宛如仙境的佳山幽寺吧。

诗中景色优雅脱俗，让人流连不能离开。诗人以此景反衬世俗生活的劳累，表达了不得不面对尘世、为生活奔波的无奈。

长安秋望[1]

云物凄清拂曙流[2]，汉家宫阙动高秋。

残星几点雁横塞，长笛一声人倚楼。

紫艳半开篱菊静，红衣落尽渚莲愁。

鲈鱼正美不归去，空戴南冠学楚囚。（杜紫薇[3]
赏"长笛"句，人因称赵倚楼。）

［1］《全唐诗》卷五四九作"长安晚秋"，一作"秋望"，又作"秋夕"。

［2］凄清，《全唐诗》卷五四九作"凄凉"。

［3］杜紫薇：指杜牧，因《紫薇花》一诗被人称为"杜紫薇"。

疏解

天将拂晓，流云在清凉的空气中游荡，汉家宫阙楼台高大巍峨，仿佛要直冲云霄。天上残星几点，乍隐乍显，大雁排行，已横越关塞，向南飞去。一声悠扬的长笛声，令人情思摇曳，不禁倚楼眺望，长空澹澹，关山万里。篱墙下，紫色的艳丽菊花悄然半开，粉红的莲花，花瓣尽落，池沼残荷空带愁绪。正是家乡鲈鱼肥美的时节，为何不归家呢？为何自我拘束徒劳地游宦他乡？

诗人怅望秋景而思乡，既有对家的思念，也有对现实的厌倦。

司空图

归王官次年作[1]

乱后烧残数架书，峰前犹自恋吾庐。
忘机渐喜逢人少，览镜空怜待鹤疏[2]。
孤屿池痕春涨满，小栏花韵午晴初[3]。
酣歌自适逃名久，不必门多长者车。（六语，佳句。）

200

[1]《全唐诗》卷六三二作"光启四年春戊申"。

[2] 览镜，原作"缺粒"，据《全唐诗》卷六三二径改。

[3] 栏，《全唐诗》卷六三二作"阑"。

疏解

　　战乱后的世界满目疮痍，斋中架上多年藏书也残破不堪，所剩无几；王官谷山峰前的小村，自己的故园尚存，令人欣喜，依恋不已。忘却机心，遂顺自然，渐渐地喜欢上清静，不想与人打交道，懒于应酬，揽镜自照，暗叹年华流逝，容颜渐老，眼下也只有空等朝廷的诏书而已。池沼春水涨漫，淹没了小小的岛屿，水退之后，留下浅浅的印痕；近午天空晴朗，小园栏边花叶艳丽，别有韵致。放声高歌，自由自在，归隐田园已经很久了，不受名利之累，门前无须再有达官显宦的车马。

　　战乱之后，诗人回到家乡隐居，自适恬淡生活中，喜爱之情油然而生，字里行间也有不愿出仕为官的决心，情出自然。

湘中送友人 [1]

中流欲暮见湘烟，岸苇无穷接楚天 [2]。
去雁远冲云梦雪，离人独上洞庭船。
风波尽日依山转，星汉通霄向水悬 [3]。
零落梅花过残腊，故园归去又新年 [4]。（犹近大历十子。）

[1]《全唐诗》卷五八七作"湘口送友人"。

[2]岸苇,《全唐诗》卷五八七作"苇岸"。楚天,《全唐诗》卷五八七作"楚田"。

[3]悬,《全唐诗》卷五八七作"连"。

[4]归去又新年,《全唐诗》卷五八七作"归醉及新年"。

疏解

一轮红日即将西沉,船行中流,只见湘江水岸烟霭沉沉,楚天茫茫,芦苇苍苍,遥接四野。云梦一带,远处积云如雪,大雁孤飞,冲入云端,而我的好朋友,将驾一叶扁舟,独行于浩渺洞庭间。洞庭水势磅礴动荡,水随山转,奔腾不息,银河灿烂,仿佛悬垂入湖,水天相连,难见边际。梅花已残,腊月将尽,君归家园应是新年,亲人相见把酒言欢,君更是洗去征尘,开颜无愁了!

诗为送别题材,但以写景为主,又融情于景,阔大苍茫的景,衬托出远行人的孤独寂寞,也有诗人对朋友离去的不舍。洞庭波上的扁舟,毕竟是朝着家园及亲人所在之处驶去的,朋友归家是新年,自己却不能归去,诗人在眺望中,肯定也有满眼的羡慕。

李咸用

题王处士山居

云水沉沉夏亦寒[1],此中幽隐几经年。

无多别业供王税，大半生涯在钓船。

蜀魄叫回芳草色，鹭鸶飞破夕阳烟。

干戈犹起能高卧，真个逍遥是谪仙[2]。

校记

[1] 水，《全唐诗》卷六四六作"木"。

[2] 真个，《全唐诗》卷六四六作"只个"。

疏解

水天辽阔，树色黯淡，夏天竟然也有了寒意，我的好友王处士在此隐居已多年。处士生活清贫，没有多余资产来交租纳税，他日日以扁舟为伴，垂钓江上，聊以糊口。杜鹃啼鸣，呼唤来芳草连天的春天；鹭鸶飞舞，划破了夕阳余晖之下的云烟。而今，战乱纷纷，干戈竞起，王处士还能高卧归隐，真是逍遥自在如同神仙。

晚唐，社会动荡，大唐如同车下坡一样滑向衰败，许多文人无所作为，对朝廷充满了失望，只好归隐避世。诗人写友人的山居，实也有对归隐生活的羡慕。

李郢[1]

钱塘青山题李隐居西斋[2]

小隐西亭为客开，翠萝深处遍苍苔。

林间扫石安棋局，岩下分泉递酒杯。

兰叶露光秋月上，芦花风起夜潮来。

湖山绕屋犹嫌浅[3]，欲棹渔舟近钓台。

校记

[1]《文苑英华》卷三一七作"李郢"诗，《全唐诗》卷五三三作"许浑"诗，一作"李郢诗"。

[2]《全唐诗》卷五三三作"游钱塘青山李隐居西斋"。

[3]湖山，《全唐诗》五三三作"云山"。

疏解

李君归隐的西斋，今日院门因远方来客而大开，翠萝攀墙，郁郁葱葱，青苔铺地，阴阴苍苍。隐居生活好闲适，或在林间，扫去石上落叶，布子下棋；或沿溪而行，水边流觞，饮酒赋诗。秋月渐上，兰叶带露，晶莹剔透；北风吹起，潮水暗涨，芦花飘飞。屋外湖水环绕，李君仿佛嫌水太浅，还要将渔船划向钓台深处，去探寻更幽奇之美景。

罗　隐

绵谷回寄蔡氏昆仲[1]

一年两度锦江游[2]，前值东风后值秋。

芳草有情皆碍马，好云无处不遮楼。

山将别恨和心断，水带离声入梦流。

今日因君试回首[3]，澹烟乔木隔绵州[4]。

疏解

锦江美景多,一年两次与君同游,其中的快意难形容,前次正值春风吹拂,春江涨溢,鸟语花香,此次又逢清爽高秋,天高云淡。芳草碧绿,滋长茂盛,竟然妨碍骏马行过;天空彩云有情,舒卷有致,仿佛有意遮蔽楼台。离开锦江,佳山胜水不复见,唯有梦中才能够梦到如此美景,呜咽水声,令人肝肠寸断,不忍聆听。今天,思念二位好友,回首再眺望:澹荡烟霭,山岚浮动,乔木高大,在其尽头就是绵州啊!

此诗虽为怀人,但以写景为主,形象鲜明,以有情的山水抒发怀人之情,构思新颖,感情真挚。

韩 偓

春 尽

惜春连日醉昏昏,醒后衣裳见酒痕。

细水浮花归别浦[1],断云含雨入孤村。

人闲易得芳时恨[2],地胜难招自古魂。

惭愧流莺相厚意，清晨犹为到西园。

校记

［1］浦，《全唐诗》卷六八一作"涧"。

［2］得，《全唐诗》卷六八一作"有"。

疏解

　　春将尽，惜春唯有饮酒赏春，整日昏醉沉沉，醒后却见衣裳上斑斑酒痕如泪痕。涓涓流水浮载落花缓缓汇入近旁水涧。片片流云轻洒细雨，飘过孤村，飘过郊野。寄身异乡，亲朋杳然，闲居无所事事，遗憾春光如同白驹过隙，倏忽之间。此地佳山胜水，宜于隐居，可惜连古人的魂魄都招不到眼前。很惭愧，流莺婉转，似有情意来相伴，日日清晨，飞入西园。

　　此诗写暮春之景，却强调了酒醉，伤悼春天实也是伤自己：家国衰败，亲友凋零，虽有佳山胜水，却无法招到古人之魂魄，其强烈的孤独无依感，充溢于字里行间……今日春将尽，诗人借酒浇胸中块垒，含蓄表达了人生不如意的悲叹之情。

韦　庄

柳谷道中作却寄

马前红叶正纷纷，马上离情欲断魂[1]。

晓发独辞残月店，暮程遥宿隔云村。

心如岳色留秦地，梦逐河声出禹门。

莫怪苦吟鞭拂地，有谁倾盖待王孙。

[1] 欲断魂，《全唐诗》卷六九五作"断杀魂"。

马穿山径，红叶纷纷飘落，人在马上渐行渐远，离别使人魂魄欲断。残月当空，曙色未明，辞别驿店独自前行；日暮黄昏，月照山头，白云之下的小村，茅店灯火如豆，急急打马投宿。我淹留在秦地不得归，山色沉沉，心亦沉沉，几回魂梦伴随流水经过禹门。千万莫怪苦吟作诗忘记了挥鞭赶马，世间有谁能倾盖相交，欣赏我这个落魄之人呢？世间又有谁能与我结为知已呢？

韦庄入蜀之前，困蹇不顺，诗以晨夕之景描绘了奔波之苦，羁旅之愁，叙事写景一笔两到。结句感慨人生不遇，悲情令人动容。

游东湖黄处士园林

偶向东湖更向东，数声鸡犬翠微中。

遥知杨柳是门处，似隔芙蓉无路通。

樵客出来山带雨，渔舟过去水生风。

物情多与闲相称，所恨求安计不同。

偶然之间，从东湖信步东行，翠色山峦深处，鸡犬声遥遥可闻。尚未到黄处士园林，就知道那排排杨柳便是园林的门户了，可是莲叶田田，荷花亭亭玉立，池塘横亘于前，仿佛又无路可通。樵夫从山间走来，似乎衣衫上有山间的雨色，远山绿色更加浓深。渔船掠水而过，荡起水波，激起阵阵涟漪似乎带风而行。山间一草一花，林中一鸟一木，物物都与闲情逸趣相投合，只遗憾，人求安定，志趣不同而所遇各异。

人若处于这美妙境域，粗茶淡饭，无惊无扰也是人生乐事吧。

张 蠙

夏日题老将林亭

百战功成翻爱静，侯门渐欲似仙家。

墙头雨细垂纤草，水面风回聚落花。

井放辘轳闲浸酒，笼开鹦鹉报煎茶。

几人图在凌烟阁，曾不交锋向塞沙。（名句不可多得。）

疏解

老将军征战沙场，身经百战，现在反而喜欢清静了，侯门宅院深如海，生活在此如仙家一般远离了尘世。雨丝飘飘，墙头细水蜿蜒而下，瓦间纤草无力伏垂。风回水面，涟漪荡漾，花自飘零，片片落花又相聚成团。井中放下辘轳，在井水中浸着沁凉的美酒；鹦鹉离笼，自由飞栖，客人光临，鹦鹉催促"煎茶、煎茶"。凌烟阁上所绘画像的那几个人，有谁是在边塞沙场征战交锋的呢？老将军功高不赏，而朝廷所赏又非其人，名列凌烟阁画像者，大概就是一些皇亲国戚的关系户吧。

喜"静"不应是将军的特点，但老将军宅院冷落寂寞，生活清静，仿佛远离尘嚣，以饮酒、煎茶消遣时日，这都含蓄委婉地点出了老将军晚年被冷落的处境。最后又以自我安慰结篇，多少也表现了作者写诗的用意：一个人的功绩是不能抹杀的。这首诗语言流畅，情景交融，主旨含蓄委婉。

秋宿湘江遇雨

江上阴云锁梦魂，江边深夜舞刘琨。
秋风万里芙蓉国，暮雨千家薜荔村。
乡思不堪悲橘柚，旅游谁肯重王孙。
渔人相见不相问，长笛一声归岛门。

疏解

江面乌云沉沉，暮雨将临，船困浓雾而难行，浓雾锁江，竟然也锁住了一个人的梦魂。深夜，我只能像刘琨一样，在江边舞剑，挥洒牢愁。秋风吹过广阔的芙蓉国，水乡泽国，万里花枝摇曳荡漾。暮雨凄迷笼罩村野，千家墙头薜荔垂珠，金黄橘柚又悬吊枝头。故乡不堪回首，孤苦寂寞，如屈原歌咏《橘颂》赞美故乡，又有谁会将一个游荡在外的异乡人放在心上？屈原尚有渔父问答，而我虽逢渔父却无寒暄相问，深感孤独寂寞啊。知音何在，我只能在长笛声中，回归这个栖宿的小小岛屿上！

　　诗人谭用之，大家比较陌生，只知道他是五代宋初人，仕途不达，长年流寓他乡，诗工于写景，且景写得阔大苍凉，这首诗正是借景表达了漂泊之苦，更有不遇于时的愤慨。

张　泌

洞庭阻风 泊舟洞庭湖边港汊也。

空江浩荡景萧然，尽日菰蒲泊钓船。
青草浪高三月渡，绿杨花扑一溪烟。
情多莫举伤春目，愁极兼无买酒钱。
犹有渔人数家住，不成村落夕阳边。（四语名句。）

疏解

　　平日里，洞庭湖上千帆竞发，今日因风阻隔，水面空荡，显得格外萧条，诗人无奈，只能整日枯坐在钓船上，好象在陪伴岸边的菰蒲。暮春三月，风力不小，青草东西摇摆，如绿波绵绵；湖水皱皱不平，白浪涟涟，垂杨柔条摇曳凌乱，洁白的柳絮逐风飞散，苍茫如烟。困顿之人情思细腻，千万不要极目远望，伤春不尽，更为伤情，况且无钱买酒，无法借酒销愁了。看那远处，夕阳下，炊烟袅袅，几户渔家不成村落，散居岸边。

　　诗人因风而阻于洞庭湖边，面对暮春之景抒发了寂寞伤春之情。诗人虽劝戒人们"情多莫举伤春目"，但又以景结情，诗之情韵幽幽不尽。

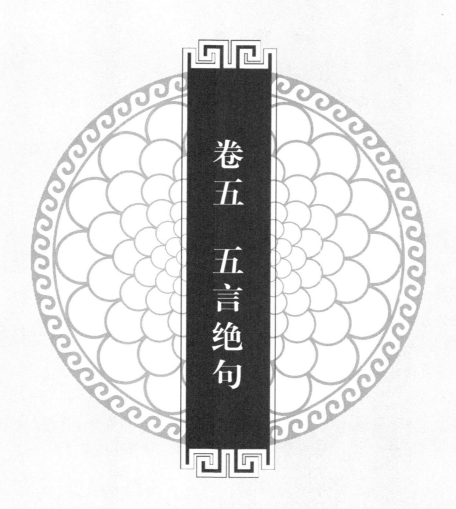

卷五 五言绝句

虞世南

咏　蝉[1]

垂绥饮清露，流响出疏桐。居高声自远，非是藉秋风。

（高极。）

校记

[1]《全唐诗》卷三六作"蝉"。

疏解

咏物诗都是借咏物而有所托，而蝉在古代象征高洁，有些士人将蝉形的小装饰佩带在身上，多少也是精神的外化。虞世南的这首诗，被认为是最早的咏蝉诗。

蝉头部长长的触须，就如同系在颔下的帽带"绥"一样，它栖息在高高的梧桐枝上，吸饮清露。蝉的鸣声高亢而悠长，穿过了疏朗的梧桐枝叶，回响在秋风中。蝉声传得很远，不是借助了秋风，而是因为它自身站得高远。诗人最后两句寓意深长：立身品格高洁的人，或有端正的德行，或有博学的才华，他不需要凭借外在因素发达。

李白

敬亭独坐[1]

众鸟高飞尽，孤云独去闲。相看两不厌，只有敬亭山。

校记

[1]《全唐诗》卷一八二作"独坐敬亭山"。

疏解

　　飞鸟振翅飞过晴空，毫无留恋地消失在天尽头。孤云无心，也不眷恋人追随的目光，从天空悠闲自在地飘过，不留任何痕迹。只有我静静独坐，凝视着秀美的敬亭山，山似乎也在默默注视着我，我们仿佛两个好友，相对凝视，互不生厌。

　　人与山是无言，山与人是静默，就是在这静静对视中，人的寂寞，人与大自然的默契表现了出来。诗人李白是孤独的，更是怀才不遇，现实中的不如意也只能在自然山水中寻求慰藉。

自　遣

对酒不觉暝，落花盈我衣。醉起步溪月，鸟还人亦稀。

疏解

　　与好友畅饮，不知不觉，日已西斜，暮色渐浓。落花轻飞，轻轻地飘落在我的衣襟上，暗香盈袖。酒意微醺，沿着溪畔，摇荡月影中缓缓前行。夜色已深，鸟儿归巢，人迹亦稀少。

李白诗歌，语言浅显，有清水芙蓉之美，景静谧而兴象玲珑，意境优美，情意悠长。令人回想。

鸟鸣涧

人闲桂花落，夜静春山空。月出惊山鸟，时鸣春涧中。

春山幽阒，人有闲情，这才注意到枝头细小的桂花在缓缓飘落，淡淡幽香在夜中弥漫。月亮升起来了，明朗的月光洒满了静谧的山林，那鲜亮的月光，竟然惊动了山鸟，它们绕林飞跃，不时在春涧中相呼鸣叫。

王维的山水田园诗写山林的幽静，但不是沉寂，而是静中有生机，有大自然的活力。诗中以动衬静，悄然飘落的桂花、缓缓升起的月亮、飞动鸣叫的山鸟，还有春涧的水流，共同汇成了我们对优美春山的印象。

辛夷坞

木末芙蓉花，山中发红萼。涧户寂无人[1]，纷纷开且落。

（幽极。）

214

校记

[1] 硐,《全唐诗》卷一二八作"涧"。

 疏解

此诗是王维田园组诗《辋川集》二十首之一。辋川在陕西蓝田县西南,诗人的别业就在那里。辋川风景优美,王维非常喜欢这个恬静的地方,他常常在周围游历吟咏,并与好朋友裴迪唱和,将其中二十处名胜佳迹写入诗中,形成了组诗《辋川集》。《辛夷坞》是第十八首。辛夷花即玉兰花,与常见的桃花、梨花不同,它是开在了树枝的末端。

春天,山中辛夷发蓓蕾,欣欣向荣,灿烂一片,寂静的山涧充满了生机。但春风中,片片花瓣离枝堕落……辛夷花也好,桃花也罢,无人关注,仍然绽放;有人欣赏,却也衰败。生命就是这样,这恰恰是大自然的原生状态,是生命原生态的美。

临高台送黎拾遗　古乐府有《临高台由》

相送临高台,川原杳无极[1]。日暮飞鸟还,行人去不息。

校记

[1] 无极,《全唐诗》卷一二八作"何极"。

疏解

《临高台》是乐府古题。黎拾遗,乃王维的好朋友黎昕。诗人在高台附近送好友离去,黎君愈行愈远,目之所及,田野广阔无垠,汤汤流水,横贯其中。天已黄昏,归鸟急飞还,而朋友步履匆匆,仍不能停息,渺小的身影,渐渐融入苍茫天地之间。

这首诗纯以眼中所见来表现不舍之情，鸟之归林与人之远离，形成了强烈对比，望中有深情。诗境界阔大，情景点染得法。

古　意 [1]

净扫黄金阶，飞霜皎如雪 [2]。下帘弹箜篌，不忍见秋月。

校记

[1]《全唐诗》卷二〇二作"吴声子夜歌"，"薛奇童"诗。
[2] 皎，《全唐诗》卷二〇二作"皓"。

疏解

宫殿台阶净扫无尘，落地秋霜皎洁如雪。帘帷无人静静闲垂，箜篌在手缓缓拨弹，一曲又一支，难遣心中千千结。不忍去仰望那一轮圆圆的秋月，月圆而人未团圆，情何以堪呢！

崔国辅的五言绝句多写儿女之情，且情思婉转，音调柔美，有六朝民歌的风味。有人将他的五言绝句和李白、王维、孟浩然相提并论，列为五绝"正宗"。

怨　辞

楼头桃李疏 [1]，池上芙蓉落。织锦犹未成，虫声入罗幕 [2]。

216

[1]楼头，《全唐诗》卷二〇作"楼前"。

[2]虫，《全唐诗》卷一一九作"蛩"。

 疏解

暮春时节，闺中女子楼头凝望，桃花悄然凋落，李花暗暗飘飞，池沼荷花也残败香消，枯萎无色。日日织锦不成匹，满腔心事无处寄托。蟋蟀声声传入罗幕，凄清孤寂，令人无法入眠。

诗歌以春光的流失来写独守闺房女子的相思，情思含蓄，语言清丽，音韵流畅。

裴　迪

宫槐陌

门前宫槐陌，是向欹湖道。秋来风雨多[1]，落叶无人扫。

 校记

[1]风雨，《全唐诗》卷一二九作"山雨"。

疏解

裴迪是王维的好朋友，二人都在辋川有别业，故时时兵车往来，弹琴赋诗，登高啸咏。因辋川美景多，二人各赋二十首诗来吟咏唱和，此为《辋川集》二十首之一。

217

门前小道蜿蜒，道旁宫槐苍劲翠绿，小径通向欹湖畔，只见清波如墨，摇荡山影。山中入秋，雨水渐多，一场秋雨一场寒，枯叶层层，无人清扫。

诗歌语言虽清浅，写景较萧条。同是写辋川景，裴迪的诗歌少了韵味，大不如王维。

刘长卿

逢雪宿芙蓉山[1]

日暮苍山远，天寒白屋贫。柴门闻犬吠，风雪夜归人。

校记

[1]《全唐诗》卷一四七作"逢雪宿芙蓉山主人"。

疏解

夜幕降临，风劲雪骤，旅人急急行走，山峦在暮色中好像格外遥远，仿佛难以到达。天气寒冷，简陋的茅屋显得更为贫寒。犬吠于柴门，原来是风雪之夜有人前来投宿。

刘长卿五言绝句写得极有韵味，他自诩为"五言长城"。这首小诗，用字无一处架空，且两两相对，如"暮"与"夜"，"贫"与"柴门"，"寒"与"风雪"等等。诗歌意境苍茫，有声有色，情景交融，结句的余韵又给读者留下了想象。

登 楼

兹楼日登眺，流岁暗蹉跎。坐厌淮南守，秋山红树多。（古淡。）

疏解

　　登楼远眺，云天开阔，水随天去，岁月蹉跎，年华暗逝。身为淮南刺史，一州地方官，心亦非常满足，因为秋天到来，红叶弥漫满山野，令人流连忘返。

　　诗人登高远眺，景色优美，心情恬适。诗歌语言简洁质朴，有古体诗风貌。

登鹳雀楼　　可追王之涣作。

迥临飞鸟上，高出世尘间。天势围平野，河流入断山。

疏解

　　鹳雀楼在山西省永济县西南，现在已经没有了，怎因楼却留下了二首脍炙人口的诗篇。这首诗题目与王之涣的相同，都是登高望远之作，所写景同样阔大，有气势。

楼头俯视，鸟儿仿佛只在楼下盘桓，人在高处，又好像远离了世俗尘间。极目四望，天幕低垂，笼罩了四野，黄河奔腾，流向山谷。

诗歌从俯视、远眺两个角度写出了鹳雀楼周边的壮阔景象，突出了楼的高大壮观。对仗工整，语言平易。

拜新月[1]

开帘见新月，即便下阶拜[2]。细语人不闻，北风吹裙带。

校记

[1]《全唐诗》卷二八六"一作耿湋诗"。

[2]即便，《全唐诗》卷二八六作"便即"。

疏解

《拜新月》是唐教坊曲名。拜月是古代流行的一种风俗，在唐代很盛行，古代女子通过拜月来祈祷美好生活，祈求完满的婚姻，或祈求夫妻团圆幸福。一般拜新月的时间在七月初七或中秋节。

闺中女儿掀帘出来，一轮新月当空高悬。月色皎洁如泼银，急急下阶合手拜。轻声细语地祈祷，旁人无法听清，庭院静静，微风轻吹，那裙带儿随风飘动……。

诗人李端不直接写祈祷之语，而是用动作描写，闺中小儿女拜月时的庄重，风吹裙带，衣袂飘举，事实上将其心事，委婉写出，构思独特，以景结情，含蓄而有余韵。

江　行

繁阴乍隐洲，落叶初飞浦。萧萧楚客帆，暮入寒江雨。

疏解

　　船行江上，浓云阴沉悬于江面，洲渚皆隐没在一片苍茫中。轻风渐起，落叶飞舞，落入水中。秋意渐深，天酝酿着雨意。茫茫江面，孤帆摇摇，无边无际的楚天，融化了游子身影，暮云又携带寒雨飘来，雨声入耳，游子不堪细细听。

　　小诗写江上之景，浓云、洲渚、落叶、客舟、暮雨，景萧瑟阴沉，悲情亦隐于景中。

题三闾大夫庙[1]

沅湘流不尽，屈子怨何深[2]。日暮秋风起[3]，萧萧枫树林。（委曲。）

校记

[1]《全唐诗》卷二七四作"过三闾庙"。

［2］屈子，《全唐诗》卷二七四作"屈宋"。

［3］秋风，《全唐诗》卷二七四作"秋烟"。

疏解

三闾庙是祭祀屈原的庙宇，在长沙附近。诗人过三闾庙，凭吊屈原而有感慨，遂作此诗。

你看，这沅江湘江水流滔滔，无日无尽，屈原大夫的怨愤是否也如这水，深广无边呢！日暮秋风渐起，枫林黄叶于风中飒飒作响。这枫林、这沅湘的水啊，是否亲睹了屈原极目伤春的身影？

戴叔伦的这首小诗，巧妙点化了屈原《招魂》中的句子："湛湛江水兮上有枫，目极千里兮伤春心。魂兮归来哀江南！"不直言自己的忧愤，却说屈原的怨愤，今人的痛苦恨不能起古人来倾听。此诗角度新奇，语言明晰，情感却含蓄。

裴　度

溪　居

门径俯清溪，茅檐古木齐。红尘飘不到，时有水禽啼[1]。

校记

［1］啼，原作"飞"，据《全唐诗》卷三三五径改。

疏解

门前，小溪清澈，缓缓流淌，古树茂盛，枝条与茅檐相接。居处远离尘嚣，无世俗干扰，偶尔有水鸟栖息鸣叫。

诗人的住所幽静而清雅，虽人迹罕至，但流水、鸟鸣又增添了生机活力。诗中说"红尘"不到，可见，作者为寻找一个可以修身养性的佳所有意选择这个地方。诗歌语言简洁，有古诗的格调。

[1]

池　畔[2]

结构池西廊，疏理池东树。此意人不知，欲为待月处。

（入妙。）

校记

[1]《白氏长庆集》卷八、《白香山诗集》卷二一、《全唐诗》卷四三一，皆作"白居易"诗。

[2]《全唐诗》卷四三一，共二首，所选为第一首。第二首曰："持刀剸密竹，竹少风来多。此意人不会，欲令池有波。"

疏解

我在水亭的西面建了廊屋，又将池东树木修葺整齐。眼下，水波荡漾，树影婆娑，谁能明白我修葺此地的用意呢？我是为了等待月上树梢头啊。

此诗语言明白如话无藻饰。虽无月而有心待月，情感的表达含蓄而有韵味。

幼女词

幼女才六岁，未知巧与拙。向夜在堂前，学人拜新月。

沈如筠

闺　怨[1]

雁尽书难寄，愁多梦不成。愿随孤月影，流照伏波营。

校记

[1]《全唐诗》卷一一四，共二首，所选为第一首。第二首曰：

"陇底嗟长别，流襟一恸君。何言幽咽所，更作死生分。"

孤月当空，天地皎洁一片，闺中女子望月怀远，辗转不眠。雁过云天，大雁若能将书信带给远方的征人，该是多么好啊。雁飞不顾，佳音杳无，满怀相思无处凭寄，愁肠百结，人难入梦。大雁不能传书，月光却能够无处不到，真希望人也能随月光而去，将温情与爱意，洒向远在边塞的征人营垒。

诗写独守空闺女子的相思，她从心里盼望亲人的消息，又幻想随月光而飞，飞到亲人身边。诗歌重在表现女子的心理活动，构思独特，情感表达的细腻委婉。

韩 偓

效崔国辅体[1]

澹月照中庭，海棠花自落。独立俯闲阶，风动秋千索。

[1]《全唐诗》卷六八三作"效崔国辅体四首"，所选为第一首。

此诗共四首，所录为第一首。崔国辅是盛唐诗人，他以擅长写五言绝句著称，诗多写儿女情思，风格清新，音调婉转柔美，有乐府的风味。韩偓诗效崔国辅，也是以五言绝句来写闺怨。

春夜静寂,月色溶溶,清光下泻庭院,海棠花自开自落。闺中女子独自凭栏,闲看空阶,月光如银。风过无痕,却见秋千微微摇荡。

诗写春夜的寂静,写人的闲立无聊,结尾却以动衬静,表现了庭院的清冷寂寞,更显示出女子的孤独寂寞和幽怨的情思。

卷六　七言绝句

虢州后亭送李判官[1]

西原驿路挂城头，客散江亭雨未收[2]。
君去试看汾水上，白云犹似汉时秋。

校记

[1]《全唐诗》卷二○一作"虢州后亭送李判官使赴晋绛"。
[2]江亭，《全唐诗》卷二○一作"红亭"。

疏解

　　李君远行，看那西原驿路绕山盘桓，仿佛挂在城头之上。江边送客亭的别酒已饮尽，然而秋雨还在淅淅漓漓地下着。李君要到晋绛去，就请好好看看那浩荡的汾水，那壮美的云天，还一如汉武之时呢！

　　岑参此诗为送别诗，但诗中情感远远超过了单纯的送别。李判官往晋绛，途经汾水。当年，汉武帝祭祀后土，游汾水，宴饮赋诗，那是大汉最繁盛的时期。而后，武帝归葬茂陵，汉室衰落。如今，开元盛世一去不返，繁华不再。所以，诗人在送别中寄寓了深深的家国忧思。诗歌景阔大，意境苍凉，情景交融。

赴北庭度陇思家

西向轮台万里余，也知乡信日应疏。
陇山鹦鹉能言语，为报家人数寄书。（思曲而苦。）

岑参是唐代写边塞诗最多的诗人，他曾两次到边塞，一次是去安西幕府，一次入北庭幕府。两次远离家乡，远离亲人，所以，思家也成了他诗歌主要表达的内容之一。此诗为赴北庭路上所作。

诗人一路向西，要去遥远的轮台，那里离家有万里之遥。人愈行愈远，也知道来自家乡的书信，更会日渐稀少，心中的思念也越加强烈。今日过陇山，陇山的鹦鹉若能说话，请作为使者将我的消息传报给家人，回报家人频寄书信的情义吧，也安慰他们的思念之苦。

诗人寄相思于鹦鹉，不言自己思亲，反说欲报信给家人，以慰亲人相思之苦，结句新奇。

山房春事 [1]

梁园日暮乱飞鸦，极目萧条三两家。
庭树不知人去尽 [2]，春来还发旧时花。（绝调。）

校记

[1]《全唐诗》卷二〇一作"山房春事二首"，所选为第二首。第一首曰："风恬日暖荡春光，戏蝶游蜂乱入房。数枝门柳低衣桁，一片山花落笔床。"

[2] 去，《全唐诗》卷二〇一作"死"。

疏解

黄昏，暮色渐浓，梁园沉沉寂静，满目萧条，只有乌鸦归巢急飞。放眼看去，远处人家稀疏。想当初，汉梁孝王刘武建造梁园，宫殿高大，楼台连属，奇花异草，鸟飞鱼集。每至春来，梁孝王设宴赏景，枚乘、司马相如游于其中，那一时的热闹、繁华难以描摹。而今，春天来临，只有那梁园庭树，依然发芽抽叶，繁茂如昔，不知道当年梁园人物皆已归于尘土。

此为吊古之作，诗人游梁园而伤当年的繁华不在，萧条的晚景与怒放的春花形成鲜明对比，历史沧桑感也寓于景中。

除　夜[1]

旅馆寒灯独不眠，客心何事转凄然。
故乡今夜思千里，霜鬓明朝又一年[2]。

（作故乡思千里，进一层说，倍有意味。）

[1]《全唐诗》卷二一四作"除夕作"。
[2] 霜鬓，《全唐诗》卷二一四作"愁鬓"。

疏解

诗人身在旅馆，面对寒灯微光，难以入眠。一人漂泊在外，心中凄怆，思绪万千。今夜，故乡远在千里外，梦中都不能回还，亲人难团圆，可惜呀，明天又是新的一年，只有白发暗暗增添。

除夕是一年的最后一天，诗人独在旅馆写下了这首诗，诗中没有喜迎新岁的快乐，唯有思乡的痛苦，和时光流失、时不我待的悲凉。

诗歌以寒灯渲染凄伤的氛围，以白发加深愁情，情景相衬，表现效果极佳。

从军行

青海长云暗雪山，孤城遥望玉门关。
黄沙百战穿金甲，不破楼兰终不还。（豪语。）

　　王昌龄是盛唐著名边塞诗人，以七言绝句为佳，诗人也被誉为"七绝圣手""诗家夫子"，而《从军行》七首被称为"七绝神品"，所选为第四首。

　　诗一开头以想象之笔，给我们展现了西北边塞的地域画面：青海湖的北面是绵延的祁连山脉，它长年被皑皑白雪覆盖，阴云笼罩愈显暗淡。祁连山往西，就是那春风不度的玉门关了。边塞辽阔而荒凉，我们的战士长年累月守卫在这个地方，他们面对强悍敌人的骚扰，频繁出征，英勇作战，即使漫漫黄沙中金甲磨穿，战士们战斗的决心也永不改变，他们仍发出了坚定的誓言：不破楼兰，不回家园！

　　这首诗高扬的是保家卫国的主旋律，且用字极佳，如"黄沙百战穿金甲"中"穿"字，我们可以看到边塞战事的频繁，战斗的艰苦，敌人的强悍，环境的荒凉等等，一字之中，层层含意，表现力极强。

春夜洛城闻笛

谁家玉笛暗飞声，散入春风满洛城[1]。

此夜曲中闻折柳，何人不起故园情？（《折杨柳》，

笛中名曲。）

校记

[1] 春风，原作"东风"，据《全唐诗》卷一八四径改。

疏解

东风拂面，春意暖暖，柳条轻摇，柔情绵绵。夜晚，春风轻拂，香气袭人，令人沉醉，不知谁家玉笛悠扬，隐隐传来。仔细聆听，竟然是一曲《折杨柳》，它随春风而回响在洛阳城。如此良夜，听闻《折杨柳》的曲调，谁能够不兴起思念故乡的情义呢？

这春风，这笛声，融入月光无处不在，让多少人思乡情起驻足听。李白七言绝句言浅情遥，含吐不露，有出水芙蓉之美。

黄鹤楼闻笛[1]

一为迁客去长沙，西望长安不见家。

黄鹤楼中吹玉笛，江城五月落梅花。（《梅花落》，

亦笛中名曲。）

［1］《全唐诗》卷一八二作"与史郎中钦听黄鹤楼上吹笛"。

疏解

这首诗是李白流放夜郎时，路过武昌，登黄鹤楼而作。诗人登楼而闻笛声，情绪低沉，因为遭遇贬谪让他想到了被贬长沙的贾谊。

一旦身为贬谪之人，要流放到僻远的荒蛮之地，向西眺望，不见京城长安，更见不到家乡啊！登临黄鹤楼，眼见滔滔东流江水，心绪难平。楼中响起清扬的笛声，一曲《梅花落》，竟是那样地入耳钻心。曲调悲凉，不堪听闻，仿佛这长江边的高城，五月里，沸沸扬扬飘落的花瓣如冰雪，一时愁情令人头白。

"去长沙"，用汉代贾谊被贬长沙的典故，指称贬谪。李白是流放夜郎，由东向西而行，途经武昌。此诗用音乐来渲染氛围，以想象的冬景来加深愁情，语言浅显，表现力却极强。

舟下荆门 [1]

霜落荆门烟树空 [2]，布帆无恙挂秋风。
此行不为鲈鱼鲙，自爱名山入剡中。

校记

［1］《全唐诗》卷一八一作"秋下荆门"。
［2］烟树，《全唐诗》卷一八一作"江树"。

疏解

此诗是李白在湖北汉口、洞庭一带漫游时所作。

秋霜即降，荆门一带雾气弥漫，苍茫一片，江边树林难以辨识。而秋风中，一帆高悬，小舟顺风而行，安然行驶于江上。船入荆门，江水浩荡，诗人意气风发，不由感慨，此次游于东南，不是像晋代的张翰那样，只为品尝鲈鱼莼菜，而是真心喜欢名山佳胜而去剡中。

李白这首诗虽写秋天之景，毫无萧条气息，情感较昂扬明亮。在景物的描写中，融入了其对山水的喜爱之情。

与贾舍人泛洞庭[1]

洞庭西望楚江分，水尽南天不见云。

日落长沙秋色远，不知何处吊湘君。

 校记

[1]《全唐诗》卷一七九作"陪族叔刑部侍郎晔及中书贾舍人至游洞庭五首"。

疏解

这是一首组诗，共五首，所选为第一首。诗人陪族叔刑部侍郎李晔、中书舍人贾至，一起泛舟洞庭湖上。湖水宽阔，江面烟波浩渺，望极西面，楚江水与洞庭水分向奔流，滔滔江水融入楚天，浩渺无际。红日渐渐西落，天地昏黄，远眺长沙，树树秋色遥不可及，烟霭纷纷，不知道在什么地方能凭吊湘君了。

诗中，洞庭景象苍茫不明，诗人的心境也是惆怅若失，对景的描写加深了不遇情感的表现。

巴陵赠贾舍人

贾生西望忆京华，湘浦南迁莫怨嗟。
圣主恩深汉文帝，怜君不遣到长沙。

　　贾生是李白的好友贾至，曾出为汝州刺史，后又被贬至岳州。在巴陵二人相遇，诗人以诗赠之，表达了对朋友被贬遭际的同情。诗中以被贬长沙的贾谊来隐指贾至。

　　贾君不幸遭贬，离京成了迁客，在湘江岸边，西望长安，一往深情。被贬谪到潇湘之地，也不要感慨嗟怨了，当今天子圣明，皇恩深厚，还是怜惜你的才华，并没有将你贬斥到更远之地啊。

　　诗人同情朋友，以贾谊来宽慰朋友；同时，又以汉文帝之事，对唐肃宗予以讽刺，笔调含蓄委婉地。诗歌语言平易、质朴，情感真切。

望天门山

天门中断楚江开，碧水东流向北回[1]。
两岸青山相对出，孤帆一片日边来。

校记

　　[1] 向北回，《全唐诗》卷一八〇作"至北回"。

浩浩荡荡的楚江，一路东流，高高天门山，仿佛是被江水冲开，左右对峙成了门户。碧绿的江水，波浪汹涌向东奔流，至此而向北奔流回旋。天门两岸青山对峙，雄伟壮观，自西向东眺望，一片孤帆似乎是从那太阳升起之处，缓缓归来。

诗人写船行江中所见，表现了天门山之壮伟，江水之激荡，诗色彩鲜明，宛若图画。诗歌语言自然晓畅，但意境阔大，气势奔放。

苏台览古

旧苑荒台杨柳新，菱歌清唱不胜春。
只今唯有西江月，曾照吴王宫里人。

疏解

苏台为姑苏台，是春秋时吴王阖闾所建。诗人登台而抒思古之幽情。姑苏台，今天已不见，旧苑残垣，散落荒野，荒台破败，青苔湿滑，杨柳年年又发新叶。远处，采菱女子的歌声，清越优美，正适宜这春天美景啊。姑苏台的繁华已消失，只有那天空高悬的一轮明月，当年曾经照临过姑苏台、吴王宫里的美人吧。

诗歌虽为短章，但有"变"与"不变"，变的是繁华，不变的是绿柳、菱歌，还有永恒的春色、月光，诗人通过姑苏台的今昔对照，表现了盛衰无常之感。

赠汪伦

李白乘舟将欲行，忽闻岸上踏歌声。
桃花潭水深千尺，不及汪伦送我情。

疏解

　　这首诗是李白游至安徽桃花潭时所写。汪伦也许是诗人的朋友，或许是游历中遇到的一位普通村民，虽然身份不能确定，但他的名字因诗而闻名了。

　　诗人已经立于船头，忽然听到岸上唱起嘹亮的踏歌声，原来是汪伦匆匆赶来，为诗人送行。啊，桃花潭的水深过千尺，也比不上汪伦今天送别我的情谊。

　　友情是抽象的，诗人却用水之深浅来比喻，夸张大胆，形象具体而生动。诗歌语言浅直，感情表达虽然显露不隐，但恰恰表现出李白的率真和脱俗。

杜　甫

赠花卿　剑南节度使花敬定也。

锦城丝管日纷纷，半入江风半入云。
此曲只应天上有，人间能得几回闻？（杨

升庵谓：花卿在蜀，僭用天子礼乐，子美作此讽之。)

　　成都城里丝竹美妙又动听，悠悠扬扬传遍四方，因风而响彻入云天，又随波荡浮，飘过江岸。这种音乐恐怕只有天上能有，人间能有几回听闻呢？

　　杜甫诗歌以夸张手法描写音乐的美妙，但也有人认为此诗用意讽刺。因为诗歌所赠"花卿"是指武将花敬定。花敬定曾平叛立功，后居功自傲，放纵士兵扰民作乱。另外，中国古代礼制严格，对乐曲的使用不能有僭越，而花敬定有僭用天子礼乐的嫌疑。天上、人间暗指皇宫和民间，故诗人以诗来委婉讽刺。不论诗歌本意如何，但从赞美音乐的角度讲，诗歌虚实相间，达到了令人生叹的效果。

军城早秋

　　昨夜秋风入汉关，朔云边月满西山[1]。
　　更催飞将追骄虏，莫遣沙场匹马还。(可抗少陵。)

　　[1] 满，原作"汉"，据《全唐诗》卷二六一径改。

严武两次出任剑南节度使，并曾率兵西征，击退吐蕃军队，攻下数城，功劳显著。这首诗就是写于交战之时。

昨夜秋风起，吹入边塞萧瑟寒冷，一轮冷月高悬于天际，浓云暗映，汉家西山遥远。这劲风仿佛也在催促威猛将士急驱战马，莫要懈怠，追逐敌寇。敌人若犯我边塞，一卒一马，都不要让其逃窜。

诗歌篇幅短小，但语言利落，用笔独特，以景象渲染气氛，再转为对将士的鼓励，言辞中充满了必胜的信心。

送李判官之润州行营

万里辞家事鼓鼙，金陵驿路楚云西。
江春不肯留行客^[1]，草色青青送马蹄。

校记

[1] 行客，《全唐诗》卷一五〇作"归客"。

疏解

李判官辞家，不惮万里之遥，从军润州行营。金陵驿道路漫长，唯有飘荡的楚云，一路追随陪伴。如此美好的江南春天，不肯挽留李君，而那无边无际的绵绵青草，却一直送行到润州。

诗歌中的景色比较单一，楚云、驿路、春草，但都是绵延无尽的景致，意境也随之阔大。愈行愈弱的马蹄声中，寄托了作者依依不舍的情意。

重送裴郎中贬吉州

猿啼客散暮江头，人自伤心水自流。
同作逐臣君更远，青山万里一孤舟。

（时文房亦贬南昌尉，较吉州去长安为近。）

 疏解

刘长卿被诬而贬官南昌尉，裴郎中被贬吉州，同病相怜，遂作此诗。

江头长亭外，暮色深重，送别之酒，早已饮尽，山猿哀鸣，客人星散，唯有这被贬官的人，即将远行。伫立岸边，伤情已极，渡头流水，默默东流，恰似伤心人流不尽的泪水。同为贬逐之人，同病相怜，我去南昌，你还要往那更僻远的吉州，今日一别，一叶孤舟将入天际，陪伴你的唯有这万里的流水，绵延的青山了。

刘长卿诗写景多萧瑟，也是时代风气感染所致，好用阔大的景致，衬托渺小孤寂的形象，形成鲜明的对照，表现力极强。

酬李穆见寄

孤舟相访至天涯，万转云山路更赊。
欲扫柴门迎远客，青苔黄叶满贫家。

这首是刘长卿写给女婿李穆的。李穆逆水行舟，从桐江到新安来探望，诗人以诗来表达自己的欣喜。诗歌先从对方角度想象：李穆千里迢迢而来，仿佛是走向天涯。一叶孤舟航行于江上，也饱尝了羁旅寂寞。逆水而行，山水环绕，险滩连连。谁说新安郡近呢？一程兼一程，路途显得更为遥远。诗人贫居，柴门虚掩，门无访客，庭院寂寞，满院黄叶铺地，阶上青苔湿滑，而李穆远道来访，诗人遂敞开柴门，打扫庭院，静待佳客。

亲人从远方来，诗人写路途的艰险，写独行的苦寂，反衬出自己心情的欢喜和感动。结尾又以景来收，意味深长，李穆的到来，给孤独的诗人莫大安慰。

七里滩送严维[1]

秋江渺渺水空波，越客孤舟欲榜歌。
手折衰杨悲老大，故人零落已无多。

校记

[1]《全唐诗》卷一五〇作"七里滩重送"，卷二六三作严维诗，题曰"重送新安刘员外"。

疏解

刘长卿和严维是好朋友，大历年间，诗人被贬至睦州，心情愤懑，写诗与好友。

在诗人眼中，时序深秋，江水苍茫，烟波浩渺，心中愁绪仿佛也漂于这烟波之上，难以消散。贬官睦州，身为异乡之客，一叶孤舟飘荡，心情抑郁，遂扣舷而高歌。折柳送别，而今秋残柳枯柳，感伤人生易老，故友凋零，还有几人在人世苟活呢？

诗歌景凄凉，心境更凄凉，伤感色彩极浓。

归　雁

潇湘何事等闲回，水碧沙明两岸苔。
二十五弦弹夜月，不胜清怨却飞来。（暗用
湘灵鼓瑟事，瑟中有《归雁操》。）

大雁啊，你们为什么要从遥远的潇湘往北飞呢？潇湘之地，水绿沙暖，两岸碧草青苔，适宜生存。是不是湘水女神鼓瑟，凄清悲凉，在清寒月光下，令人不忍听闻。你们也不能忍受那样凄楚悲伤的曲调，因而飞回北方了。

此诗暗用"湘灵鼓瑟"的故事。钱起《省试湘灵鼓瑟》："善鼓云和瑟，常闻帝子灵。冯夷空自舞，楚客不堪听。苦调凄金石，清音入杳冥。苍梧来怨慕，白芷动芳馨。流水传潇浦，悲风过洞庭。曲终人不见，江上数峰青。"钱起将这种意境，融入《归雁》一诗，以抒情达意。钱起在京城为官，见雁归而有所感发，含蓄委婉地表达了久宦他乡不得归的苦闷，流露出浓浓的思乡之情。

休日访人不遇^[1]

九日驰驱一日闲^[2]，寻君不遇又空还^[3]。
怪来诗思清人骨，门对寒流雪满山。（新城尚书论雪诗，以此句为最佳。）

校记

[1]《全唐诗》卷一九〇作"休暇日访王侍御不遇"。

[2] 驰驱，《全唐诗》卷一九〇作"驱驰"。

[3] 寻君，《全唐诗》卷一九〇作"寻居"。

疏解

唐代官员一旬（十天）休假一天，所以诗歌开头便说，忙了九天了，今日才能得闲去见好朋友。诗人兴冲冲地去访友，却没有遇到王君，满心失望，陡生惆怅，不得不徒劳而还。站在王君家门前，对面皑皑雪山，只见寒流清澈，沁人心脾，仿佛扑面而来。诗人想，难怪王君诗歌越写越清峻，脱俗入骨，生气凛然，原来，全赖雪山流水来浸润。

诗歌构思极妙，寻友不遇，却转而写友人门前景，由此夸赞其才华，虽未见人，由诗风也可想见其人，王侍御定是一位性情洒脱，不俗之人。清初诗人王士禛（新城尚书）评论唐人雪诗，极为推崇"门对寒流雪满山"。

峡口送友^[2]

峡口花飞欲尽春，天涯去住泪沾巾。
来时万里同为客，今日翻成送故人。（客中送客，
情何以堪。）

校记

[1] 原作"司马曙"，《全唐诗》卷二九二作"司空曙"，径改。
[2]《全唐诗》卷二九二作"峡口送友人"。

疏解

西陵峡口已是暮春季节，柳絮轻飘，落花纷飞，这景致让人凄迷又惆怅。在此送君去，分手后，将隔万里之遥，不禁泪水潸然而下，沾湿衣襟。当初，结伴同来，都为他乡之客，今日好友离去，自己客居他乡，而又要送别故人离去，情何以堪呢！

诗歌一开头，便用暮春花飞之景渲染了愁情，更何况，人在异乡难遇知己，而"客中送客"，客中又逢离别事，不得不再送知心好友去，伤感心情难以言说，漂泊天涯的孤苦却弥漫于字里行间了。

江村即事

钓罢归来不系船，江村月落正堪眠。

纵然一夜风吹去，只在芦花浅水边。

渔翁垂钓归来，扁舟不系，任其随意飘荡。夜深月落，小村寂静，疲惫的人们正好酣眠沉睡。不用担心那没系缆的小船，即使一夜风起，任意吹拂，明朝这小船儿也不过会在开满芦花的浅水湾处。

司空曙这首诗虽然只写了一个小场景，却表现了八江村生活的悠闲、恬静、美好，真实而又有趣，而有一种朴素美。诗歌语言浅显，清新，景致优美，画意极浓。

 于鹄[1]

江南曲

偶向江边采白苹，还随女伴赛江神。
众中不敢分明语，暗掷金钱卜远人。

 校记

[1] 于鹄，原作"丁鹄"，据《全唐诗》卷三一〇径改。

 疏解

闺中女子偶然随女伴去江边采白苹，苹草绿又长，采又无心采。村中赛江神，也就和伙伴们一起赶热闹。人多不敢说心事，暗中抛掷金钱占卜：那远行的意中人，何时归来呢？

诗歌写采白苹，看赛会，皆为铺垫，关键乃在江神赛会上暗暗占卜。通过动作，抒写心事，心思游离，心系远人，总想寻个机会卜一卦。诗歌写得人物情态细腻传神，委婉表达了相思之情。

从军北征

天山雪后海风寒，横笛偏吹行路难。
碛里征人三十万，一时向首月中看[1]。

[1] 此句，《全唐诗》卷二八三作"一时回向月明看"。

李益是中唐有名的边塞诗人，他的诗意境苍凉，情调悲壮。天山大雪之后，天寒地冻，从那浩瀚无垠的沙漠吹来的北风，如刀割一般，冰冷刺骨，道路湿滑，极难行进。不知谁忽然吹起了横笛《行路难》，笛声清扬哀怨，招引得宿营在无边荒漠中的三十万远征将士，同时举头望明月，而思念家乡。

边塞苦寒，征人在离家戍边安疆的同时，思念亲人、怀乡盼归也是他们共同的情感，诗人借笛声渲染营造氛围，采用夸张的方式，以"一时"回首看月的动作，将战士们的感情全盘托出，有鲜明的艺术效果。

过襄阳上于司空颀

方城汉水旧城池，陵谷依然世自移。
歇马独来寻故事，逢人唯说岘山碑。

　　襄阳古城濒临汉水，城池依旧，汉水缓缓东流。山河依旧，而世事变化巨大，世间万事仍旧按照自己的轨迹向前发展。今天，路过襄阳，独自来探寻旧时踪迹，访问故事，城中人人只说岘首碑。当年羊祜治理襄阳有功有德，且爱民如子。他去世后，襄阳百姓感念其功德而立碑纪念。

　　诗人此诗用意极深，司空于颀为官襄阳时骄纵不法，因过于苛刻而恶名远扬，作者访旧迹，以"人人唯说岘首碑"来暗讽于颀。

奉诚园闻笛

曾接朱缨吐锦茵[1]，欲披荒草访遗尘。
秋风忽洒西园泪，满目山阳笛里人。
（马燧子畅，宅有大杏，德宗命中使封树，畅惧，
进宅，改为"奉诚园"，诗故伤之。）

[1] 按，《全唐诗》卷二七一作"绝"。

　　奉诚园曾是肃宗朝重臣马燧的故宅，他死后家人屡遭内廷权贵的骚扰，其子马畅惧祸，将宅院献给德宗皇帝，改名为"奉诚园"。诗人路过马燧故宅，凭吊而有感慨。诗开头一句用了两个典故，"绝缨"，指楚庄王，"吐锦茵"，讲丙吉，诗人用这两个典故，意思是说，皇帝应该如同楚庄王一样眼光远大，又如丙吉一般宽厚仁爱，容忍臣子的一些小过错。今天，我从荒草中穿过，在故园中寻访一代名将马燧的踪迹。园中萧条，秋风吹拂，而马燧旧迹不存，悠扬笛声里，唯有洒泪伤怀而已。后二句，诗人借建安诗人刘桢游曹植西园，向秀过嵇康旧居而作《思旧赋》"邻人有吹笛者，发声寥亮，追思曩昔游宴之好，感音而叹，故作赋云"，来抒发感伤怀念之情，批评朝廷寡恩薄情。

　　这首诗虽多用典故，但灵活而不呆板沉滞，朱缨、锦茵与荒草相对，秋风、笛声衬出独立凭吊的游人，典故中寓有形象，形象中传达情思，增加了表现效果。

湘南即事

卢橘花开枫叶衰[1]，出门何处望京师。
沅湘日夜东流去，不为愁人住少时。

〔1〕枫叶，原作"风叶"，据《全唐诗》卷二七四径改。

 疏解

卢橘花儿绽放，枫叶由绿变得一片绯红，秋色渐浓。出城门缓步而行，向西眺望，京师遥遥不得见。沅江湘水太无心，日夜不停地向东奔流，它们不会因为我愁绪满怀而停留。

京城是一个人仕途的起点，诗人望京城叹自己才华空耗，老大无成。而眼前水奔流不回，时不我待，唯有空空浩叹而已。诗歌借景抒情，景衰而情伤。

韩　愈

次潼关先寄张十二阁老 [1]

荆山已去华山来，日出潼关四扇开。
刺史莫辞迎候远，相公新破蔡州回 [2]。

（断句中之圣手。）

校记

〔1〕《全唐诗》卷三四四为"次潼关先寄张十二阁老使君"。
〔2〕新，《全唐诗》卷三四四作"亲"。

　　张十二阁老，即张贾，时任华州刺史。宰相裴度统军，讨伐叛乱不臣的淮西吴元济，韩愈为行军司马，协助平叛。此诗写于淮西大捷，凯旋时经过潼关，时任华州刺史的张贾前来迎接凯旋之师。诗人因胜利而豪情勃发，而作此诗。

　　刚刚过荆山，华山迎面而来，红日冉冉升起，潼关东西城门两两对开。刺史张君快来迎接我们吧，千万不要嫌路途远，宰相裴度亲统大军，攻破蔡州，今日大军凯旋还。

　　诗歌语言利索干脆，情绪饱满，字里行间洋溢着胜利的喜悦。

酬曹侍御过象县见寄

破额山前碧玉流，骚人遥驻木兰舟。
春风无限潇湘意，欲采苹花不自由。

（与《上萧翰林俛书》同意。）

　　破额山前，柳江碧水缓缓流淌，我的好朋友，从京城来的才子站在船上眺望。你的诗文如同春风一样，暖人心意，仿佛潇湘水情谊深长。我也想采苹花寄给远方的好友，怎奈身为贬臣，不能自由。

　　诗歌是酬赠曹侍御的，想象朋友乘船远去，自己只能空有念想，即使想采苹寄远也不能，委婉含蓄地表达了被贬后不能言说的痛苦。

贾　至

巴陵与李十二裴九泛洞庭[1]

枫岸纷纷落叶多，洞庭秋水晚来波。
乘兴轻舟无近远，白云明月吊湘娥。

校记

[1]《全唐诗》卷二三五作"初至巴陵与李十二白裴九同泛洞庭湖三首"，所选为第二首。第一首曰："江上相逢皆旧游，湘山永望不堪愁。明月秋风洞庭水，孤鸿落叶一扁舟。"第三首："江畔枫叶初带霜，渚边菊花亦已黄。轻舟落日兴不尽，三湘五湖意何长。"

疏解

贾至第一次到巴陵，与李白、崔九泛舟洞庭湖。这组诗共三首，此选为第二首。秋风过洞庭，碧水荡漾泛起微波。人在船上，极目四望，水入长天，暮色沉沉，不见尽头，枫叶衰萎，纷纷飘落。乘兴泛舟，随水而流，不管远近，任其东西。夜色清朗，月下白云上下浮动，在这浩渺江波上，让我们去凭吊一番湘娥吧。

诗歌写景清逸，意象幽远，诗人表面是乘兴而游，但景中有淡淡的惆怅和感伤。

邯郸至夜思亲[1]

邯郸驿里逢冬至，抱膝灯前影伴身。
想得家中夜深坐，还应说着远游人[2]。

（与高达夫《除夜》诗同妙。）

校记

[1]《全唐诗》卷四三六作"邯郸冬至夜思家"。
[2] 游人，《全唐诗》卷四三六作"行人"。

疏解

邯郸驿馆，时逢冬至佳节，冷冷清清，烛光摇摇，诗人抱膝枯坐，唯有灯畔影相厮伴。诗人深切地思念家人，不由揣想：此时家人恐怕也是围坐于灯前，一起说着我这个远行于他乡之人，今夜冬至佳节，一个人将如何过呢？

民间俗谚说：冬至大于年。在唐代冬至是一个重要的节日，家人团聚何等欢喜，而诗人羁旅在外，淹留驿馆中。诗人思家却不直言，反过来想象家人灯下谈论着不能归来的他，给读者有下了回味的空间。诗语浅而意远。

竹枝词

瞿塘峡口水烟低[1]，白帝城头月向西。

唱到竹枝声咽处，寒猿暗鸟一时啼^[2]。

校记

[1] 水，原作"冷"，据《全唐诗》卷四四一径改。

[2] 暗，原作"晴"，据《全唐诗》卷四四一径改。

疏解

《竹枝词》是白居易创作的七言绝句组诗，共四首，此选为第一首。瞿塘峡口，寒雾沉沉，白帝城头，冷月西斜。此时，不知何人唱起《竹枝》，悲音低沉，呜咽回环，飘浮于江上，久久萦绕而不散去，让人不忍驻足听闻。歌声凄楚，惊动峡谷，寒猿长嘶，隐于林间的鸟儿悲鸣，一时应和，激荡于江波之上。

诗歌语言浅显，不仅景写得凄凉，而且以凄厉的声响来渲染气氛，情感悲怆，令人凄伤。

长安秋夜

内官传诏问戎机，载笔金銮夜始归。

万户千门皆寂寂，月中清露点朝衣。（夜值绝句，

惟此首端庄清丽。）

疏解

诗人李德裕也是中唐时期的名相，为政六年中，制宦官，收幽燕，

定回鹘，平泽潞，在政治有很大建树。此诗就写于他任职宰相期间。

秋夜，作为首辅大臣的诗人值守内廷，宫中传诏前去见皇帝。君王辛勤，询问前方战事，金銮殿里商议国事，条条件件，细加推详，处理完毕，色夜已深。行走在长安街市上，家家门户，寂寂无声，人人酣睡深眠。月光清辉中，露水晶莹，点点附着打湿了朝衣。处理政事，一夜辛苦，但诗中没有一丝疲惫，反而表现出了自豪、安定的心情。

诗歌语言利落，通脱，气象高迈，体现出一个政治家的不凡气度。

闻乐天左降江州司马[1]

残灯无焰影幢幢，此夕闻君谪九江。
垂死病中惊坐起，暗风吹雨入寒窗。（乐天
语人云："此语他人尚不可闻，况仆哉！"）

校记

[1]《全唐诗》卷四一五作"闻乐天授江州司马"。

疏解

在中国文学史上，白居易和元稹以"元白"并称，二人不仅共同倡导新乐府运动，而且友谊深厚。元和十年，白居易被贬九江，元稹在通州闻讯，深夜写下此诗。

屋中灯烛将燃尽，光影摇曳，昏黄不明，影映墙上，屋内更显阴暗幽静。元稹自贬至通州，身染疾病，成天卧床，心情不佳。此夜突然听闻好友白居易贬至九江，震惊之下，陡然坐起。阴暗灯影中，寒风携雨侵进窗槅，令人神寒肌冷，不堪忍受。元稹以"垂死病中惊坐起"这一状态及动作，来表现闻讯后的震惊，对好友的关切之情注入字里行间。

诗歌情景交融，景阴惨而情凄伤，令读者动容。

石头城

山围故国周遭在，潮打空城寂寞回。
淮水东边旧时月，夜深还过女墙来。（白傅谓：后之诗人不能复措词矣。）

刘禹锡的怀古咏史之作，多以金陵来写，通过金陵史事或遗迹，抒发朝代更替，盛衰兴亡之感。此诗乃刘禹锡《金陵五题》之一。

寂寂石头城，周边依旧山峦起伏，郁郁苍苍。滚滚江水不绝东流，潮起潮落，徒劳地拍打着城墙。秦淮河当年何等繁华，往来船上灯火通明，笙歌喧喧……而今，月还是当年之明月，依旧将它的清辉洒在女墙上。诗歌吊古伤今，以不变的月光、奔流的江水，来表现物是人非之历史苍桑感，寄寓了繁华不再，昌盛难回的感伤。

听旧宫人穆氏唱歌 [1]

曾随织女渡天河，记得云间第一歌。

休唱贞元供奉曲，当时朝士已无多。（见贞元
时之君子，今已少也。）

 校记

[1]《全唐诗》卷三六五作"听旧宫中乐人穆氏唱歌"。

疏解

　　刘禹锡曾因参加永贞革新而被贬至南方，前前后后遭贬时间长达二十三年之久。今天再回京城，感慨万端，何况听当年旧歌，心绪尤为难宁。宫女穆氏可能是郡主的侍女，她曾随郡主出入宫禁，也就学会了宫中歌曲。今天，宫中禁曲不再神秘，诗人同好友听歌而记之：穆氏宫女，你曾经跟随织女渡过天河，进入天庭，几番入宫聆听佳音仙曲，记住了天上云间最美妙的音乐。今天，再听你唱仙歌，请不要再唱当年旧曲了，那些曲子都是供奉德宗的，当年朝廷上的士大夫现在已经不多了。从德宗朝到此时，中间已经历了五、六朝，时事万迁，盛衰多变，刘禹锡经历二十三年的挫折，当年的同僚旧友也多凋零，听旧歌而想从前，心中漾起的波澜也只有自己能知道，这歌再美也难听下去，于是有"休唱"一说。诗歌虽写听歌，但寄寓了身世之叹，家国之叹。

与歌者何戡

二十余年别帝京，重闻天乐不胜情。
旧人唯有何戡在，更与殷勤唱渭城。（王维
渭城诗，唐人以为送别之曲。）

疏解

　　歌者何戡是元和、长庆年间著名的歌手，当初刘禹锡在京城为官时，曾多次听过他的歌唱。二十余年后，诗人从贬谪之地重回京城，何戡的歌声依旧美妙，如同天乐，但是诗人情难自已，悲欣交集。二十来年间，诗人南贬蛮荒之地，亲人旧友分离，饱尝困苦；今天，再入京都，世事沧桑，恍如隔世，更何况亲朋好友凋零，大半为鬼。再相见，又听歌，何戡还是为诗人唱起了当初送别的《渭城曲》。二十多年的变迁已经让刘禹锡心境难平，而有意无意唱起的离别歌，在二人心中引起的波澜恐怕也是无法描述的。诗虽然到此戛然而止，但抚今思昔之情却溢于言外。

杨柳枝词

炀帝行宫汴水滨，数枝杨柳不胜春。
晚来风起花如雪，飞入宫墙不见人。

疏解

　　刘禹锡的组诗《杨柳枝词》共九首，此选为第六首。隋炀帝的行宫就建在汴水之滨，河岸两畔，杨柳挺立于春风中，柳条摇曳多姿，仿佛承受不住这春光一般。晚风吹拂，穿过千尺绿丝绦，杨柳堆烟，迷蒙一片。洁白的柳絮如飘雪，漫天飞舞，随风又过宫墙，杳然消失，一派凄迷。

汴河边的柳一年一发，它见证了隋朝之兴亡。而今，杨柳依然随风飘荡着洁白的柳絮，它也成了今日大唐的见证。诗借杨柳来抒发兴衰之感，寄寓深远。

张　籍

秋　思

洛阳城里见秋风，欲作家书意万重[1]。
复恐匆匆说不尽[2]，行人临发又开封。

校记

[1] 家书，《全唐诗》卷三八六作"归书"。

[2] 复恐，《全唐诗》卷三八六作"忽恐"。

疏解

客居洛阳，又起秋风，黄叶飘零。晋时，张翰见秋风起而思念故乡的莼菜鲈鱼。今日，万物凋零，诗人的思乡之情也日渐深浓。想给亲人写封书信，但是，笔在手中，万般情思却不知从何说起。今日有客归往洛阳，匆忙写好家书，行人即将起程，诗人又急忙打开再看一看，深恐有什么重要的话儿被遗漏了。

思亲念家这一主题，有多少诗也就有多少种表达方式，而这首诗却选取了一个生活小片断"临发又开封"，将思亲牵挂家人的心理细腻地刻画出来。语言虽显，含义深远。

十五夜望月[1]

中庭地白树栖鸦，冷露无声湿桂花。
今夜月明人尽望，不知秋思在谁家。

[1]《全唐诗》卷三〇一作"十五夜望月寄杜郎中"。

十五中秋夜，月光清辉，洒满庭院，大地皎洁如银，枝头寒鸦栖息，清寒秋露，无声降落，悄悄附着在桂花上。一年今夜，月儿最大最圆，最为明亮，高悬天际，此时无人不仰望明月，只知今夜谁家未能团圆，几人望月怀远，而起相思之情呢。

诗歌中的景色，从视觉和嗅觉来表现，月光、桂香共同营造了清冷而幽寂的意境，如画的景色中，相思之情与月光交融、弥漫。

张 祜

雨淋铃　上皇幸蜀，栈道中遇雨闻铃，
制《雨淋铃》曲，以授张徽。

雨淋铃夜却归秦，犹是张徽一曲新[1]。
长说上皇和泪教[2]，月明南内更无人。（至德中，
上皇复幸华清，从官嫔御无一旧人，令徽复奏此曲，不觉怆然。）

校记

［1］犹是，《全唐诗》卷五一一作"犹见"。

［2］和泪，原作"垂泪"，据《全唐诗》卷五一一径改。

疏解

《雨霖铃》据说是唐玄宗所作的曲子。安史乱起，玄宗仓皇西南行，路上御林军哗变，杀死了杨国忠和杨贵妃。到蜀后，君王思念杨贵妃，夜雨闻铃，伤心欲绝，故作《雨霖铃》而伤之，并将此曲授与张徽。

夜色深沉，寒雨潇潇，马铃叮当，失去皇位和杨贵妃的李隆基终于回到了长安。经历了一年多的动荡，太上皇日日相思，晚境凄苦，唯听乐工张徽弹《雨霖铃》，仿佛只有此曲方可打动上皇心。乐工弹奏，曲音触动幽伤之情，他久久地叙说着上皇垂泪教曲的情状。明月朗照，清光下泻，李隆基独居西宫南内，心爱之杨玉环已然不见，相思更是徒劳。

再回长安，家国破败，物是人非，上皇仍情寄于亡人杨玉环，这似乎也没有错，但一个帝王的责任却付与了荒塚野草，这不能不让后人浩叹。故此诗同情中有讽刺。

过华清宫

长安回望绣成堆，山顶千门次第开。
一骑红尘妃子笑，无人知是荔枝来。

 疏解

此诗乃杜牧路过骊山而作，共三首，此选为第一首。华清宫在骊山，因有温泉而建行宫，每至冬天，玄宗便携杨贵妃及亲近权臣去避寒，洗浴于华清池。世传，贵妃喜食荔枝，荔枝不耐储存，每至荔枝熟时，派专人急急采摘后，各驿站快马飞递长安。诗人以诗纪之，含有讽刺意味。

从长安回头眺望骊山，山山相连，山势起伏如同堆堆锦绣，山头巍峨的华清宫，宫门依次层层开。远处红尘滚滚，还以为有什么十万火急的军国要事，岂料，那是给杨玉环数千里奔波，专程送来的新鲜荔枝，逗引得杨玉环喜笑颜开。

此诗语言明了，无典无生僻字，讽刺含蓄，寓意深长。

江南春

千里莺啼绿映红，水村山郭酒旗风。
南朝四百八十寺，多少楼台烟雨中。
（江南数千里风光景物，尽在此二十八字中。）

疏解

　　春到江南，处处绿树红花相映衬，色彩鲜亮，美不胜收。黄莺啼鸣，燕儿竞舞，它们嬉戏于无限春光之中。水绿如蓝，绕城而流，江岸楼阁林立，酒旗斜矗，于风中飘扬，似乎在招徕客人。南朝四百八十多座古寺至今犹存，春雨迷蒙，座座楼台都笼罩在烟雨雾霭之中。

　　诗歌语言优美，描绘景色更佳。春光与春色为背景，衬以高大的楼台亭阁，又以苍茫的烟雨收尾，江南春天明丽清新中又有了朦胧之美。诗如淡淡的水墨画，这样的江南令人神往。

题桃花夫人庙

细腰宫里露桃新，脉脉无言度几春。
至竟息亡缘底事，可怜金谷坠楼人。

疏解

　　晚唐诗人杜牧才华颇高，其怀古咏史之作，更负有盛名。这类诗歌不是简单地发议论，而是在形象中蕴含了深刻的思想和独到的看法。

诗中桃花夫人指息夫人，姓妫，本是陈侯之女，嫁给息国国君后被称为息妫。息夫人貌美，楚文王看上了她，于是就灭了息国，强抢她去做夫人。诗人杜牧在黄州为刺史期间，游息夫人庙而作此诗。

楚王好细腰，细腰宫里带露水的桃花朵朵开放，清新纯美。花开无言，美丽的桃花夫人到楚国后，就如同这春风中带露的桃花一样，艳美凄楚，令人怜惜。息夫人在楚国，年年思故国，从不与楚王说一个字。息国的灭亡到底因为什么？难道就是因为息夫人美貌而引起息国灭亡吗？那么，金谷园中坠楼而亡的绿珠，以死抗争，最终并没有保全石崇，石崇还是被杀了。息国灭亡，不能怨桃花夫人美丽；石崇被杀，并不是由于绿珠之美貌。对息夫人和绿珠，诗人予以深切的同情，直斥"女人为祸水"之说。一个国家的兴亡，怎么能由一个弱女子来负责呢？秦无息妫，不也二世而亡。此诗，彰显杜牧深刻的认识和高明的判断，难能可贵。

山　行

远上寒山石径斜，白云深处有人家。[1]
停车坐爱枫林晚，霜叶红于二月花。

校记

[1]《全唐诗》卷七四作"白云生处有人家"。

疏解

深秋，远山凝翠也就有了寒意，石径窄仄，蜿蜒盘旋，我一路上行来到顶巅，眺望天边，白云深处，掩映着几处人家。停下马车来到高处，就是因为喜爱这深秋的枫林，才在这里丛赏烟霞。你看，这经霜后的枫叶，火红赛过了二月的春花。

这首诗歌语言优美流畅，寒山、石径、白云、人家、枫林、红叶，远近鲜亮的景色中没有衰瑟之气，融入了诗人对深秋自然的热爱之情。

宫　怨[1]

监宫引出暂开门，随例须朝不是恩[2]。
银钥却收金锁合，月明花落又黄昏。

校记

[1]《全唐诗》卷五二四作"宫词二首"，所选为第二首。第一首曰："蝉翼轻绡傅体红，玉肤如醉向春风。深宫锁闭犹疑惑，更取丹砂试辟宫。"

[2] 须，原作"虽"，据《全唐诗》卷五二四径改。

疏解

杜牧有《宫词》二首，此选为第二首。皇宫中，佳丽女子怎么会有自由的生活。今天太监传诏，跟着他们走出一道道深闭的大门，也只是暂时而已，虽受君王召见，却无丝毫恩情可言。归来再看，厚重大门层层关闭，金锁再紧扣，银匙收匣中，月升月又落，花开花又谢，女子静静坐阶前，又是一个黄昏，年年如此。

古来写宫怨的诗极多，作者都是以浅显的语言，婉转的音调，同情之笔来写宫中女子被弃的命运。也有人认为，杜牧此诗借女子的不幸来表现自己怀才不遇的情感。

汉宫词

青雀西飞竟未回，君王长在集灵台。
侍臣最有相如渴，不赐金茎露一杯。

　　李商隐的怀古咏史诗，写法新奇，往往将神话传说与历史史事融
会一起，想象丰富，寓意深长。青鸟是西王母身边传信的使者，但是，
它展翅西飞，竟然至今未还。而集灵台上，君王还在翘首以盼，痴痴
等待。汉宫庭院里，承露盘仙人高高站立，盘中有露水和玉屑，都说
喝了它们可长命。朝廷人才济济，就属写赋的司马相如最杰出了，他
有消渴病，爱才的君王，为什么不给司马相如赐一杯你的仙露呢？

　　诗中的青鸟已无音讯，着迷于求仙的汉武帝也死了，无所不能的
神仙西王母都无法帮助皇帝，神仙又在哪儿呢？诗人诗歌含蓄委婉地
讽刺了当代皇帝的求仙行为，批判了其不重视人才的行径。诗歌用典
巧妙灵活，语言不生涩，形象性很强。

齐宫词

永寿兵来夜不扃，金莲无复印中庭。
梁台歌管三更罢，犹自风摇九子铃。
（庄严寺有九子铃，永寿殿名，谓萧衍兵入也。）

南朝宋齐梁陈四朝，朝运短暂，相继而亡，且亡于相似的原因，就是皇帝的享乐和荒淫。梁武帝带兵攻城时，齐废帝还在金壁辉煌的永寿宫笙歌狂舞。叛将开了宫门，萧衍兵入，齐废帝身死国亡了，都不曾开悟。当初，齐废帝命人凿金莲，贴于地砖上，让潘妃跳舞，称为步步生莲。其奢靡无度，令人惊叹。如今，宫殿荒凉少人行，潘妃优美的舞姿不复再见。齐宫换作梁宫禁，依然日日丝竹喧天，夜夜歌舞翩跹。庄严寺中的九子铃，雕琢精美，晶莹剔透，齐帝曾用它装饰了潘妃的宫殿，齐亡后仍悬挂在庄严寺。齐亡也好，梁兴也罢，清凉夜风中，九子铃儿犹自叮当作响。

诗歌注重形象，虽无议论，但句句在说兴亡之理，小小的九子铃其实是兴亡的见证，后人如不吸取教训，也会如梁一样重蹈齐之旧辙。

北　齐

巧笑知堪敌万几，倾城最在著戎衣。

晋阳已陷休回顾，更请君王猎一围。

（周师取平阳，后主猎于三堆；晋州告急，帝将反，

冯淑妃请更杀一围，从之。）

 疏解

《北齐二首》此为第二首。第一首曰："一笑相倾国便亡，何劳荆棘始堪伤。小怜玉体横陈夜，已报周师入晋阳。"

一个美女巧笑倩兮，明眸善睐，令人喜爱，但是北齐美女冯淑妃甜甜的笑却抵得过万机政事，北齐皇帝高纬沉溺于与冯淑妃的荒淫生

活，从此不再理国事。高纬眼中，冯淑妃不仅笑得美，她身着戎装，更是英姿飒爽，让人倾倒。冯淑妃穿戎装不是为了保家乡，而是着迷于打猎。北周军队都攻下了晋阳，高纬得报欲返宫中，淑妃却说没玩够，还要再打一场猎。高纬就顺从了这个美人的要求，结果二人最终成了北周的猎物，被俘而国亡。

李商隐此诗讽刺北齐君王的荒淫误国。淑妃一笑倾城，兵临城下了还要猎一围，通过形象将高纬昏庸不悟的特点表现了出来。诗歌形象鲜明，讽刺辛辣，而寓意深长。

温庭筠

赠弹筝人[1]

天宝年中事玉皇，曾将新曲教宁王。
钿蝉金雁皆零落[2]，一曲伊州泪万行。

校记

[1]《全唐诗》卷五七九作"弹筝人"。
[2] 皆，《全唐诗》卷五七九作"今"。

疏解

今天宴席上，偶逢弹筝人，筝音泠泠，曲调清扬。听曲而知其身世，原来是皇宫乐伎人，曾经侍奉玄宗皇帝，因擅长弹筝，也给宁王教授新曲。今日陈列古筝，却见筝上的金饰钿蝉、金雁皆脱落，金漆斑驳。弹奏一曲《伊州曲》，弹者和听客，不禁清泪长流。从过去到现在，没有人知道一个技艺高超的弹筝人经历了什么？但筝已不新，筝上华美装饰丢失，耀眼金漆剥落，这都是弹筝人四处飘零，晚境凄凉的写照。《伊州》为商调曲，开元年间，西凉节度使盖嘉运进贡给玄宗皇帝。显然，这首《伊州》曲，代表了开元天宝盛世。曾经侍奉玄宗的音乐人，重新弹奏此曲，无论弹奏者还是听者，都不禁感慨万千，泪眼婆娑。诗人通过弹筝人今昔的变化和《伊州》曲的弹奏，暗暗寄寓了盛衰之变：当年大唐的繁华一去不返，辉煌人生也一去不复返。这眼泪中，有如今凄凉处境的悲伤，也有未来前途的无望。

许　浑

谢亭送别

劳歌一曲解行舟，红叶青山水急流。
日暮酒醒人已远，满天风雨下西楼。（黯然销魂。）

疏解

谢亭，亦为谢公亭，在宣城北面，南齐诗人谢朓任宣城太守时所建。谢朓曾在这里送别朋友范云，后来谢亭就成为宣城著名的送别之地。今天，诗人许浑也在此送别好友，恐怕也有了和谢朓同样的心情。

惜别的歌曲已唱起，船已解缆准备出发。江流急促，船行如箭，一路青山相伴，山间红叶灿烂，鲜明耀眼。待到黄昏别酒醒，好友的船也将行到天尽头。我待风雨后，独下西楼而归家。诗歌以青山、流水、红叶等鲜亮的景来反衬离别的伤感情绪，后二句，想见人已远去，风雨之后的酒醒更是突出了落寞和无奈之感。诗歌音调婉转，情景交融。

客有卜居不遂薄游秦陇因题[1]

海燕西飞白日斜，天门遥望五侯家。
楼台深锁无人到，落尽东风第一花[2]。

 校记

[1] 秦陇，《全唐诗》卷五三八作"汧陇"。
[2] 东风，《全唐诗》卷五三八作"春风"。

疏解

有客因找不到定居之所，不得不暂时出游汧陇之地。在诗人眼里，黄昏夕阳西下，燕儿归巢急飞，然而，客却不如天上的燕子，竟然无处可住。宫殿门楼巍峨高大，站在宫殿门口，遥见处处都是豪贵人家。那里楼阁高高，院墙厚重，树木参天，鸟儿盘旋，但户户门庭紧锁，幽阒无人，唯有院中杂花，开了又落，风中自发。诗人同情居无定所的客，他只能借出游来寻求落脚点，燕子尚能归巢，人却无处可居。更何况，豪门贵族，高大楼阁，家家相连，却无人居住。现实中，这贫富的差距是如此之大。

诗人的感慨不是直接表现的，而是通过景物描写来含蓄表达。诗歌语言浅显，意象幽静，意在言外。

雍　陶

和孙明府怀旧山

五柳先生本在山，偶然为客落人间。
秋来见月多归思，自起开笼放白鹇。

疏解

雍陶的好友孙明府在外作官，日久而厌倦官场，且思乡心切，故写诗给雍陶，表达了自己的苦闷之情。此诗为雍陶的和诗。

诗中将好友比作晋之陶渊明，说孙明府本是隐在山中的居士而已，乃偶尔来到人间作客。朋友无奈为官，有了各种的不得已。秋至而树叶枯黄，月光皎洁，孙明府也起了月下之思，兴起归乡之念，然而却不得归去，遂打开笼子，将白鹇放飞。

诗人对好友充满了同情。人在世上，有各种各样的不自由，更何况官场之中的羁绊萦绕。诗人以陶渊明来言好友，实也是夸孙明府有脱俗性情。而今放白鹇入晴空，更是企望好友有一天也能解脱，身心自由，潇洒于江湖。诗歌语言浅显，意思又明白如话。

天津桥望春

津桥春水浸红霞，烟柳风丝拂岸斜。
翠辇不来金殿闭，宫莺衔出上阳花。

唐代，作为东都，洛阳的繁华热闹渐渐超过了西京长安。天津桥也是洛桥，位于洛水之上。天津桥两岸遍植垂柳，柳条浓荫，堆叠如烟，远处红楼翠阁隐隐可见。春风又绿中原，诗人在桥头眺望，洛水碧波荡漾，红霞斜铺水中。柳条依依，风中飘荡，仿佛也有了无限情意。而今，皇帝的翠辇不再来了，宫门紧闭，百花静吐芬芳，只有宫中栖息的莺儿偶尔衔花飞过宫墙。

诗人桥头眺望，春光、春色、春声一如往昔，在热闹明媚的春景中，宫中楼阁却寂寂沉沉。诗人在巧妙对比中，寄寓了盛衰无常，繁荣不再的感慨。

经汾阳旧宅

门前不改旧山河，破虏曾轻马伏波。
今日独经歌舞地，古槐疏冷夕阳多。

 疏解

汾阳旧宅是唐代老将郭子仪的故宅，诗人路过郭氏旧宅有所感发。郭子仪宅前山水依旧，景色未改。在诗人眼中，郭子仪的功勋要比汉代伏波将军马援高出一筹。安史之乱时，郭子仪勤王平叛，收复河南河北，又收复两京；河东兵变，他再被起用，平复叛军后，却被闲置；吐蕃破长安，郭子仪又被急召，带兵大破吐蕃。从郭子仪的功绩看，诗人评价中肯，这样的功勋理应受到朝廷的厚待。但是当年热闹歌舞地，而今古槐深巷，夕阳残照，旧宅的冷落荒凉，令人感慨万端。

诗人描写郭氏旧宅凄凉衰败的景象，抒发了对郭子仪的怀念之情，悼郭氏也是讽刺朝廷对功臣薄情寡恩。诗歌寄意深婉，意境苍凉。

江楼书怀[1]

独上江楼思悄然[2]，月光如水水如天。
同来玩月人何在[3]，风景依稀似去年[4]。

校记

[1]《全唐诗》卷五五〇作"江楼旧感"，一作"感怀"。
[2] 悄然，《全唐诗》卷五五〇作"渺然"。
[3] 玩月人何在，《全唐诗》卷五五〇作"望月人何处"。
[4] 风景，《全唐诗》卷五五〇作"风影"。

疏解

夜阑人静，诗人独上江楼，思绪万千。眼下，月光清澈如水，水天相接，浩渺无际，波光滟滟，又如澄明清天。柔光潋潋，月光仿佛净化了世界，人在其中，痴立凝思。如此良夜，当年诗人与朋友同登江楼，同赏明月；而今，月色依旧柔美，可物是人非，只有自己独立于楼头，而空有感慨。

诗人显然是旧地重游，所思念的是昔日共享的欢乐。世事变化莫测，今天独身一人悄然登楼，只有淡淡的惆怅，无言的哀伤。诗歌语言清浅，意境优美空灵，含蓄情绪，却如月光一样无处不到。

 ^[1]

折杨柳枝词^[2]

枝枝交影锁长门，嫩色曾沾雨露恩。

凤辇不来春欲尽，空留莺语到黄昏。

[1]《全唐诗》卷七〇一又录为王贞白诗。

[2]《全唐诗》卷五八四作"折杨柳七首"，所选为第一首。

疏解

《折杨柳》是古《横吹曲》名，据说是汉代张骞从西域带来的曲子，后李延年作过改制，晋有《折杨柳》歌，多写送别伤春之情。段成式的《折杨柳》七首，此为其一。

长门宫殿庭院深邃，杨柳密植，树荫浓郁，春来枝条风中飞舞，树影零乱，染惹残烟。春雨滋润下，柳眉青黄娇嫩，光彩夺目。转眼春光渐欲尽，长门宫内柳絮翻飞，而君王的玉辇不再来，黄昏暮色中，只有莺儿徒劳地啼鸣。

诗歌不是写送别怀人，而是借柳写闺怨，情调哀婉。

孟　迟

长信宫

君恩已尽欲何归，犹有残香在舞衣。

自恨身轻不如燕，春来还绕御帘飞[1]。

校记

[1]《全唐诗》卷五五七作"孟迟"诗，又卷五五〇作"赵嘏"诗。

[1] 环绕，《全唐诗》卷五五七作"长绕"。

疏解

长信宫，是古代宫殿名，为汉代长乐宫建筑群中最重要的建筑物，位于西汉都城长安城内东南隅。汉代太后一般住在长乐宫中的长信宫。古代宫中嫔妃女子，一入宫门，仿佛就与世隔绝了，企盼君恩临幸，成了她们生活中唯一的支撑，但是，又有几人能幸运呢？班婕妤当年得宠，最终凄凉而终，令人心伤。今天，君恩不在，她们的归宿在哪里呢？舞衣上残香犹存，赏舞之人已经厌倦。美丽女子困于长信宫中，看着燕儿飞飞，只恨自己不能如鸟儿般轻盈，自由出入飞舞。燕子尚且可以绕着御帘飞，可以沐浴阳光，而自己只能独守闺阁倚窗痴望。

此诗为闺怨，写女子失宠。也有人认为，诗借女子失宠来写怀才不遇，暗讽君王的薄情寡恩。

怀宛陵旧游

陵阳佳地昔年游，谢朓青山李白楼。
惟有日斜溪上思，酒旗风影落春流。（名句如画。）

宛陵就是今天的宣城，这座小城不仅风景优美，而且当年谢朓曾任太守，李白也曾来游历，更使它名气大增，故给后世文人留下了很深的印象。诗人陆龟蒙也曾在宣城漫游，此诗对当年的游历充满了怀念之情。

当初在宣城漫步游历，句溪、宛溪水流平缓而清澈，登临谢朓曾经游历的青山，山如叠嶂翠屏，入目之景，令人心旷神怡。重访李白楼，饮酒而思诗仙太白，太白豪情溢满怀。日暮，霞光残照，斜铺水面，诗人漫步溪边，遐思冥想。春风扑面，酒旗飘扬，倒影在涨溢的溪水中随波流荡。诗人思什么想何事，虽没说，但可想见。

小小宣城，因谢朓文章李白诗兴而闻名远扬。自己为一介书生，名不经传，虽也游宣城，只能仰慕前贤，在自己的诗歌中抒发感慨罢了。这首诗语言洁净，景优美情迷惘，情思含蓄而不露。

白　莲

素蕤多蒙别艳欺[1]，此花端合在瑶池[2]。

无情有恨何人觉 [3]，月晓风清欲堕时。

（阮亭谓恰是咏白莲。）

校记

[1] 素葩，《全唐诗》卷六二八作"素花"。

[2] 端，《全唐诗》卷六二八作"真"。

[3] 此句，《全唐诗》卷六二八作"还应有恨无人觉"。

疏解

世间素洁的花常常被色彩艳丽的花儿相轻视、欺凌，其实，素净之花，适合长在仙界瑶池，而非尘俗凡世所应有。在诗人眼中，白莲看似无情，实也有情有恨。晓月照临，清风吹拂，花儿摇摇欲坠，就是其最有风致的地方。

此诗为咏物诗，咏物而有寄托。白色莲花洁净素雅，但多不被欣赏。现实生活中多少有才华的人也如同白莲，因不善表现自己而被掩没，甚至被打压。花会凋零，人才也会被空耗老去。作者替白莲鸣不平，实是为天下怀才不遇的人鸣不平。诗歌形象性强，花与人不分离，含义深透。

杜荀鹤 [1]

题新雁

暮天新雁起汀洲，红蓼花疏水国秋 [2]。
想得故园今夜月，几人相忆在江楼。

疏解

黄昏日暮，南归的雁群翔集于汀洲沙渚。沙岸两边，秋蓼红花疏朗，那么清新美丽，一派深秋景象。今夜一轮圆月高悬天际，天地皎洁，银光一片，想来，家乡也是圆月朗照啊，不知几人登楼远眺，望月怀远。

秋天大雁南飞，人却不能归乡，只能将思乡的情感在眺望中寄托。诗歌语言浅显，写景优美，情思悠远。

[1]

华清宫

草遮回磴绝鸣銮，云树深深碧殿寒。

明月自来还自去，更无人倚玉阑干。

水滨。红叶下山寒寂寂，湿云如梦雨如尘。"

疏解

崔鲁《华清宫》三首，此为第一首。华清宫是唐代帝王游幸的别宫，因在骊山，又叫骊宫。唐玄宗时，华清宫规模最为宏大，其楼阁林立，高大巍峨，玄宗与杨贵妃几乎年年冬天都要去那里避寒。安史之乱后，华清宫日渐衰落。诗中描写的华清宫之景已是晚唐人眼中的情形。

荒草漫延，当年日日洒扫的台阶石磴已被掩没，寻不到小径石路。昔日，銮声叮铛，马车相接而来，而今，声响已绝灭多时，再也无帝王巡幸了。宫殿中树木参天，浓荫遮蔽，楼台掩映其间，深深寒气袭人。月不改千年的轨迹，自升自落，光影移动，但月下再也不会有人倚栏眺望，也不再有花前月下的私语了。

诗人着力写华清宫的荒凉，借此讽刺了玄宗的荒淫误国，亦有富贵无常的感叹。

郑 谷

淮上与友人别

扬子江头杨柳春，杨花愁杀渡江人。
数声风笛离亭晚，君向潇湘我向秦。（绝唱。）

疏解

扬子江边，杨柳依依，杨花柳絮，漫天凄迷，这景致也愁煞了江边的离人。今天分手，人也如同这离枝的杨花，飘荡天涯，从此饱尝羁旅天涯苦。落日楼头，晚风送来悠扬笛声，曲哀怨调伤情，君行向南去潇湘，而我却要西行入秦关了。

黄昏夕阳，柳丝轻絮，亭台笛声，有声有色的背景作了江边离别的陪衬，给离别染上了凄伤的情调。各向天涯的行程，更多的是旅途的寂寞孤独和对彼此的思念。诗歌情景交融，余韵悠远。

席上赠歌者 [1]

花月楼台近九衢，清歌一曲倒金壶。
坐中亦有江南客 [2]，莫向春风唱鹧鸪。

 校记

[1] 赠，《全唐诗》卷六七五作"贻"。
[2] 坐，《全唐诗》卷六七五作"座"。亦有，作"半是"。

疏解

灯光耀眼，通衢大道亮如白昼，香车宝马，穿梭往来。道旁豪华楼宇拔地而起，盏盏华灯高悬，团团花丛簇拥，月映楼台，流光溢彩。楼内高朋聚集，觥筹交错，热闹无比。美丽歌者展喉婉啭唱一曲，听者喝彩，拼酒狂饮。满堂客人中，只有我这个江南客却怕听这《鹧鸪曲》，更何况连杯狂饮也挡不住春风，消不去《鹧鸪曲》带来的愁情。

此夜春风里，歌美、酒美、人美、曲美，但《鹧鸪曲》却引起了诗人的别样情绪。据说鹧鸪鸣叫如女子呼唤"行不得也哥哥"，调伤感凄楚，《鹧鸪曲》曲调就是效仿了鹧鸪的声音，哀婉清苦，它抒发了相思之情。在异乡的酒宴上，诗中"江南客"爱听此曲又怕听，爱听，是它引起了共鸣，触动了思家的深情；怕听，是身处异乡，归家不得。于是，诗人请求歌女不要再唱《鹧鸪曲》了！诗歌景写得有声有色，可在这美丽热闹的场景中，我们看到了一个孤独寂寞而又急剧波动的心。

李　洞

山居喜友人见访

入云晴剧茯苓还，日暮逢迎木石间。
看待诗人无别物，半潭秋水一房山。

　　天晴景明，山高入云，诗人不辞辛劳攀山穿林去采药材。当锄得茯苓归家时，就在这黄昏夕阳里，林间小道中，竟然和好友意外相逢！家中清贫，我用什么来招待客人？我带君欣赏门前半潭秋水，请你看看我的这一间茅屋一座青山吧。

　　简居深山中，若有好友到访该是多么欢喜。更何况诗人生活清贫，好友入山探访，二人纯真的友谊真是无价可沽。

李　拯

退朝望终南山 　黄巢乱怕后，车驾还京作。

紫宸朝罢缀鸳鸾，丹凤楼前驻马看。
惟有终南山色在，晴明依旧满长安。

　　紫宸殿为天子所居，也是皇帝会见大臣的正殿。退朝时，两边文武大臣如鸳鸟行进，大家成队成行有序地走出紫宸大殿。诗人在丹凤楼头驻马眺望，终南山山色青青，长安城阳光普照，一如往日。

　　诗人李拯的诗仅存这一首。生逢大唐末路，也是诗人最大的不幸。

　　唐末，原本对大唐有功的邠宁节度使朱玫，依附河东节度使李克用，拥戴襄王李煴篡位。宦官田令孜则挟持僖宗皇帝逃出长安。李拯不得已在伪朝做了翰林学士，有了短暂的为官生涯。一日退朝后，诗人跳望终南山，写下此诗。诗中虽说山色依旧，长安城仍然光芒一片，但朝纲已乱，人心不稳，果然没多久，天平节度使王行瑜杀了朱玫，诗人李拯也死于乱军。回头再品诗歌，"惟有""依旧"二词中，恐怕也有诗人隐隐的不安和担忧。

王 驾 [1]

社 日

鹅湖山下稻粱肥，豚栅鸡栖半掩扉。
桑柘影斜春社散，家家扶得醉人归。

校记

[1]《全唐诗》卷六〇〇作"张演"诗，卷八八五作"张蠙"诗。题皆为"社日村居"。

疏解

社日是古代祭祀土神的日子，分春社和秋社，社日一般在立春、立秋后第五个戊日。社日这天，百姓在社庙陈列祭品，击鼓作戏，虽是祈祷丰收或庆贺丰登，但它也成了百姓欢宴的日子。诗中所说的鹅湖山在江西铅山。社日来临，湖里，鱼群逐光嬉戏，鹅鸭拍水争食。山下，稻谷杆粗叶肥，长势喜人。农家院门半掩，小猪在栅栏内懒卧，群鸡上树栖息。黄昏夕阳西下，桑柘树影斜长，社鼓渐歇，回村道上，到处都是醉醺醺的村民，他们被亲人扶回家中。

诗人通过侧面描写的方式给我们呈现了社日农家场景。诗歌由山下的庄稼写到院内的猪鸡，从上午写到黄昏，最后夕阳中才是狂饮归来的村民，它展示的村庄仿佛是桃源一般，读者虽然没有见到社日祭社的场面，但我们可以感觉到农家对丰收的企盼和喜悦。

杜　常

华清宫

行尽江南数十程，晓星残月入华清。
朝元阁上西风急，都入长杨作雨声。

疏解

　　诗人杜常的诗《全唐诗》收录的便是这首《华清宫》，但《宋史》中有他的传，传颇为详细，言其元丰三年九月过华清宫而有此诗，显然，此诗录入《全唐诗》是误收。

　　诗人从江南向西漫游，经过一个个驿站，终于在清晨来到华清宫。天际星星的光芒将要隐去，残月仍高悬空中，晓风劲急而冰冷。诗人站立在朝元阁上，身边是西来的寒风，耳畔回荡着长杨宫的雨声。华清宫的嬉戏，朝元阁的祭祀，长杨宫的宴游都不复再现了，大唐的繁华就在这不变的风声雨声中点点消散，徒留断壁残垣为后人感慨浩叹。

　　这首诗虽然被认定为宋诗，但它的内容与风格确实有晚唐诗衰瑟清冷的格调，收入唐诗也不足为怪。

姓氏小传

金坛于庆元复斋辑

虞世南： 字伯施，余姚人。为秦府参军，贞观中累迁秘书监，封永兴县，予谥"文懿"。太宗称其德行、忠直、博学、文辞、书翰为五绝。○续选一首。

王勃： 字子安，绛州人。麟德初，对策授朝散郎，时年未及冠也。沛王召署府修撰，诸王斗鸡，勃为作《檄》，高宗因其构衅，斥免。与华阴杨炯、范阳卢照邻、义乌骆宾王齐名，号四杰。○四子七言长篇对仗工丽，上下蝉联，虽近风骚，未脱六朝余习，不善学之，易流浮靡之失。有明何大复[1]谓此属风人之旨，而以少陵为歌诗之变体，因作《明月篇》以拟之。王新城[2]论诗云："接迹风人明月篇，何郎妙悟本从天。王杨卢骆当时体，莫逐刀圭误后贤。"观此论，可知初盛之诗品矣。○原选一首。

[1] 何大复：明代何景明，字仲默，号白坡，又号大复山人，河南信阳人。何景明是明代"文坛四杰"中的重要人物，也是明代著名的"前七子"之一，与李梦阳并称文坛领袖。

[2] 王新城：王士祯，原名王士禛，字子真，一字贻上，号阮亭，又号渔洋山人，世称王渔洋，谥文简。山东新城（今山东桓台县）人。清初杰出的诗词理论家、文学家。

骆宾王： 义乌人，七岁能诗。武后时，数上疏言事，除临海丞，弃官去。徐敬业举兵，署为府属，传檄天下，后读至"一抔之土未干，六尺之孤安在"句，蹙然曰："宰相也过也，人有如此才，而使之流落不偶乎？”及徐败，宾王不知所之。○原选一首。

陈子昂：字伯玉，射洪人。文明初举进士，官左拾遗。王适[1]称为“海内文宗”。初唐诗仿佛六朝，至陈正字出，始追建安之风骨，变齐梁之绮靡。昌黎云：“国朝盛文章，子昂始高蹈。”良然。○原选一首。

[1] 王适：唐幽州人。官至雍州司功参军。武则天时隶高才，唯适与刘宪等四人入第二等。见陈子昂《感遇》诗，曰：“是必为海内文宗矣！”乃请交于子昂。

杜审言：字必简，襄阳人，预之后。举进士，为隰城尉，武后时累擢学士。○审言五律不事雕琢，而后人雕琢者正不能到。○原选一首，续选三首。

沈佺期：字云卿，内黄人。第进士，长安中官考功员外郎，坐张易之党流岭表。神龙中，授起居郎，后历太子詹事。佺期与宋之问作诗，音韵相和，约句准篇，号“沈宋体”，鸣于时。○原选二首，续选一首。

宋之问：字延清，弘农人。武后时累官尚方监丞，坐附张易之，窜南中。未几，逃匿张仲之家，旋发仲之谋杀武三思事，中宗复其官，进修文馆学士。睿宗立，以易之、三思党贬死。○原选一首，续选二首。

张说：字道济，洛阳人。垂拱中，对贤良方正第一，历中宗、睿宗，至玄宗朝，为中书令，封燕国公，谥文贞。文与苏颋齐名，号“燕许”。○续选一首。

张九龄：字子寿，韶州曲江人。第进士，开元中，官平章事，上《千秋金鉴录》，姚、宋后贤相也。李林甫相，九龄遂乞归。谥“文献”。○唐初，五古渐趋于律，“陈正字起衰而诗品始正，张曲江继出而诗品乃醇”[1]。○《感遇》诗，正字古奥而词意衰飒，曲江蕴藉而风度端凝，虽本原同出阮嗣宗，而精神面目各别。○原选三首，续选三首。

[1] 语出沈德潜《唐诗别裁集》。陈正字，即陈子昂。

王翰：开元时名人，杜少陵诗中所谓"王翰愿卜邻"者也[1]。○唐人七言断句，李沧溟[2]推王昌龄"秦时明月"为压卷，王凤洲[3]推王翰"葡萄美酒"为压卷。王渔洋[4]谓必求压卷，王维之"渭城"，李白之"白帝"，王昌龄之"奉帚平明"，王之涣之"黄河远上"，其庶几乎？而终唐之世，无出此四章之右者矣。○原选一首。

[1] 王翰愿卜邻：语出杜甫诗《奉赠韦左丞丈二十二韵》。

[2] 李沧溟：李攀龙，字于鳞，号沧溟，山东济南府人，明代著名文学家。继"前七子"之后，与谢榛、王世贞等倡导文学复古运动，为"后七子"的领袖人物，被尊为"宗工巨匠"。主盟文坛二十余年，其影响及于清初。

[3] 王凤洲：王世贞，字符美，号凤洲，又号弇州山人，苏州府太仓州人，明代文学家、史学家。

[4] 王渔洋：清代诗词理论家、文学家王士禛，字子真，一字贻上，号阮亭，别号渔洋山人。山东济南新城（今淄博市桓台县）人。

贺知章：字季真，越州永兴人。登进士，官太常博士，开元初，擢秘书监，迁礼部侍郎，兼集贤殿学士。天宝初乞归，诏赐《镜湖》一曲，自号"四明狂客"。○原选一首。

张若虚：开元时人，与贺知章、张旭齐名。○续选一首。

刘眘虚：字挺卿，江东人。官夏县令，深于经术，与贺知章、包融、张旭为吴中四友。○原选一首。

张旭：字伯高，苏州人。善为草书。○原选一首。

王湾：洛阳人。先天中进士，开元初，为荥阳簿，后为洛阳尉。○原选一首。

陶翰：润州人。开元中，为礼部员外郎。殷璠评翰诗云："既多兴象，复备风骨，须三百年前，方可论其体裁。"○续选一首。

丁仙芝：曲阿人。开元中进士，官余杭尉。○续选一首。

崔颢：沐州人。开元中进士，官司勋员外郎。○殷璠云："颢少年为诗，属情浮艳，晚节忽变常调，风骨凛然。"○太白过黄鹤楼，见司勋诗，遂不复赋。○原选四首，续选一首。

崔国辅：开元时人，工为小诗，与崔颢齐名。○续选二首。

孙逖：博州人。开元十年举贤良方正，官中书舍人，典诏诰。○续选一首。

李颀：东川人。开元中进士，官新乡尉。○东川七律风骨凝重，声韵安和，足与少陵、右丞抗行。明代李于鳞[1]深得其妙。○原选七首，续选二首。

[1]李于鳞：明代李攀龙，字于鳞，号沧溟，山东济南府人，明代著名文学家。继"前七子"之后，与谢榛、王世贞等倡导文学复古运动，为"后七子"的领袖人物，被尊为"宗工巨匠"。主盟文坛二十余年，其影响及于清初。

常建：开元十五年进士，官盱眙尉。○建"曲径通幽处，禅房花木深"一联，欧阳永叔自谓"学之未能"。○原选二首，续选四首。

崔曙：宋州人。开元二十六年进士，以《试明堂火珠》诗得名。○原选一首。

祖咏：洛阳人。开元十三年进士。张说在并州，引为驾部员外郎。○咏试《终南望余雪》诗，成四句而纳卷，主司问之，曰："意尽。"○原选二首。

綦毋潜：字季通，荆南人。开元中进士，累官集贤待诏，迁著作郎。○原选一首。

储光羲：兖州人。开元中进士，官太祝，转监察御史，为安禄山迫，受伪官，贼平后贬死。○太祝胸次肃穆，诗亦恬淡真朴，于学陶诸家中最为胜境。○薛据寄太祝诗云："爱义能下士，无人知此心"可以知其生平矣。○续选五首[1]。

[1]续选五首，实为四首。

王之涣：并州人，与兄长之咸、之贲皆能诗。○之涣与王昌龄、高适齐名，会天微雪，三人共诣旗亭。梨园伶官十人会饮，俄有妙妓四辈继至，皆当时名部，互奏乐章。三人拥炉以观，私相约曰："我辈各擅诗名，不定甲乙。今诸伶所讴，以诗多者为优。"初，一伶讴昌龄诗，继一伶讴适诗，继一伶复讴昌龄诗。之涣因指妓中最佳者曰："待此子所唱如非我诗，当终身避席。"次至双鬟发声，果"黄河远上白云间"一绝也。二子乃服。○原选二首。

王昌龄：字少伯，江宁人。第进士，又中宏词科，官龙标尉。少伯七言绝句，深情幽怨，意旨微茫，允称神品。○原选八首，续选三首[1]。

[1] 续选三首，实为四首。

王维：字摩诘，河东人。开元九年，擢进士第一，官给事中。两都陷，为贼所得，服药伴瘖。贼平，定罪，以凝碧池诗闻于行在，特宥之，官至尚书右丞。○右丞诗，清而弥腴，淡而自远，诸体无不大雅，舂容安祥合度，李杜外固应自成一家。○东坡云：摩诘诗中有画。○唐人诗惟右丞最为自然，如"倚仗柴门外，临风听暮蝉"，深得渊明之妙。○原选二十九首，续选十四首。

孟浩然：本名浩，字浩然，以字行，襄阳人。张九龄为荆州，辟置于府，后隐鹿门山。诗与王维齐名，号王孟。○右丞过郢州，画孟山人吟诗图于刺史亭，名浩然亭，后更曰孟亭。○右丞学陶而得其清腴，山人学陶而得其闲远。○襄阳诗，每无意求工而清越超俗，正复出人意表，清闲浅淡中，自有泉流石上，风来松下之音。王阮亭谓其未能免俗，正未必然也。○原选十五首，续选五首。

高适：字达夫，沧州人。玄宗时举有道科，肃宗时官侍御史，历迁西川节度使，代宗时封渤海县侯，谥曰忠。有唐诗人之达者，适一人而已。○常侍五十学诗，每一篇出，为时传颂。初与王之涣、王昌龄齐名，继与岑参齐名。○高适诗激昂雄健，李杜外，另辟一体。○

原选二首，续选一首。

　　岑参：南阳人。天宝中进士，官至监察御史，杜甫荐之迁右补阙，历侍御史，出为嘉州刺史。○嘉州边塞诗奇警矫健，几欲与李杜颉颃。○原选七首，续选六首。

　　邱为：嘉兴人。官右庶子。年八十余，母尚无恙，给禄之半，以旌异之。○原选一首，续选一首。

　　裴迪：河东人。与王维隐辋川，有欹湖、鹿柴、竹里馆、宫槐陌等二十余胜。○原选一首，续选一首。

　　李白：字太白，凉武昭王九世孙，蜀人，父官山东之任城尉，遂家焉。天才奇特，游长安，贺知章见其文曰"谪仙人"也。言于玄宗，召见金銮殿，论当世事，诏供奉。翰林眷遇甚优，因忤杨贵妃放还。永王璘迫致之府，璘起兵，白逃回，坐璘府僚当诛。先是，尝救郭子仪。至是，子仪请解官以赎，诏长流夜郎。赦还，客当涂令李阳冰所。代宗立，以左拾遗召，而白已卒。○太白诗纵横变化，凌轹百代，所谓天授，非人可及。○集中"兴酣落笔摇五岳，诗成啸傲凌沧州"一语，惟太白足以当之。○王贻上谓："七言歌行，子美似《史记》，太白似《庄子》"。○供奉断句尤妙绝，古今别有天地。○子美每饭不忘君国，太白亦然，特天性不羁，故放浪于诗酒间，其忧时伤乱之心，实与少陵无异也，安得徒以诗人目之。○原选二十九首，续选二十六首。

　　杜甫：字子美，襄阳人。审言之孙，兖州司马闲之子。玄宗时，献《三大礼赋》，授京兆兵曹参军。禄山乱，肃宗即位灵武，甫自京师西谒行在，拜左拾遗。房琯兵败贬官，甫救之，出为华州司功参军。客秦州，严武表为参谋工部员外郎。武卒，游东蜀，往依高适，后终于耒阳聂令署中。○严沧浪论杜诗云："宪章汉魏，取材六朝，至其自得之妙，先辈所谓集大成者也"。○少陵身际乱离，负薪拾橡，而其为国爱君，感时伤乱，忧黎元，希稷契，生平种种抱负，无不流露于褚墨中，深得圣人事父事君之旨矣。○少陵诗，学博才大，力充气盛，汪洋涵浑，无所不包，昔人谓之"诗圣"。其感时陈事，语长心重，世称"诗史"，元微之谓"诗人以来，无如子美者"。○右丞七律风骨最高，复饶远韵，允为唐代正宗，少陵以沉浑雄健出之，正复驾乎其上。○李诗以高胜，杜诗以大胜，昌黎云"李杜文章在，光焰万丈长"，见惟此为正宗也。○原选三十六首，续选三十二首[1]。

[1] 续选三十二首，实为二十五首。

贾至：字幼邻，洛阳人，礼部侍郎曾之子。擢明经第，玄宗幸蜀，拜中书舍人，知制诰撰，肃宗册文，命往奉册，累封信都县伯，官至散骑常侍，谥曰"文"。○续选二首。

严武：字季鹰，华州人。中书舍人元之之子。哥舒翰奏充判官，至德中，再荐出为东川节度使，成都尹，迁吏部尚书，广德中，破吐蕃兵，封郑国公。○续选二首。

张谓：字正言，河南人。天宝二年进士，大历中官礼部侍郎，典贡举。○续选三首。

元结：字次山，让州人。天宝十二年进士。肃宗朝，官水部郎，佐荆南节度使，又参山南东道。代宗立，乞侍亲樊上，授道州刺史，进容管经略使。所至立教爱民，著有《元子》十篇。○漫叟淡于荣位穷达，悠然所至，为民请命。少陵称其"为万物吐气，天下少安可待也"。诗亦自写胸怀，不欲规抚古人，而自有奇响逸趣。前人譬诸古钟鼎不谐里耳，信然。所选《箧中集》，诗亦与之相近。○原选二首，续选三首。

刘长卿：字文房，河间人。开元末进士，至德中，官鄂岳观察使，左迁后，终随州刺史。○诗至中唐渐秀渐平，前此浑厚兀崒之气不存。文房五律工于铸意，巧不伤雅，犹有前辈体裁，当时目为"五言长城"，不虚也。○原选十一首，续选十一首。

钱起：字仲文，吴兴人。天宝十年进士第一，以《试湘灵鼓瑟》

诗得名，官秘书郎，历考功郎中。仲文与韩翃、李端、司空曙、卢纶、耿湋、崔峒、夏侯审、吉中孚、苗发十人号为"大历十才子"，形于图画。○钱刘以来，句渐工，意渐巧，词渐秀，风会与前迥别。○仲文五古仿佛右丞，而清秀弥甚。阮亭尚书所谓"古得维摩一瓣香"也。○原选三首，续选十一首。

郎士元：字君胄，中山人。天宝中进士，官昂州刺史。诗与钱起齐名，时称"前有沈宋，后有钱郎"。钱郎送人之作，得之者以为荣。○续选一首。

皇甫冉：字茂政，丹阳人。十岁能诗文，张九龄呼为小友。天宝中成进士第一，大历中累官右补阙。○原选一首，续选二首。

皇甫曾：字孝常，冉之弟也。天宝中第进士，历官待御史，诗与兄齐名。○续选二首。

李嘉祐：字从一，赵州人。天宝中第进士，大历中，官元州刺史。当时称其诗为齐梁体。○续选二首。

张继：字懿孙，襄阳人。天宝末进士，大历授祠部员外郎。○原选一首。

韦应物：京兆长安人。少以三卫郎事玄宗，后折节读书，历仕为滁州、江州刺史，内擢左司郎中，贞元初为苏州刺史。为郎时似近豪侠，至后鲜食寡欲，焚香扫地而坐。诗品高洁，朱子谓其"无一字造作，气象近道，真可传人也"。○左司诗学陶公，人亦与之相近。○原选十二首，续选九首。

戎昱：荆南人。至德中进士，建中中历长虔二州刺史。○续选一首。

刘方平：河南人。不乐仕进，萧颖士称之。○原选二首，续选二首。

戴叔伦：字幼公，金坛人。萧颖士弟子。历官抚郡刺史，封谯县男，迁容管经略使。所至德威兼著，治行称最，德宗赋《中和诗》美之。○幼公诗深得温柔敦厚之旨，于中唐诸家中最为正宗，晁公武 [1] 一辈人未能知也。○原选一首，续选七首。

[1] 晁公武：晁公武，字子止，济州巨野人。晁冲之之子，南宋著名目录学家、藏书家，人称"昭德先生"，著有《郡斋读书志》。晁公武藏有戴叔伦全部著作，其言戴诗："初不称其能诗，以时人少其诗，骨气绵弱故也"。

韩翃：字君平，南阳人。家居，一日，夜将半，有叩扉者曰："旨除驾部郎中知制诰。"翃曰："误矣。"曰："朝廷知诰乏人，中书两进名不用。又请。曰：'与韩翃'。当日同姓名者为江淮刺史，又具二人同进，御批：'与咏"春城无处不飞花"之韩翃。'此君诗也。"翃始信，时建中初也。○原选三首，续选二首。

李端：赵州人。大历五年进士，官杭州刺史。○原选一首，续选二首。

司空曙：字文明，广平人。第进士，贞元中官水部郎中，历虞部。○原选三首，续选三首。

卢纶：字允吉 [1]，河中蒲人。以荐授监察御史。帝有所作，辄命赓和。○大历十子中，仲文外，以韩卢两家为最，其风韵胜也。○原选一首，续选二首。

[1] 应为"允言"。

畅当：河东人。大历中进士，官果州刺史。○续选一首。

顾况：字逋翁，海盐人。官著作郎，隐居茅山，自号"华阳真逸"。○原选一首。

柳中庸：本名淡，以字行，京兆人。官洪府户曹。○原选一首，续选一首。

权德舆：字载之，略阳人。四岁能诗，第进士，德宗朝历官礼部侍郎，三与贡举。宪宗即位，以尚书同平章事，贞元、元和间，为缙绅羽仪，谥曰"文"。○原选一首，续选一首。

李益：字君虞，姑臧人。成进士，宪宗召为集贤殿学士，复左迁，后终礼部尚书。○君虞边塞诗最长，好事者画为屏障。○原选三首，续选二首。

于鹄：汉阳人。贞元间诗人，隐居不仕。○续选一首。

于良史：为徐州张仆射建封从事，重其诗荐于朝，官侍御。○续选三首[1]。

[1] 续选三首，实为二首。

武元衡：字伯苍，缑氏人。成进士，宪宗时官剑南节度使，召还，拜中书门下平章事，与裴度同心辅政，讨淮西吴元济，为元济党所刺。○续选一首。

金昌绪：临安人。○原选一首。

李涉：南康人。与弟渤隐居庐山白鹿洞中，屡辟不就。○续选一首。

裴度：字中立，闻喜人。贞元初第进士，元和十年拜中书侍郎，同平章事。淮西用兵，李师道遣客杀武元衡，伤度。十二年，度自往督战，淮西平，以功封晋国公。晚退居午桥庄，作绿野堂，与白居易、刘禹锡置酒赋诗于其中。历仕四朝，以全德终始。○续选一首。

朱湾：字巨川，蜀人。贞元元和年间为李勉永平从事。○续选一首。

窦牟：字贻周，扶风人。父叔向，兄常、弟群、庠、巩皆以诗名。贞元中进士，官国子司业。○续选一首。

韩愈：字退之，南阳人。七岁读书，目记数千言，比长，尽通六经百家之学。贞元中，擢进士第，历官监察御史，上疏极论宫市，德宗怒贬阳山令。元和中，历官太子右庶子。裴度宣慰淮西，奏愈为行军司马，淮西平，迁刑部侍郎。宪宗迎佛骨入禁内，上表力谏，帝怒，将不测，大臣皆为愈言，乃贬潮州刺史，寻改袁州，召拜国子祭酒，历京兆尹转兵部侍郎。王廷凑乱，召愈宣慰，人多危之，愈极论顺逆利害，廷凑慑服。归，转吏部侍郎。后以李逢吉、李绅交构，遗患于愈，罢为兵部侍郎，后复为吏部侍郎。年五十七卒，赠礼部尚书，谥曰"文"。生平原本孔孟，卫辟异端，卫道之功，古今第一。所为文粹然一出于正，左右六经，学者仰之，如泰山北斗云。○昌黎诗原本《雅》《颂》，而规模宏阔，意格正大，自谓愿学李杜，然不相沿习，别开境界，自成一大家。○原选四首，续选六首。

柳宗元：字子厚，河东人。贞元初第进士，中博学宏词科，官监察御史里行。顺宗即位，擢礼部员外郎。宪宗立，贬永州司马，放浪山水间，以诗文自娱。元和中，移柳州刺史，所至有善政，文与韩愈齐名。○柳州诗，原本《离骚》，而峻洁精深，苏子瞻谓："柳诗在陶彭泽下，韦苏州上。"王贻上谓："韦诗在陶彭泽下，柳柳州上。"然子厚处连蹇困厄之境，发清夷澹泊之音，固不在韦下也。○子厚《渔翁》诗，东坡谓删作绝句，余情不尽。然细玩之，去末二语，神气便不足，以首二语音节促也。○原选五首，续选六首。

白居易：字乐天，下邽人。贞元中擢进士第，元和初，对策为翰林学士，迁左拾遗，历左赞善，以言事贬江州司马，后入为中书舍人，乞外迁为杭州刺史，移苏州刺史。文宗立，擢刑部侍郎，大和中，以朝多党祸乞归。开成中，起太子少傅。会昌初，以刑部尚书致仕，自称"香山居士"。与胡杲等九人谋集，皆年七十者，人绘为图，称"香山九老"。年七十五卒，谥曰"文"。○乐天少以"原上草"篇见知于顾况，后与元微之唱和，以诗简往来，称"元和体"。所著有《长庆集》。○香山忠君爱国，遇事托讽与少陵相同，特其诗平易近人，蔼然感物，不袭杜之貌而得其神。相传鸡林国购其诗[1]，率篇易一金，其伪者辄能辨之。○原选六首，续选十六首。

[1] 鸡林国：古国名，指新罗国，在今朝鲜半岛。

元稹：字微之，河南人。对策第一，拜左拾遗，陈时政得失，遇事敢言，不避权幸，为中人所击，贬江陵参军，久乃徙虢州长史。长庆初，中人以稹歌辞进，帝大悦，擢祠部郎中知制诰。未几，迁中书舍人，翰林学士，旋进同中书门下平章事，历武昌节度使。诗与乐天齐名，称"元白"。○原选四首，续选四首。

　　刘禹锡：字梦得，彭城人。第进士，登博学宏词科。顺宗即位，擢度支员外郎。宪宗立，贬连州司马，授连州刺史，历夔州、和州。入为主客郎，进集贤殿学士，出为苏州刺史，以政最，迁太子宾客，历检校礼部尚书。苏文忠曰"柳子厚、刘梦得不附王叔文，固为唐之名臣"，诚然。○白乐天推梦得为诗豪，相与唱和，时称"刘白"。○宾客与元白等赋《金陵怀古》诗，先成，乐天览之，曰："四人探骊龙，子已获珠，所余鳞爪安用耶！"遂罢唱。○宾客诗风格不在中唐以下，七言尤胜。○原选四首，续选九首。

　　孟郊：字东野，武康人。成进士，官溧阳尉，性介少合，韩昌黎极重之，荐为郑余庆，奏为参谋。为诗高深刻削，俱从真性情流出，东坡目为"郊寒岛瘦"，岛未足与东野并论也。○原选二首，续选二首。

　　贾岛：字阆仙，范阳人。初为浮屠，韩昌黎令返初服，后为长江簿。○原选一首。

　　李贺：字长吉，系出郑王后。七岁能辞章，韩昌黎重之，官奉礼郎。○昌谷诗依约楚骚，而意以幽奥，词取瑰奇。每旦出，乘款段，从小奚奴背古锦囊，遇有所得投囊中，暮归，足成之。○续选二首。

　　张籍：字文昌，和州人。第进士，为太常太祝，从韩昌黎游，昌黎荐之，官水部员外郎，历国子司业。○张王乐府有新意而少古意，不善学之必流轻滑。王渔洋论诗云："元白张王皆古意，不曾辛苦学妃豨[1]。"允为定论。○原选一首，续选三首。

　　[1] 王士禛《戏仿元遗山论诗绝句三十二首》其九："草堂乐府擅惊奇，杜老哀时托兴微。元白张王皆古意，不曾辛苦学妃豨。"

　　王建：字仲初，颍州人。成进士，官太常寺丞，历陕州司马，与张籍友善，时称张王。○原选一首，续选二首。

施肩吾：字希圣，睦州人，元和中进士。〇续选一首。

刘绮庄：为昆山尉，研穷古今，博考传记，作《类书》一百卷。〇续选一首。

李德裕：字文饶，赵郡人。祖栖筠，父吉甫皆为宰相，德裕以荫补校书郎。穆宗即位，擢翰林学士，授御史中丞，为牛僧孺等所出，为浙江观察使。太和中，召拜中书门下平章事，封赞皇县伯，复以谮，贬太子宾客，分司东都。武宗立复相，拜太尉，封晋国公，翊赞之功，唐室几于复振。宣宗即位，以党人交构，贬崖州司户。平生引掖寒素不遗余力，及谪官南去，或有诗曰："八百孤寒齐下泪，一时回首望崖州"。即汲引一端，可以知其概矣。〇卫公论文云："譬如日月，终古常见，而光景常新。"[1] 斯为至论。〇续选二首。

[1] 卫公：李德裕。此语出自李德裕《文章论》。

鲍溶：字德源。元和中进士，与韩门诸人相友善，欧阳永叔称其诗"清约严谨"，为近世之能者。〇续选一首。

张祜：字承吉，清河人。与杜牧友善，长庆中为令狐楚所知，自草荐表，介以诗三百首随进，为元稹所沮，后卜隐曲阿以终。〇原选五首，续选一首。

朱庆余：本名可久，以字行，越州人。张籍索其诗，置之怀袖而推赞之，名遂大著，成宝历进士。〇原选二首，续选一首。

杜牧：字牧之，京兆万年人。太和二年进士，又举贤良方正，精于兵策。历在中外，官终考功郎中，知制诰，中书舍人。有《樊川集》二十卷。〇晚唐诗多柔靡，牧之以拗峭矫之，人谓之"小杜"，以别于少陵[1]。七绝尤有远韵远神，晚唐诸家让渠独步。〇原选十首，续选六首。

[1] 少陵：即杜甫。

许浑：字用晦，丹阳人。太和六年进士，历官监察御史，睦、郢二州刺史。有《丁卯集》。〇用晦诗格意遒劲雄浑，直追初盛，应出樊川温李之上。○原选二首，续选五首。

雍陶：字国钧，成都人。太和中进士，自比谢宣城，柳吴兴[1]，官至简州刺史。○续选二首。

[1] 柳吴兴：南朝柳恽（465—517年），字文畅，河东郡解县人。南朝梁大臣、学者，南齐司空柳世隆之子。与沈约等人共定新律。历任广州刺史、秘书监、右卫将军，出任吴兴太守。

李商隐：字义山，河内人。开成中进士，官弘农尉。王茂元镇河阳，辟为掌书记，得侍御史，茂元以女妻之。李德裕秉政，厚遇之。牛僧孺党与德裕为仇，卒不遇。令狐绹作相，与商隐不协。柳仲郢镇东蜀，辟为节度判官，仲郢左迁，商隐遂罢。诗文工于獭祭，与温庭筠齐名称世，杨刘诸人宗之[1]，号"西昆体"。又与杜牧齐名，亦称李杜。○义山近体长于讽谕，深于议论，中有顿挫沉着，可接武少陵者，故应为一大家。○甘露之变，宦官族诛大臣，昭义节度使刘从谏上疏，问王涯等何罪？仇士良等惧。○王茂元为泾原节度使，不知为君分忧出兵讨乱，义山作诗责之，辞严意正，忠诚若揭，不得徒以词人目之。○玉溪《无题》诸诗，皆自寓其抱才不偶之意，读者不可不知。○原选二十四首，续选五首。

[1] 杨刘，指宋初之馆阁诗人杨亿、刘筠，与钱惟演一道学习李商隐诗歌，编成《西昆酬唱集》。

温庭筠：本名岐，字飞卿，并州人。以上卫授方山尉，令狐绹作相，摈之徐商知政事，用为国子助教。相传，庭筠每入试，押官韵八叉手而赋成，名"温八叉"，诗与义山齐名，号温李。○原选四首，续选六首。

段成式：山东人。宰相文昌之子，与李义山、温飞卿为诗，号"三十六体"，以三人皆行十六也。著《酉阳杂俎》。○续选一首。

马戴：字虞臣。会昌四年进士，官太常博士。明皇甫子浚与弟子安、子循、子约论诗[1]，五言以马虞臣之"猿啼洞庭树，人在木兰舟"

二语为极。〇原选二首，续选二首。

[1] 皇甫子浚：皇甫冲，字子浚。子安：皇甫涍，字子安。子循：皇甫汸，字子循。子约：皇甫濂，字子约。兄弟四人为明代苏州长洲人，皆工于诗，有才名，时称“皇甫四杰”。

赵嘏：字承佑，山阳人。会昌中进士，官渭南尉。〇续选四首。

薛逢：字陶臣，河东人。会昌中进士，历官巴州刺史，民歌其德。晚年厄于宦途，策羸马赴朝，值新进士出游，团司挥曰：“逊避新郎君。”逢曰：“莫贫相，阿婆三五少年时，也曾东涂西抹来。”〇原选一首。

李频：大中二年进士。〇原选一首，续选一首。

于武陵：杜曲人。大中中进士。〇续选一首。

周繇：大中中进士。〇续选一首。

刘沧：字蕴灵，鲁人。大中八年进士，官华阴令。〇续选一首。

李郢：字楚望。大中中进士，官侍御史。〇续选一首。

聂夷中：字坦之，河东人。咸通中进士，官华阴尉。〇续选一首。

李拯：字昌时。咸通中进士，累官考功郎中、翰林学士。〇续选一首。

司空图：字表圣，河中虞乡人。咸通中进士，官礼部郎。僖宗行在用为知制诰，中书舍人。知天下必乱，归隐中条山王官谷。乾宁间，以户兵二部侍郎召，不起。朱温迫图入朝，佯病，免。后闻昭宗被弑，不食而卒。唐季完人也。〇表圣谕诗谓“妙在酸咸之外”。著《诗品》二十四则。〇续选一首。

李昌符：字岩梦。咸通中进士，历膳部员外郎，与张乔、许棠、郑谷、张蠙诸人号“十哲”。〇续选二首。

谭用之：字藏用。有诗一卷。〇续选一首。

张乔：淮州人。隐于九华。原选一首。

陆龟蒙：字鲁望，苏州人。寓居松江甫里，号“天随子”，亦称

"江湖散人"，以高士召不至。○续选二首。

陈陶：字嵩伯，岭南人。隐居淇州西山。○续选一首[1]。

[1] 续选一首，实无。

郑畋：乾符中进士。历官宰相，镇凤翔。○原选一首。

崔道融：荆州人。以征辟为永嘉令，累官右补阙。○续选一首。

孟迟：乾符中进士。○续选一首。

刘威：中和中进士。○续选一首。

王驾：吴人。○续选一首。

沈如筠：中和中进士。○续选一首。

秦玉：字仲明，京兆人。中和二年进士。○原选一首。

崔鲁：中和中进士。○续选一首。

郑谷：字守愚，袁州人。七岁能诗，司空图见而奇之，曰："当为一代风骚主。"光启二年登进士，历为都官郎中，诗名盛于时，人称为"郑都官"。以《赋鹧鸪》诗，又称为"郑鹧鸪"。○续选二首。

李咸用：以辟为推官，有《披沙集》六卷。○续选三首。

崔涂：字礼山，江南人。光启四年进士。○原选二首。

李洞：字才江，唐诸王孙。○续选一首。

杜荀鹤：字彦之，池州人。大顺中进士，累官翰林学士，知制诰。自序其文为《唐风集》。○原选一首，续选三首[1]。

[1] 续选三首，实为二首。

罗隐：字昭谏，新登人。钱镠辟为盐铁发运副使，累官著作佐郎，奏授司勋郎。朱温篡唐，封镠为吴越王，召隐为谏议大夫，隐不受，说镠讨梁，曰："纵无成功，犹可退保。杭越奈何交臂事贼，为终古羞乎！"镠始疑隐不遇于唐，必有怨望，及闻其言，虽不能用，心甚义之。○续选一首。

韩偓：字致尧，京兆万年人。龙纪元年进士，官中书舍人，诛刘季述有功，累迁兵部侍郎。进承旨，上欲用为柤，力辞。以忤朱全忠，贬濮州司马，上与泣别。及昭宗被杀，遂往依王审知。○偓少岁喜为艳诗，后一归节义，得风雅之正焉。○原选一首，续选二首。

张蠙：字象文，清河人。乾宁中进士，王建开国，拜员外郎。后王衍见其"水面回风聚落花"句，命进诗稿，欲用为知制诰，宋光嗣沮之，赐金而已。○续选一首。

韦庄：字端已，杜陵人。乾宁中进士，授校书郎。王建开国，拜散骑常侍，进吏部侍郎，同平章事。○原选二首，续选一首。

张佖 [1]：淮南人。初官句容尉，南唐后主征为监察御史，历中书舍人。○原选一首，续选一首。

[1] 张佖，一作张泌，字子澄。

杜常：唐末人，宋初尚存，五季时不仕。○续选一首。